오이와
바이올린

오이와
바이올린

초판 1쇄 인쇄 · 2023년 12월 15일
초판 1쇄 발행 · 2023년 12월 26일

지은이 · 박숙희
펴낸이 · 한봉숙
펴낸곳 · 푸른사상사

주간 · 맹문재 | 편집 · 지순이 | 교정 · 김수란, 노현정 | 마케팅 · 한정규
등록 · 1999년 7월 8일 제2-2876호
주소 · 경기도 파주시 회동길 337-16 푸른사상사
전화 · 031) 955-9111(2) | 팩스 · 031) 955-9114
이메일 · prun21c@hanmail.net
홈페이지 · http://www.prun21c.com

ISBN 979-11-308-2127-6   03810
값 18,000원

55
푸른사상
소설선

박숙희 소설집

오이와
바이올린

푸른사상
PRUNSASANG

홍천에 사는 친구 집으로 가던 고속도로 위에서 긴급 호송, 법무부, 라는 글자가 차 문에 쓰여 있는 봉고차를 보았다. 안이 보이지 않는 차 안에는 손에 수갑을 찬 회색 죄수복의 남자 혹은 여자가 타고 있을 지도 모른다는 상상에 이어 문장 하나가 떠올랐다. **지옥의 서막은 어처구니없고 비현실적인 이야기에서부터 시작되었다.** 라는 문장과 함께 새로운 한 편의 소설이 머릿속에서 꿈틀거렸다. 나에게 소설은 주로 외부에서 포착한 소재가 계기가 되어 시작되는 경우가 많은데 소설을 쓰다 보면 어느새 나는 소설과 한 몸이 된다. 해서 내가 쓰는 소설이 아프면 나도 쓰리고 아팠고 문장 한 줄에 영혼을 통째로 내어주기도 했다. 바깥에서 건져 올린 그들의 이야기가 어쩌면 들키기 싫은 내 이야기일 수도 있기에 더 그랬다. 아니다. 기어이 발설하고 싶은 나의 이야기를 타인의 이름을 빌려 교묘하게 감추는 것. 바로 그것이 소설이라는 장르의 실체일지도 모른다. 내 이야기를 남의 이야기인 듯 능청스럽게 꾸밀 줄 아는 나는 음흉한 미소와 함께 때로는 앓으면서 때로는 열정에 달뜬 채 소설을 썼다. 그렇게 쓴 소설들을 한 권의 책으로 묶게 되면서 한동안 까맣게 잊고 지냈던 너를, 그리고 나를 다시 만난다. 1995년 신춘문예를 통해 등단한 이후 발표한 이 소설들은 낯익으면서 낯설다. 한 편의 소설을 끝낼 때마다 내 삶의 어떤 부분도 소설과 함께 일단락되었고 때문에 오늘의 나는 어제 소설을 쓰던 때의 내가 아니다. 그래서 익숙하면서도 낯선 이 소설들은 다른 누군가에게도 그렇게 다가갈 것이다.

2023년 겨울
박숙희

차례

그냥 전화했어

그냥 전화했어

그냥 전화했어.

십 년 넘게 전화 통화를 할 때마다 그녀가 내뱉던 첫마디였다. 녹음해놓았던 말을 들려주기라도 하듯 그녀의 첫마디는 언제나 똑같았다. 내용뿐 아니라 어조도 그랬다. 중저음의 나른한 어투는 그녀에게 아무런 일도 일어나지 않고 있다는 것을 대신 말해주는 것 같아서 그냥 전화했다고 하는 그녀의 말을 조금도 의심하지 않았다. 그런데 작년 연말에는 좀 달랐다. 내가 제주를 떠나 서울로 오면서부터 일 년에 두세 차례 연락하던 하연이 작년 연말에는 하루에 한 번꼴로 전화했고, 그래서인지 그 무렵엔 그냥 전화했다고 하는 그녀의 말이 선뜻 믿어지지 않았다. 그런데도 혹시 무슨 일이 있는 건 아니냐고 물어보지 않았다. 어쩌면 긴 이야기가 될지도 모를 그녀의 사연을 들어주기에는 내가 너무 바빴다. 그 무렵 막 시작한 갤러리카페를 운영하는 일로 정신이 없었다. 심지어 나는 연이 전화인 걸 알면서 받지 않은 날도 있었다. 연이 매일 전화하기 시작한 지 두 달이 넘었을 즈음 연의 전화가 지겨워지기 시작한 것이다.

연은 늘 나를 앞서는 친구였다. 특히 그림에 관한 한 연은 천재적이었다. 100호 크기의 그림도 하루에 완성하는 하연에게 나는 경외와 질투를 동시에 느꼈다. 안주하지 않고 끊임없이 변신하는 연의 그림 세계는 지루할 틈이 없었다. 그녀가 빚어낸 새로운 풍의 그림을 온전히 감상할 새도 없이 또 다른 세계를 보여주는 그녀는 나로서는 도저히 간파하기 어려운 정신세계의 소유자였다. 그런 하연을 곁에서 보면서 놀랐고 그런 하연 때문에 나는 그림을 포기하지 않을 수 없었다. 뭘 그려보아도 연을 능가할 수는 없었다. 흉내조차 내기 어려운 연의 그림 앞에서 나는 번번이 갈타하면서 한편으로는 좌절했다. 거칠고 화려하며 힘이 넘치는 그림을 그리다가 돌연 담백하고 고요한 풍의 그림을 그리는가 하면, 한 호흡에 휘갈기듯 그린 연의 그림 앞에서 영혼을 빼앗기고 있는 나를 조롱하기라도 하듯 연은 내공이 깊은 수행자가 한 땀 한 땀 수놓은 듯한 정교한 그림을 또다시 능청스레 선보였다. 그래서인지 음악에 조예가 깊으면서도 오디오 시스템을 제대로 갖추기는커녕 조악한 휴대용 라디오로 라디오방송에서 들려주는 음악만 듣는 연의 취향도 나에게는 범상치 않게 여겨졌다. 내가 아는 한 연은 최상의 오디오 시스템을 갖춘 마니아보다 음악을 더 깊게 느낄 수 있는 귀를 타고난 것 같았다. 라디오를 통해 오케스트라 연주를 들으면서 각각의 악기가 내는 소리 하나하나를 놓치지 않고 다 들을 수 있을 정도로 하연의 귀는 예민하고 정확했다. 그런데도 라디오만 고집하는 그녀에게 그 이유를 물었을 때 들려주었던 그녀의 대답은 의외로 간단했다.

라디오에서 들려주는 음악은 나름 전문가들이 매일매일 선곡해서 들려주는 거잖아. 얼마나 좋아. 오늘은 어떤 곡을 들을까 고민하지 않아도 되고. 곡 찾느라 수고하지 않아도 되고.

모든 분야를 관통하면서도 복잡하지 않은, 그러나 예리한 하연의 감각이 나는 부러웠다.

낯선 사람들과의 식사 자리에서도 자기 입맛에 맞는 음식이 있으면 게걸스럽게 보일 정도로 음식에만 몰두하는 연의 모습도 내게는 추하기보다 인상적이었다. 대학 시절 처음 연과 술을 마시게 되었을 때였다. 과 전체 모임이었기에 그날 술자리에 함께한 인원은 족히 스무 명이 넘었다. 파전을 비롯한 각종 튀김류를 안주 삼아 막걸리를 마시던 자리였다. 술자리가 시작된 지 삼십 분이 넘도록 말 한마디 하지 않고 허겁지겁 먹고 있는 옆자리의 하연을 특이하다고 여기고 있는데 갑자기 뭔가 생각난 듯 고개를 돌려 연이 나를 쳐다보았다. 하연을 훔쳐본 건 아니지만 은근히 관찰하고 있던 나는 움찔하지 않을 수 없었다.

난 이하연.

넌?

돌발적인 하연의 질문에 당황해 얼른 대답을 못하고 있는데 연이 말했다.

지금까지 마신 막걸리는 여덟 잔이야. 술을 마실 때마다 잔 수를 세는 버릇이 있거든.

　그렇게 하연과 친구가 되었다. 하연은 내 호기심을 자극했고 이상하게 끌렸다. 그리고 무엇보다 알 수 없는 연민을 느꼈던 것 같다, 하연에게.

　일 년에 두세 차례 전화하다가 매일 전화를 걸어대는 하연의 돌발 행동에 대해서도 처음에는 호기심이 더 컸다. 그런데 횟수가 거듭될수록 이상하다는 생각이 들었다. 연이 원래 조리 있게 말하는 스타일은 아니었다. 불쑥불쑥 맥락 없이 말을 꺼내는 편이었는데 그렇다고 뻔한 이야기를 늘어놓거나 하지는 않았다.

　그런데 말이야. 해를 보면서 울어본 적 있어 넌?

　나를 몇 개의 단어로 규정한다면 그 단어들은 무엇일까 생각해본 적이 있어. 그런데 막상 생각해보니 아무런 단어도 떠오르지 않았어. 내가 나를 규정할 수 있는 근거는 아무것도 없다는 뜻이겠지. 막막하면서 한편으로는 홀가분했어. 그렇다고 마냥 자유로운 그런 느낌은 아니고. 안개. 무겁게 짓누르는 건 아니지만 쉽사리 걷힐 것 같지 않은 안갯속에 무방비 상태로 던져져 있는 느낌이랄까. 희미한 느낌으로만 존재하는 나라고 말해야 하나……. 어렴풋한 기억의 흔적들 역시 내가 직접 경험한 일이라기보다는 슬쩍슬쩍 내 곁을 스쳐 지나간, 나와는 상관없는 일들인 것 같았는데 어쩌면 안개는 그런 모호한 기억들의 부유일지도 모르지.

그런 식의 대화를 주고받던 하연이 매일 전화를 하기 시작하면서부터는 대화 내용도 달라졌다. 자기 머리를 스스로 자르는 연은 앞머리를 커트하는 방법과 뒷머리를 자르는 방식의 차이점에 관한 이야기를 늘어놓았고 인터넷에 떠도는 동영상에 관한 이야기를 뜬금없이 하기도 했다. 대화의 소재가 달라진 것에 대해서는 처음부터 눈치챘으나 그것 또한 연의 또 다른 변신일지도 모른다고 생각했다. 하지만 전화를 끊고 나면 이건 뭐지, 하는 의구심이 들면서 찜찜한 기분을 떨칠수가 없었고 어쩌면 하연에게 뭔가 큰일이 생긴 것일지도 모르겠다는 생각도 들었다.

요즘 넷플릭스에서 인기라는 그 드라마 말이야. 남자 주인공으로 나오는 K 있잖아. 너무 매력적이지 않아? 선홍빛 입술이 살짝 벌어질 때 특히.

내가 아는 연은 시시한 드라마 따위는 보지 않는 친구였다. 그런데 그날 연은 드라마에 등장한 남자 주인공에게 완전히 매료된 듯 약간 들뜬 어조였다. 순간 뭔가 잘못되어가고 있다는 생각이 들면서 혼란스러웠다. 내가 연이라는 인간에 대해 전혀 모르고 있었던 건 아닌가 싶기도 했고 연이 완전히 다른 인간으로 변했을지 모른다는 생각도 들었다. 그날 이후 나는 연의 전화를 더 이상 받고 싶지 않았다. 그런데 연은 내가 전화를 받지 않았던 다음 날에도 어김없이 전화했다. 그러나 어제 왜 전화를 받지 않았던 것이냐고 따져 묻지는 않았다.

지난번 그날도 연은 감자와 치즈를 으깬 요리에 관한 이야기를 하다가 결혼 전 다녀왔던 유럽 여행 이야기를 했다. 유럽 여행 중 메트로폴리탄오페라단 공연을 관람했던 이야기를 하던 중 문득 그녀의 말이 끊겼다. 전화가 끊어진 걸까 생각하며 여보세요를 반복하다가 내가 통화 종료 버튼을 누르려고 하는 순간 그녀가 짧게 대답했다.

응.

그때만 해도 나는 그녀가 울었을지도 모른다는 생각은 전혀 하지 않았다. 연을 안 지 이십 년이 넘었지만 한 번도 연이 우는 모습을 본 적이 없었다. 그런데 짧은 대답 이후 연은 또다시 침묵했다.

연아.

전화기 너머 그녀의 존재를 확인하기 위해 그녀 이름을 불렀다.

응.

습기가 느껴지는 것 같기도 하고 아닌 것 같기도 했다.

우는 거야?

말을 내뱉기 직전 뭔가 아니라는 생각이 들어 하려던 말을 삼키고 또 기다렸다, 다시 그녀가 말을 할 때까지. 그러나 그녀는 그 후로도 오랫동안 말이 없었다. 그러다가 말했다.

다음에 다시 전화할게.

그것이 그녀와의 마지막 통화였다.

언제나 연이 나에게 전화를 걸어왔지 내가 먼저 하연에게 전화해본 적은 없었다. 그래서인지 매일 전화하다가 연락을 뚝 끊은 연이 걱정되면서도 나는 곧바로 전화하지 않았다. 내가 먼저 하연에게 전화하지 않는 이유를 생각해본 적이 있다. 여러 가지였다. 실망감도 여러 가지 이유 가운데 하나인데, 연이 현수와 결혼한 것은 지금 생각해도 그랬다. 평생 독신으로 살 거라 믿어 의심치 않았던 연이 결혼하겠다고 한 것도 놀라운데 그 상대가 현수라는 사실은 도저히 믿을 수가 없었다. 현수는 대학 시절 자주 어울렸던 친구 중 한 명이다. 하연과 현수 그리고 상면과 규철은 모두 같은 과 친구들이었는데 무슨 이유에선지 우리는 한 팀이 되어 움직이곤 했다. 냉소적이고 진보적인 성향의 현수는 미대 학생인데도 그림보다 글과 더 가까웠다. 제주 4·3사건을 글로 쓰고 싶어 했던 현수는 제주 4·3사건 희생자 가족 모임에도 적극적으로 참석하는 것 같았다. 그래서인지 우리 만남에는 다섯 사람 중 제일 소극적이었다. 잘 오지도 않다가 어쩌다 나타날 때도 약속 시간보다 항상 늦게 오는 식이었다. 주로 굳어 있는 표정인 데다 어쩌다 내뱉는 말들도 하나같이 부정적이라 나는 현수를 별로 좋아하지 않았다. 그래서 현수에게 싫은 내색을 하게 되는 경우가 더러 있었는데 다른 세 친구는 왜 그러는 건진 몰라도 현수를 어려워하는 눈치였다. 누구에게나 당당하던 하연이마저 그랬다. 그런 친구들의 태도 때문에 더 현수가 달갑지 않았던 나는 무의식적으로 현수의 실수나 단점을 캐내기 위해 촉각을 곤두세웠던 것 같다. 그날 현수의 그 어색한 미소, 그 미소를 포착하던 날도 마찬가지였다. 다섯 사람이 저녁 식사를 함께하면서 중요한 의논도 하기 위해 일부러 약속 시간을 정해 만나기로 한 날인데 그날도 현수는 한 시간가량 늦었다. 늦는 현수를 기다리느라 저녁 식사 시간이 훨씬 지났는데도 우리는 배고픔을 참고 있던 터였다. 그런데 늦게 나타난 현수의 첫마디가 황당했다.

　난 밥 먹고 왔는데……. 나 기다린 거야?

　순간 뺨이라도 때려주고 싶었지만 나는 뺨을 때리는 대신 소리를 질렀다.

　미친놈 아니야. 너 당장 나가.

　뻔뻔함이 오히려 그를 도도한 인간처럼 보이게 만드는 묘한 재주가 있던 현수가 순간 흔들렸다. 생각지도 못한 나의 공격에 당황한 현수는 사과와 반발 둘 중 어떤 제스처를 취해야 자신에게 유리할지 생각이라도 하듯 눈동자를 빠르게 굴렸다. 두 가지 심리가 극단적으로 부딪혀 묘하게 일그러진 표정을 감추지 못한 채 방황하던 현수의 눈이 내 눈과 정면으로 마주쳤다. 성별에 찬 눈빛으고 현수를 응시하는 내 눈빛이 내가 느끼기에도 오싹할 정도였다. 그래서였는지 현수가 묘한 미소와 함께 어쩔 수 없었다, 어쩌고 하며 변명을 늘어놓았다. 그때 현수 얼굴에 떠올랐던 그 미소는 비루해 보였다. 어떤 극단적인 순간에는 누구보다 먼저 비겁해질 수 있는 자들이 그런 미소를 지을 것 같았다. 하지만 다른 친구들은 그날 현수의 그 미소를 아무도 눈치채지 못했다. 나는 말을 하기보다는 듣는 쪽이었고 내 의견을 강하게 내세우지도 않는 유형이었다. 그런데 그날 내 태도는 친구들을 놀라게 했고 그래서 나에게로 시선이 집중되었던 터라 현수의 표정까지 살필 겨를은 없었던 거였다. 그렇지 않아도 탐탁지 않던 현수를 그날 이후 더 싫어하게 되었는데 그런 현수와 결혼하겠다고 연이 말했을 때 나는 경악하지 않을 수 없었다.

왜?

내가 결혼 이유를 묻자 연이 말했다.

빚 갚으려고.

무슨 빚?

살면서 마음에 걸리는 일 같은 건 아무것도 없는데 제주 4·3사건으로 인한 희생자와 그 가족들에게는 항상 빚진 것 같은 마음이 들어.

그게 현수랑 무슨 상관 있는데?

나는 도저히 그럴 용기가 없는데 현수는 그들과 함께하려고 하잖아, 아무튼.

현수와 결혼하려고 하는 연의 이유는 뭔가 그럴듯하면서도 어처구니가 없었다. 그리고 실망스러웠다. 설사 연이 말한 이유가 충분히 설득력 있는 이유라 하더라도 현수라는 친구를 그렇게 쉽게 받아들일 수 있는 연이 나는 실망스러웠다. 그리고 의심하지 않을 수 없었다.

대학을 졸업하자마자 나는 무작정 서울로 왔다. 제주에 사는 내내 나는 제주를 떠나고 싶었다. 제주라는 섬은 나에겐 감옥 같았다. 제주에서 태어나 제주에서 자란 나는 언제 어디서나 자유로울 수 없었다. 어디를 가든 나를 알 만한 사람과 마주쳤다. 그래서 딱히 일탈행동을 하는 것도 아니면서 늘 감시받는 것 같았다. 그리고 무엇보다 바다. 어디서든 보이는 바다는 너무 막막해서 숨이 막힐 것 같았다. 도저히 넘어설 수 없는 산처럼 바다는 나를 가로막고 있었다. 그 바다를 건너면 내가 알지 못하는 다른 세계로 갈 수 있다는 사실을 알고 나서부터 나는 늘 동경했다. 바다 너머의 새로운 세상을.

그렇게 무작정 서울로 와서 마흔을 바라보는 나이에야 비로소 서울 도심 한구석에 작은 갤러리카페를 장만하기까지 나는 정말 열심히 살았다. 육체적인 고단함은 물론이고 정신적으로도 쉽지 않았다. 특히 자존심 따위 내팽개치고 모멸감을 감내해야만 했을 때, 그리고 포기에 대한 유혹과 수렁 같은 슬럼프에서 헤어나지 못했을 때 나는 극단적인 생각을 하기도 했다. 그러나 제주에서 바다를 바라보면서 느꼈던 죽음보다 더한 절망을 떠올리면 다시 힘이 났다. 내가 낯선 현실에 안착하기 위해 그렇게 발버둥 치는 동안 연은 현수와 결혼했고 현수와 결혼한 연은 경제적으로는 별 어려움 없이 지내는 것 같았다. 현수 집안이 원래 넉넉했던 데다가 현수 또한 대학 졸업 후 곧바로 제주에 있는 여행사에 취직해 연과 결혼할 무렵에는 자기 소유의 집과 승용차도 있을 정도로 안정된 상태였다. 연의 가정환경을 속속들이는 모르지만 어려웠다는 건 알고 있었다. 그런데도 연이 미대를 다닐 수 있었던 것은 언니의 희생으로 가능했다는 이야기를 언젠가 들은 적이 있다. 그런데도 연은 대학 시절 내내 한 번도 아르바이트로 돈을 벌거나 하지 않았다. 내가 아르바이트하던 관광상품 판매점에 자리가 나서 함께 일하자고 권했을 때 연이 말했다.

차라리 굶어 죽는 한이 있어도 누군가에게 뭘 팔아야 하는 그런 건

못 하겠어. 삶을 채 알기도 전에 나는 죽음을 담보 삼아 삶을 견디는 방법부터 먼저 알았거든. 삶 자체로 삶을 견딜 수 있게 되는 날이 과연 올 수 있을지 어떨지 모르겠지만 어쨌든 지금은 그래.

그날 연이 그렇게 말했을 때 제일 먼저 든 생각은 나는 무엇을 담보로 생을 견디고 있는가였다. 실체가 없는 희망을 담보로 무작정 살아보기에는 생이 미심쩍었고 찬란한 행복감을 느꼈던 순간에 대한 기억도 딱히 없어 오로지 막막하기만 했다. 그렇다고 제주 바다 너머로 반드시 가보고 말겠다는 다짐 역시 어떤 순간에도 삶을 견디게 해줄 튼튼한 밧줄이 되어줄 것처럼 여겨지지는 않았다. 그래서 연이 그렇게 든든한 담보물을 가슴에 품고 있다는 것이 한편으로는 부러웠다. 그러나 그런 부러움보다 더 크게 내 마음을 훑고 지나간 건 실망감이었다. 연의 진짜 담보물은 죽음이 아니라 연이 언니라는 생각을 떨칠 수없어서였다. 연이 그토록 피하고 싶은 현실과의 직면을 언니가 대신함으로써 연이 생존할 수 있다는 사실을 연도 모르지 않을 텐데 그렇게 말하는 연이 왠지 실망스러웠다. 하지만 나는 그날 내가 느꼈던 실망감을 가슴 깊숙이 묻었다. 그 실망감 때문에 연을 잃고 싶지는 않아서였다. 그런데 연이 현수와 결혼하겠다고 말했을 때 오래전 가슴 깊이 묻어두었던 실망감이 다시 고개를 치켜든 것이다. 자신은 외면하고 있는 제주 4·3사건의 아픔을 현수가 아는 체하고 있어서 그것 때문에 빚을 갚는 심정으로 현수와 결혼한다는 논리는 아무리 생각해봐도 설득력이 없었다. 그것보다는 연이 현수와 결혼함으로써 누리게 될 경제적인 안정, 바로 그것이 연이 현수와 결혼을 결심하게 된 결정적인 이유일 거라는 의혹을 떨칠 수가 없었다. 그것도 아니고 연이 현수를 정말 사랑해서 결혼했다면? 만약 그렇다면 그것은 나에게 최악의 이유였다. 연이 정말로 현수를 사랑해서 결혼한 거라면 내가 연을 더 이상 좋아할 수 있을지 어떨지 의문이 들 정도로 나는 현수를 인정하지 않았던 거였다. 하지만 그런저런 나의 의혹을 확인할 수 있는 길은 없었다. 어쩌면 연이 내가 짐작하지 못하는 또 다른 이유로 현수와 결혼을 결심한 것일지도 모른다는 생각 또한 하지 않을 수 없었다.

연에 대해 맹목적이던 내 마음이 한풀 꺾인 것은 그때부터였다. 그러나 내가 하연에게 먼저 전화하지 않는 이유 중 가장 큰 이유는 딴데 있었다. 우리 두 사람의 관계에서 더 적극적인 쪽은 언제나 하연이었다. 세수에서 함께 지낼 때도 늘 나보다 연이 먼저 나를 찾았다. 그런데도 나는 하연이 마음만 먹으면 언제든 내 손을 놓아버릴 수도 있다는 생각을 떨칠 수 없었다. 연이 나를 좋아하는 마음보다 내가 연을 좋아하는 마음이 훨씬 더 크기 때문일 것이다. 아니다. 내가 연을 좋아하는 건 확실하지만 연이 나를 좋아하는지 어떤지는 확실하지 않다. 어떤 인연에 의해 관계를 유지하고 있긴 하지만 연이 나를 좋아한다는 표현을 한 적은 한 번도 없었으니까.

오래전 갤러리카페를 꿈꾸기 시작하면서부터 눈여겨봐왔던 P 작가의 그림을 전시하는 첫날이었다. P는 전시 오프닝 행사 같은 걸 번거롭게 여겨 생략하자고 했고 덕분에 전시 첫날인데도 여유로웠다.

P는 여느 화가들처럼 자신이 그린 그림을 과대 포장하거나 하지 않았다. 그는 어렵게 그림을 그리지도 않았지만 그렇다고 쉽게 그림을 끝내지도 않는 작가였다. 아이디어 고갈 어쩌고 하며 쥐어 짜내듯 그림을 그리거나, 억지로 한 세계를 만들어내기 위해 비슷비슷한 그림 수십 개를 그려놓고 강요하듯 보여주는 그런 작가도 아니었다. 손에 잡히는 대로, 아니 자기 시야에 들어오는 모든 것을 자유롭게 표현하는 P는 언제나 무엇이든 그릴 수 있는 화가였다. 그래서인지 P의 그림은 항상 자유로웠다. 하지만 쉽게 작품을 끝내지 않는 작업 방식은 자유분방한 P의 세계와는 상반되는 모습이었다.

그림을 쉽게 끝내지 못하는 이유가 뭐예요?
업무적인 관계보다는 개인적으로 좀 더 가까워졌을 때 내가 물어본 적이 있다.
언제든 끝낼 수 있는 거라서 끝내지 않는 거예요.
무슨 선문답도 아니고 도대체 무슨 말인가 싶어 쳐다보자 P가 빙긋 미소 지으며 말했다.
아무것도 그리지 않은 빈 캔버스도 작품이라고 내걸면 작품이 되잖아요. 그러니까 그림이 내 품에서 떠나는 그 순간이 곧 그림을 끝내는 순간이라는 거지. 내 곁에 있는 한 그 그림은 영원히 끝난 그림이 아닌 거예요. 내 작업실에 놓여 있는 한 언제든 뭘 더 그려놓을 수도, 하나를 지워 없앨 수도 있는 거니까. 완전히 그림 자체를 쓰레기통에 처넣어버릴 수도 있을 거고. 소위 완성작이란 그러므로 하나의 상황이며 관념일 뿐인 거지. 이 세상에 존재하는 모든 것들도 마찬가지 아닐까요. 완성이라는 말 자체가 우습잖아요. 굳이 완성이라는 말을 써야 한다면 순간순간 존재하는 모든 것들이 그 순간 그 공간에서 바로 완성인 거지. 거기에 무슨 시작이 있고 끝이 있겠어. 이 순간, 당신과 내가 마주 앉아 있는 이 순간 이 장면도 그림이라 우기면 그림이 되는 것 아니겠어요? 하지만 나는 전위예술 어쩌고 하는 짓까지는 하고 싶지 않으니까 소박하게 이 정도 수준에서 노는 것으로 만족해요.

4월인데도 여전히 쌀쌀한 기운이 감도는 날이었다. 그런데도 카페 출입문을 활짝 열어젖혔다. 출입문 옆 기둥에 새겨져 있는 희갤러리 로고가 그날따라 눈에 띄었다. 내 이름인 전미희의 마지막 글자로 만들어진 갤러리 로고는 여전히 낯설었나. 사십 닌 기끼이 니의는 상관없이 동행한 것 같은 내 이름의 끝 글자를 갤러리 이름으로 정한 이유를 나는 끝내 알 수 없었다. 그냥 그 이름이 마음이 아닌 입속에서 계속 맴돌았고 그래서 다른 이름을 떠올릴 수가 없었다.

전날 그림을 걸면서 이미 다 보았지만 다시 한번 찬찬히 P작가의 그림을 감상하기 위해 팔짱을 낀 채 그림 앞에 서 있는데 참새 한 마리가 걸어서 갤러리 안으로 들어왔다. 도심 한가운데 생뚱맞게 등장한 참새는 아무래도 비현실적이었다. 그러나 참새는, 느닷없이 나타난 생명에 놀라고 있는 나와는 다르게 태연하고 당당했다. 분명한 목적지가 있다는 듯이 또박또박 걸음을 옮겨놓던 참새가 멈춰 선 곳은 그림 앞이었다. 참새는 제법 오래 그림 앞에 서 있었다. 그림을 보는 건지 아닌지 분명하지 않은 참새의 속내는 알 수 없었으나 참새와 눈을 맞추며 말을 걸면 충분히 대화를 나눌 수도 있을 것 같았다. 그때 어디서 나타났는지 아이 둘이 카페를 향해 뛰어오는 소리가 들렸다. 아이들, 그것도 뛰는 아이들의 등장 역시 참새의 등장만큼이나 비현실적이었다. 멈출 줄 모르는 차와 행인이 주를 이루는 도심에서 참새와 아이들이라니. 혹시 갤러리 안까지 뛰어 들어와 그림을 보고 있는 참새를 놀라게 하는 건 아닐까 염려되어 카페 문을 닫아야 하나 어떡하나 망설이고 있는데 다행히 뛰어오던 아이들은 갤러리에 도착하기 전에 뒤돌아서 왔던 곳을 향해 뛰어가버렸다. 그사이 참새도 자기가 왔던 곳으로 가버렸는지 보이지 않았다. 불현듯 나타났다 순식간에 사라진 참새와 아이들 때문인지 짧은 순간 공허감이 스쳤다. 그때 상면이 카페 안으로 들어섰다.

상면에게 연락한 것은 하연과 연락이 안 되기 시작한 지 석 달가량 되었을 때였다. 하연의 남편인 현수에게 전화해보면 당장 연의 소식을 알 수 있겠지만 도무지 내키지 않았다. 그래서 서울에 있는 상면에게 연락했던 거였다. 상면은 일찌감치 서울에서 화가로 활동하고 있었다. 상면의 그림은 딱히 흠잡을 데가 없고 세련된 게 특징이었다. 상면의 그림을 볼 때마다 나는 연의 그림을 떠올리지 않을 수 없었다. 연의 그림 앞에서 강렬한 감정을 느끼게 되는 것과는 다르게 상면의 그림을 보면서는 딱히 마음의 움직임 같은 건 없었다.

오랜만이네.

삼 년 만에 만난 상면에게 인사말을 건네자 상면은 옅은 미소로 인사를 대신했다.

여기 앉으면 되나?

화가로 활동하고 있는 상면이 갤러리에 걸려 있는 그림에는 눈길조차 주지 않고 앉을 자리부터 찾는 태도가 살짝 거슬렸다.

걸려 있는 그림들 한번 보지.

아 그래, 그림.

자리에 앉으려다가 엉거주춤 몸을 일으킨 상면이 카페에 전시된 그림을 둘러보았다. 상면이 그림을 둘러본 시간은 오 분도 채 되지 않았다.

좋네.

상면은 아무리 오래 만나도 정이 두터워지지 않아 연결 고리가 잘 생기지 않는 친구였다. 상면의 특징 중에 내가 제일 좋아하는 것은 상면이 대화하는 방식이었다. 상면이 늘어놓는 이야기들은 어떤 메시지나 의도가 담겨 있지 않아서 좋았다. 자신이 경험했거나 관찰한 사실들을 기자가 기사를 쓰듯 담담하게 묘사하는 상면은 자신의 감정을 드러내는 경우도 거의 없었다. 그런 상면과는 정반대 유형이 규철인데, 규철은 세상살이에 대한 견해가 분명하고 의리나 정을 중요시했다. 규철은 자기 세계관과는 다르게 돌아가는 세태를 주로 비난했고, 자기 경험에 관한 이야기의 귀결 역시 그래서 기분이 좋거나 나빴다는 식이었다. 그런데 상면은 이야기를 늘어놓기만 할 뿐 결론 같은 건 내지 않았다. 저음에는 상면의 그런 대화 방식이 낯설기도 했는데 어느 순간부턴가 나는 규철이 아닌 상면의 말에 더 귀를 기울였다. 좋고 싫은 게 분명한 규철에 비해 호불호가 따로 없는 상면이 더 다양한 소재의 이야기를 구사할 줄 아는 이야기꾼 같아서였다. 오로지 행동하거나 체험할 뿐 어떤 결론도 내리지 않는 상면은 한편으로는 궁금증을 자아내기도 했으나 쉽게 다가가지지 않는 친구였다. 그래서 함께 서울에서 지내는데도 따로 만나거나 하지는 않았다. 삼 년 전 만난 것도 제주에서 하연과 현수, 그리고 규철과 다 같이 만나는 자리에서 보았던 거였다.

커피 마실 거지?
그러지 뭐.
커피 한 모금을 삼키고 나서 상면이 말했다.
대단하네.
뭐가?
서울 도심에 이런 카페를 차리다니.
카페보다 갤러리를 더 내세우고 싶은 내 속내를 결코 짐작할 수 없는 상면의 눈엔 카페에 걸린 그림들 역시 작품이 아닌 장식품들로 보일지도 모르겠다는 생각이 들었다.
현수 말이야.
응.

정작 궁금한 건 하연이 소식인데 왜 현수 이름을 거론한 것인지 알 수 없었다.

요즘 어떻게 지낸대?

글쎄.

서로 연락 안 해?

일 년에 두세 번 정도.

그렇구나.

현수는 왜?

그냥.

육 개월 전쯤에 전화 통화 했는데 별일 없이 잘 지내는 것 같던데.

그래?

세수에는 사두 안 가시?

아무래도 그렇지.

언제 제주에 갈 계획 없어?

글쎄.

너 가게 되면 나도 시간 맞춰서 오랜만에 친구들 얼굴이나 한번 보려고.

그럴까?

4월이 가기 전에…….

상면이 가고 나서 커피를 내리는데 익숙한 느낌의 미지근한 열정이 살짝 나를 설레게 했다. 갤러리카페를 오픈한 지 육 개월쯤 되었는데, 처음 갤러리 문을 열었을 때는 온종일 달뜬 기분이었다. 오래전부터 꿈꿔왔던 것이 현실이 되었을 때 느끼는 충만감이었다. 그러다가 카페에서의 생활은 이내 일상이 되어버렸고 그런 일상과 더불어 나는 나른한 안정감을 조금씩 되찾고 있었다. 그러나 어쩌다 카페에 혼자 있게 되면 카페를 시작하면서 느꼈던 강렬한 열정의 여진 같은 미지근한 열정에 잠시 휩싸이기도 했다. 특히 카페에 손님이 없어 혼자 남게 되는 이런 시간에.

한여름 뙤약볕에서도 또렷하게 핀 제비꽃의 완벽한 자태와 의도 없는 현존이 곱다.
초록이 무성해지는 여름에 한껏 몸을 키운 감나무잎들이
가벼운 바람에도 푸닥거리라도 하듯 세차게 펄럭인다.
숨죽인 채 고요히 피어 있는 작은 꽃과,
바람보다 먼저 출렁이며 아우성치는 감나무이파리가
모두 한곳에서 왔다 하더라도 꽃은 꽃이고 잎은 잎이다.
'스고이'를 연신 외치며 떼로 몰려다니는 일본 여자들의 소란에도
나비가 놀라지 않고 의젓하게 꽃 위에 앉는다.
일없이 하늘 한번 올려다보고 고개 떨구니 장미 한 송이가 처음 본 듯 거기 있다.

카페를 시작하고 처음 읽은 시집이었다. 방문객이 한 사람도 없는 카페에 홀로 앉아 책을 읽는 모습은 갤러리카페를 계획하면서 자주

떠올리던 장면이었다. 그렇게 꿈꾸던 장면이 카페를 연 지 육 개월이 지나 비로소 현실이 되었던 거였다. 갤러리카페를 그토록 원했던 진짜 이유는 이런 시간 이런 공간에서 호젓하게 책을 읽기 위해서였을지도 모른다는 생각이 들었다.

여러 시인들의 시를 한데 모아 엮은 시집을 읽던 중 이름이 낯선 시인의 시 한 편이 마음에 와닿았다. 제비꽃과 장미의 현존을 뚜렷이 인식하는 시인의 마음에 비춰 내 마음도 한번 들여다보았다. 주로 뒤척이던 마음이 요즘 들어 좀 한가해진 느낌이었다. 아침 6시에 눈을 떠 밤 12시경 잠자리에 들기까지 매 순간을 쉴 틈 없이 바쁘게 보내고 있는데도 이상하게 마음은 오히려 고요했다. 그래서인지 낯선 시인의 눈처럼 나 또한 바쁜 와중에도 불구하고 사물이, 그리고 예전에는 번번이 놓치고 날렸던 낯은 것들이 또렷이 눈에 띔기곤 했다. 뚜렷하게 보이기 시작한 세상이 살짝 만만해 보이기도 했고, 무엇보다 수시로 아름다웠다. 요즘 같으면 내가 그토록 갈망했던 그림을 다시 시작할 수도 있을 것 같았다. 그러나 이미 나는 너무 많은 그림을 보아버렸고 나를 홀렸던 숱한 그림들을 능가할 만한 그림을 그릴 자신은 아직 없었다. 특히 하연의 그림은 여전히 내 발목을 잡는 가장 큰 이유였다.

4월이 다 가도록 연락이 없던 상면이 4월 마지막 날 전화해 아무래도 자기는 제주에 가기 어렵겠다고 말했다. 그래서 5월에야 비로소 가게 된 제주는 관광객들로 붐볐다. 제주에 살 때도 그랬지만 제주를 찾는 관광객들을 나는 혐오했다. 곳곳이 피로 물든 기억이 있는 섬이 제주였고, 육지와 동떨어져 있어 삶의 조건이 열악할 수밖에 없는 곳이 제주였다. 그런 제주에서 살아내야 하는 사람들의 아픔과 고단함은 아랑곳하지 않고 오로지 제주의 풍광을 구경하겠다며 몰려오는 관광객들이 한심하고 천박하게 보였다. 그래서 외부 사람들이 특히 많이 방문하는 봄가을은 피하려고 했는데 이번만큼은 어쩔 수가 없었다. 몇 달째 연락이 안 되는 하연에 대한 불안감을 더 이상 미룰 수 없었기 때문이다. 늘 봐도 낯선 관광객들에도 불구하고 제주는 여전했다. 관광객들 누구나 좋아하는 제주의 현무암도 여전히 나에게는 이상한 슬픔을 불러일으키는 돌일 뿐이었다. 제주를 제주답게 만드는 그 모든 것들을 외면하면서도 제주의 햇살, 완전히 깨끗하다 못해 시린 제주의 햇살만큼은 사랑했다. 그런 제주의 햇살 아래에서 나는 남몰래 감격했고 때로는 울음을 삼켰다. 너무 아름다운 것에 찔렸을 때의 현기증도 제주의 쨍한 햇살과 함께 일찌감치 경험했다.

삼 년 전 친구들을 만날 때 들렀던 카페에 제일 먼저 도착한 나는 카페 정원 앞에 펼쳐진 바닷가를 잠시 거닐었다. 파도가 일으킨 물보라가 발끝을 적셨다. 잔잔한 듯하다가 갑자기 거세진 파도가 크게 일어났다 스러질 때 문득 무지개가 떴다. 파도에서 무지개를 본 것은 그때가 처음이었다. 반달 모양의 무지개가 아닌 직사각형 형태의 무지개는 저절로 생긴 것이 아니라 누군가 일부러 그려놓은 것 같았다. 파도가 생겨났다 사라질 때마다 그 자리에 그려지는 무지개를 넋 놓고 바라보고 있는데 누군가 내 등을 쳤다. 규철이었다.

일찍 왔네?

응. 잘 지냈지?

그럭저럭.

좋아 보인다.

삼 년 전 만났을 때보다 규철은 약간 살이 찐 것 같았다. 날카롭던 눈빛도 좀 순해진 느낌이었다.

카페 한다면서? 상면이에게 들었어.

응. 넌 하는 일 잘 되고?

그렇지 뭐.

부모님과 함께 요식 사업을 하는 규철이 시큰둥하게 말했다.

하연이네는 잘 지내는 거지?

상면에게는 묻지 않았던 하연의 소식을 규철에게 물었나.

너 몰라?

뭘?

하연이 좀 안 좋은 것 같던데.

어디가?

묻는데 가슴이 철렁 내려앉았다.

알코올성 치매……. 나중에 현수한테 듣는 게 더 낫겠다.

울었다, 현수가. 흐르지 못하고 고여 있기만 했던 슬픔이 폭포가 되어 쏟아져 내렸다. 하연과 동반하지 않고 혼자 친구들을 만나러 나와 하연의 소식을 전하면서 우는 현수는 내가 알던 현수가 아니었다.

일 년 전부터 좀 이상했어. 엉뚱하고 낯선 구석이 많은 사람이었지만 난폭한 성정은 아니었거든. 그런데 가끔 거칠게 화를 내면서 쌍욕까지 하더라고. 술 때문이겠지 생각하면서도 이상했어. 술이야 너네도 알다시피 늘 마시던 사람이었잖아. 제일 이상했던 건 갑자기 말이 많아진 거야. 말수가 많은 사람이 아니었잖아 하연이가. 게다가 말의 내용도 일관성이라고는 없는…… 한마디로 횡설수설이었지. 그래서 내가 건성으로 듣기라도 하면 불같이 화를 내면서 폭력적으로 변하는 거야. 처음에는 그림이 잘 안 그려져서 그러는 건 아닌가 생각했어. 다른 건 할 줄 몰라도 하연이가 그림 하나만은…… 오직 그림만 그린 사람이잖아. 하지만 제주에서 뭘 어떻게 해보겠어. 그래서 서울로 이사할까 생각도 해보았는데 하연이 한사코 싫다는 거야. 자기는 제주가 좋다면서. 제주에서만 느낄 수 있는 바람 냄새를 맡을 수 없다면 아마도 자기는 질식해버리고 말 거라 말하곤 했어. 하연이 직접 말한 건 아니지만 하연이 그렇게 술을 마신 것은 세상이 자기 그림을 알아주지 않는 것에 대한 자괴감 때문이 아닐까 싶어. 아니, 어쩌면 아닐 수도 있어. 하연이 괴로워한 진짜 이유는 다른 데 있을지도 모르지.

우리를 만나자마자 울음을 토해내던 현수가 한참 만에 울음을 그치고 쏟아낸 말들이었다. 하연을 술 마시게 한 진짜 이유가 뭔지 다들 궁금해하면서도 얼른 되묻지 못하고 있는데 현수가 말을 이어갔다.

그러면 그럴수록 그림과 멀어진다는 말을 종종 했거든, 하연이. 살아서 펄떡거리는 어떤 느낌, 그것을 그리고 싶어서 붓을 들었는데 그 느낌을 캔버스에 옮기기도 전에 생생하던 그것이 죽어버린다는 거야. 그러니까 캔버스에 그려진 그림은 이미 죽은 그림이라는 거지. 하연이 그렇게 수많은 그림을 그렸으면서도 한 번도 전시회를 열지 않은 것 또한 그 때문이야. 제주에서라도 개인전을 가져보는 게 어떻겠냐고 수도 없이 권했는데 그럴 때마다 하연이 그렇게 말했거든. 생명이 느껴지지 않는 죽은 그림을 전시장에 걸어놓을 순 없다고 말이야. 화폭에 담으려고 하는 순간 달아나버린 그 느낌이 다시 자기를 찾아와 줄 때까지 기다리는 하연의 모든 그림은 그러니까 늘 미완성인 거지, 말하자면.

말을 하는 현수는 비통해 보였다. 하연이 현수와 결혼을 결심한 이유는 궁금해하면서 현수가 하연과 결혼하게 된 이유에 대해서는 한 번도 궁금해하거나 생각해본 적이 없었다. 그런데 그날 본 현수는 하연을 많이 사랑하는 것 같았다. 하연이 알코올성 치매를 앓고 있다는 사실도 놀라웠으나 현수가 그토록 깊이 하연을 사랑하고 있다는 사실은 더 놀라웠다. 그리고 현수는 말을 하면서 자주 고개를 좌우로 흔들었다. 자꾸 쏟아져 내리려고 하는 눈물을 애써 가두기 위해 그러는 것 같았다.

요즘 들어서는 아예 말을 하지 않아. 온종일 말 한마디 하지 않아. 말을 잃어버린 것인지 하고 싶지 않은 것인지…… 말과 함께 하연의 그림도 깊은 암흑 속으로 잠겨버리고 말았어. 그림을 아예 안 그리고 있거든. 하연과 대화를 나눌 수 없는 건 견딜 수 있겠는데 히연의 새로운 그림을 볼 수 없게 된 건…… 하연이 그리는 새로운 그림을 보면서 나는 나를 견디고 있었거든. 의미 없이 반복되는 일상에 지쳐가다가도 하연의 그림을 보면 꺼져가던 마음의 불씨 같은 게 다시 살아나곤 했으니까. 그렇다고 나도 다시 그림을 그려보고 싶다거나 하는 그런 마음은 아니었고. 대학 때 하연이 그림을 보면서 나는 아무리 노력해도 하연이 그림을 능가할 수는 없겠다는 생각이 들었거든. 그러니까 내가 일찌감치 그림 그리기를 포기한 건 하연이 때문인 거지. 그래서 한동안은 하연을 내 마음에서 밀어내려고도 해봤는데…… 그러다가 결국은 더 사랑하게 된 거야. 뭐랄까, 하연이 그림 앞에 서면 오래전 잃어버린 소중한 어떤 것을 되찾을 수도 있을 것 같은 느낌이 들어. 환희와 통증이 동시에 느껴지기도 하고. 아무튼 말과 그림을 모두 잃어버린 지금 하연은 그녀 자체가 예술이 되어버린 것 같아. 보고 있으면 너무 아픈데 강렬하게 사람을 끌어당기는 마력은 예전보다 더 세진 것 같거든. 어쩌면 하연은 그림으로서가 아니라 자기 존재 그 자체로 마지막 그림을 완성하고 있는 건지도 모르지.

구실잣밤나무의 수꽃 향이 제주에 떠돌고 있었다. 십여 년 전 제주를 떠나 서울로 오기 전에 연과 함께 제주 금천계곡에 있는 샘터를 찾아간 적이 있었다. 그때도 5월이었다. 금천계곡 샘터는 그곳의 물을 산이 주는 금빛 물이라 여길 만큼 제주 사람들이 신성시하는 곳이었다. 그 샘터 위에 자리하고 있는 구실잣밤나무는 수백 년 동안 금천 계곡을 관장하는 목신이었다. 절벽 틈새로 뿌리를 내린 그 모습은 암벽을 뚫고 나와 기어이 암벽을 품어버린 기이한 모습이었다. 경외감을 불러일으킬 정도였다. 그러나 나무를 둘러싼 그 장소의 기운이 너무 강해 근기가 약한 사람은 으스스한 한기가 느껴지기도 하는 곳이었다. 그래서 찬찬히 느끼고 둘러보기보다는 서둘러 그곳을 벗어나고 싶어 하는 나와는 다르게 연은 아예 눈을 감은 채 깊이 심호흡하면서 그곳의 정기를 받아들이고 있었다.

이 향. 구실잣밤나무 수꽃에서 풍기는 이 꽃향 말이야. 이 세상 향이 아닌 것 같아.

하연의 말에 나는 비로소 향을 느꼈다. 특히 오월이면 제주를 뒤덮는다는 구실잣밤나무의 향내를 나는 그날 처음 자각했다. 체수들 낡은 그 냄새는 짙고 매혹적이었다, 하연처럼.

제주를 떠나기 전 하연에게 전화해보았다. 받지 않았다. 무작정 하연의 집에 찾아가 볼 수도 있었지만 나는 가지 않았다. 자기 존재 자체로 예술이 되어가고 있을지도 모를 하연의 모습과 직면할 용기가 나지 않아서였다. 어쩌면 나는 일찍부터 알고 있었을지도 모른다. 죽음으로까지 자기를 내몰 수 있는 자만이 진짜 그림을 그릴 수 있다는 것을.

어렵게 시간을 내어 찾은 제주에서 하룻밤도 보내지 않고 서둘러 서울로 돌아온 나는 밤이 늦은 시각인데도 집이 아닌 카페로 향했다.

자정이 다 되어가는데도 도시의 불빛은 여전히 휘황했다. 불 꺼진 카페 문을 열고 들어서니 봄인데도 아직 가시지 않은 냉기가 나를 엄습했다. 추웠다. 그러나 안도했다. 무엇으로부터의 안도인지는 알 수 없었다. 그림을 포기하고 얻은 달콤한 일상이 나를 쉽게 잠식할 리 없다고 생각하면서 카페를 둘러보는데 핸드폰이 울렸다. 하연이 번호였다. 불안과 기대가 교차하면서 갑자기 심장이 뛰기 시작했다. 결국 전화를 받게 되겠지만 나는 벨이 열 번 넘게 울리도록 전화를 받지 않았다.

여 씨

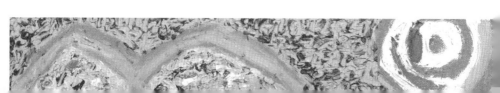

여씨

바로 그때, 왼쪽 창밖에 허연 물체가 어른거리는 것이 눈에 띄었다. 하얀색 종이였다. 3층 사무실의 왼쪽 창밖에는 늘 하늘밖에 없었다. 서쪽 하늘이었으므로 간혹 퇴근 시간이 지난 뒤 사무실에 남게 되었을 때 주홍빛 노을이 펼쳐지기도 했지만 평소에는 주로 밋밋한 허공이었다. 그런데 그곳에 백지 한 장이 떠다니고 있었다. H의 숨결이 느껴질 정도로 그의 얼굴 가까이 내 얼굴을 들이밀던 나는 순간 헛것을 본 게 아닐까 생각하며 두 눈을 깜박거렸다. 동시에 굉음에 가까운 바람 소리와 함께 강화유리로 된 창문이 사정없이 흔들렸다. 태풍이었다. 오래 자제하며 억눌렀던 금기를 막 깨려던 바로 그때 휘몰아치기 시작한 태풍 앞에서 나는 하려던 동작을 멈추지 않을 수 없었다. 아직 아무것도 눈치채지 못한 것 같은 H의 놀란 시선을 의식하며 나는 여전히 허공을 배회하고 있는 흰색 종이를 계속해서 쳐다보았다. 뭔가 글씨 같은 게 씌어 있는 것 같기도 한 종이는 우연히 주어진 자유를 만끽이라도 하는 듯 느긋해 보였다. H가 내 앞에 나타난 이후 한 달을 넘게 매 순간, 꿈속에서까지 H에게 내 감정을 고백할 것인가 말 것인가를 고민하다가 드디어 입을 열려고 하는 순간 태풍이, 아니 태풍으로 인해 날아오른 종이 한 장이 나를 원점으로 돌려놓았다. 양 갈래 길의 입구로 다시 돌아온 나는, 태풍 때문인지 나 때문인지 어안이 벙벙해진 채 사무실 한가운데 붙박인 채 서 있는 H를 그곳에 남겨둔 채 바깥으로 나왔다.

사무실 안에서는 괴물의 휘파람처럼 무시무시하게 들리던 바람 소리가 정작 건물 바깥으로 나오자 전혀 들리지 않았다. 거센 바람은 여전한데 바람 소리만 집어삼키는 또 다른 괴물이 어딘가에 숨어 세상의 소리를 다 먹어치우기라도 한 듯 바깥은 오히려 고요했다. 그 고요 속에서 마치 자기 세상을 만난 듯 미쳐 날뛰는 것들이 있었다. 쓰레기였다. 땅 위, 가장 구석지고 은밀한 곳에서 낮게 엎드려 지내던 온갖 종류의 쓰레기들이 당당하게 하늘을 날아다니고 있는 광경을 보면서 이상하게 마음이 편안해졌다. 건물 마당 한가운데 서서 쓰레기들의 난무를 한참 동안 바라보다가 담배 한 개비를 꺼내 입에 물었다. 라이터를 꺼내기 위해 호주머니에 손을 집어넣다가 불현듯 여씨를 떠올렸다. 건물 1층에 따로 흡연실이 마련되어 있는데도 건물 마당에서 담배를 피우기 십상인 내가 담배를 피우려고 할 때마다 여씨는 귀신같이 알고 나타났다. 그렇다고 나에게, 여기서 피우지 말고 흡연실로 가서 담배를 피우라고 말을 하거나 하지는 않았다. 그냥 내 앞에 나타날 뿐이었다. 그때 여씨의 손에는 빗자루 혹은 마른걸레 등이 항상 들려 있었다. 말온기녕 사람을 아예 처다보지도 않는 여씨의 등상반으로도 그가 나에게 원하는 것이 무엇인지 눈치챌 수 있었던 나는 마당 한가운데서 입에 물었던 담배를 흡연실 안으로 들어가서야 비로소 피울 수 있었다. 그런데 태풍이 불고 있는 지금 흡연실이 아닌 마당에서 내가 담배를 피우려고 하는데도 여씨가 나타나지 않았다. 여씨의 부재에 허전함을 느끼며 주위를 돌아보던 중 며칠 전 들었던 여씨 소식이 머릿속에 떠올랐다. 아파서 병원에 입원해 있다는 소식이었다. 백 명이 넘는 직원 중 여씨가 어디가 아파서 어느 병원에 입원해 있는지 아는 사람은 아무도 없었다.

건물의 경비원으로 채용된 여씨는 경비로서의 일뿐만 아니라 회사의 온갖 잡일을 다 하는 사람이었다. 아버지가 돌아가시면서 아버지 사업을 물려받게 된 내가 이 회사에 근무하게 된 지는 오 년이 채 되지 않는다. 그러니 여씨가 언제부터 우리 회사에서 일하기 시작한 것인지 나는 모른다. 회사의 다른 직원들도 자신이 이 회사에 입사했을 때부터 여씨가 있었다고 했다. 말이 없고 상대를 잘 쳐다보지 않으며 묵묵히 자기 일만 하는데도 불구하고 여씨는 묘한 존재감이 있었다. 근하당이라는 회사 이름과 함께 나에게 제일 먼저 떠오르는 사람은 돌아가신 아버지가 아닌 여씨였다. 아버지가 살아 계실 때, 자주는 아니었으나 가끔 회사를 방문할 때마다 제일 먼저 보게 되는 사람이 여씨였다. 어쩌다 여씨가 보이지 않으면 일부러 찾아서라도 여씨 얼굴을 슬쩍 보고 나야 마음이 놓였다. 왜 그런 것인지는 똑 부러지게 말할 수 없었다. 지은 지 백 년이 넘어 낡고 오래된 데다 주변의 다른 건축물들과도 전혀 어우러지지 않는 일본식 목조 건물인 우리 회사 이미지와 여씨는 희한하게 잘 맞았다. 회사에 들어서는 모든 사람이 제일 먼저 대면하게 되는 여씨가 없는 이 건물은 아무래도 상상하기 어려웠다. 그만큼 여씨는 근하당과는 한 몸이나 마찬가지인 존재였다. 그러나 여씨가 이 회사가 아닌 다른 공간에 있다고 가정했을 때 여씨는 평범하고 허름한 노인에 불과할 것이다. 근하당과 함께 태어나 근하당 귀신이 되어야 마땅할 것 같은 여씨가 그런데 지금 이곳에 없다. 잠시 아프다가 다시 회사로 돌아올 수도 있겠지만 왠지 그럴 일은 없을 것 같았다. 여씨에 대해 구체적으로 아는 바가 전혀 없지만, 며칠 자리를 비웠다가 돌아올 정도였으면 이렇게 결근하지는 않을 사람이라는 생각이 들었다.

여씨의 부재를 자각하면서 마음이 공허해진 나는 여씨가 정해놓은 흡연실로 향하지 않고 마당 한가운데서 담배에 불을 붙였다. 하지만 잠시 잠잠하던 바람이 다시 미쳐 날뛰기 시작하면서 라이터는 맥없이 꺼져버리고 말았다. 흡연을 방해하는 태풍 앞에서 더 강한 흡연 욕구를 느낀 나는 포기하지 않고 온몸을 잔뜩 웅크린 채 기어코 담배에 불을 붙였다. 담배는 H 다음으로, 아니 어쩌면 이 세상에서 내가 가장 욕망을 느끼는 존재일지도 몰랐다. 그러나 내가 한 모금을 들이키기도 전에 바람이 먼저 담배를 태우며 이리저리 연기를 흩뿌리고 있었다. 공중을 떠도는 연기는 내 호흡과 함께 폐 안으로 들어갔다가 다시 되돌아 나온 그것이 아님에도 불구하고 내 마음의 무늬와 똑같은 그림을 그리며 허공을 맴돌았다. 시원하게 끓지도 못하는 죽처럼 억눌린 채 들끓는 H에 대한 감정과 여씨의 부재로 인한 상실감으로 뒤죽박죽된 내 마음은, 태풍에도 불구하고 하늘을 향해 날아오르지 못하고 땅 가까이에서 낮게 미친 듯이 흔들리고 있는 담배 연기와 다를 바 없었다.

도저히 물러설 곳이 없는 상황까지 버티다가 결국은 아버지 회사를 물려받아 관리하게 되면서 나는 완전히 다른 인간으로 거듭나지 않으면 안 되었다. 직원이 백 명이 넘는 회사의 리더는 아무나 할 수 있는 게 아니었다. 백 개가 넘는 눈과 귀를 의식하며 백 명이 넘는 입을 책임져야 하는 자리를 감당하기 위해서는 어느 정도 이상의 소양과 인격을 갖추지 않으면 안 된다는 사실을 본능적으로 알고 있었기에 그 자리를 그토록 피하고 싶었던 거였다. 하지만 피할 수 없는 운명이라는 것도 있었다. 그래서 그 운명을 받아들이기로 결심한 나는 나를 바꾸기 위해 노력하지 않을 수 없었다. 규칙적인 생활의 리듬을 몸에 익히는 것 혹은 회사를 적자가 아닌 흑자로 꾸려가기 위해서는 어떤 시스템으로 회사를 끌고 나가야 할 것인가 등의 문제를 고민하는 것들은 쉬운 것도 아니지만 못 해낼 것도 없는 그런 거였다. 그런데 회사 대표 자리에 걸맞게 때로는 위압적으로 때로는 냉정하게 혹은 위선적으로 직원들을 상대해야 하는 등의 처세는 끝내 쉽지 않았다. 상대에 대해 쓸데없이 예민하고 사람과 사람 사이의 불화를 몹시 싫어해 조금 불편해지면 아예 관계를 끊어버림으로써 문제를 해결하곤 했던 나는 그런 자신을 변화시키기 위해 매 순간 나를 의식하며 연기를 하지 않을 수 없었다. 그런 대접을 받아 마땅한 상대에게 위압적이고 냉정하게 구는 것은 오히려 쾌감을 안겨주는 행위였지만 대표라는 자리를 빌려 그렇게 한다는 것이 유쾌하지 않았다. 특히 위선, 도저히 상종하기 싫은 인간인데도 회사에 필요한 존재이기에 적당히 감정을 감추며 때로는 쓰다듬어주기까지 해야 하는 경우가 잦아지면서 나는 나를 찢고 싶었다. 그러나 그런저런 과제와 연기는 진짜 내가 감춰야만 하는, 혹은 극복해야만 하는 한 가지에 비하면 아무것도 아니었다.

왜 남자가 여자가 아닌 남자를 사랑하느냐는 세상 사람들의 질문에는 전혀 답하고 싶지 않다. 나 역시 나에게 수도 없이 질문을 해보았지만 도저히 그 답을 찾을 수가 없었다, 아니 그냥 그렇다는 게 내가 얻은 답이다. 처음 동성에게 관심을 가졌던 중학교 시절, 그때 나는 당시 나의 비정상적인 행동이 단순히 여성에 대한 혐오 때문이라고 생각했다. 딸만 셋인 집안의 외동아들로 태어난 나는 보수적인 생각을 가진 부모에게는 금덩이 같은 존재였고 부잣집 딸인 누나들에게는 사랑스러운 장난감이나 마찬가지였다. 엄연히 성이 다른데도 불구하고 누나들은 내가 다 자라고 나서도 내 앞에서 아무렇지도 않게 옷을 갈아입곤 했다. 그런 누나들을 지켜보면서 자란 내가 이성에 대한 신비감이나 호기심 따위를 느낄 리 만무했다. 내가 본 누나들은 유치하기 짝이 없었으며 나로서는 이해하기 힘든 것들에만 모든 관심을 다 쏟는 이상한 존재들이었다. 들어서 쓸데 있는 말이라곤 한마디도 없는데 온종일 쉼 없이 지껄이는 그녀들의 입은 내가 제일 싫어하고 경멸하던 것 중 하나였다. 그래서 나는 고등학교에 입학할 때까지도 이름을 제대로 기억하는 여자애 하나 없었다. 어쩌다 눈에 띄게 예쁜 여학생이 있기도 했지만 금방 싫증이 났다. 그녀 역시 입을 여는 순간 내가 지겹도록 보고 살아온 내 누나들과 다를 게 하나도 없는 여자였기 때문이었다. 그러다가 중학교 3학년 때 같은 반이던 G에게 마음이 갔다. 그때 나는 그 관심의 정확한 정체를 모른 채 G에게 마음을 빼앗겼다. 타인에게 그렇게 마음을 빼앗긴 경험은 그것이 처음이었다. G는 스마트했다. 공부는 물론이고 운동 또한 못 하는 게 없었다. 게다가 리더십도 뛰어나 G 주변에는 늘 다른 친구들이 있었다. 그러므로 나는 일방적으로 G를 흠모할 수밖에 없었다. 티 나지 않게 G를 훔쳐보던 나는 불과 삼 일 만에 G에 대한 내 관심을 거두고 말았다. 유능한 사내애들에게서 흔히 볼 수 있는 승부욕이 G에게도 있었기 때문이었다. 남에게 지는 것을 극도로 싫어하는 G의 모습을 엿보고 나서 나는 추호의 미련도 없이 G에 대한 내 마음을 정리했다. 하지만 그때까지만 해도 나는 G에 대한 내 마음을 사춘기 소년이 친구에게 이끌리는 것 이상으로는 생각하지 않았다. 그런데 스무 살이 지나서 M을 만나면서 나는 내가 다른 남자들과는 다르다는 것을 알게 되었다.

아무튼 나는 남자이면서 남자를 사랑하는 동성애자다. 하지만 나를 아는 사람 중에 내가 동성애자라는 사실을 아는 사람은 아무도 없다. 20대 초반 잠시 사귀다가 내 곁을 떠난 M 말고는 이 세상에 내 비밀을 아는 사람은 아무도 없다. 그런데 H가 내 앞에 나타났다. H는 나보다 열 살도 넘게 어린 친구다. 그런데 나는 H를 처음 본 순간부터 H에게 마음을 빼앗기고 말았다. H가 우리 회사에 근무하게 된 것도 내가 꾸민 일이라는 사실을 H는 꿈에도 모를 것이다. 타 제약회사의 영업부 직원으로 근무하던 H는 우리 회사에 근무하는 L과 친한 친구 사이였다. 그래서 자주 우리 회사에 들렀다. 그러다가 내 눈에 띄었고, 그때부터 H를 마음에 품게 된 나는 L을 움직여 H를 우리 회사에 입사하도록 만들었다. L로 하여금 H를 우리 회사로 데려오게 만들었던 과정은 누가 봐도 자연스러웠으므로 L 또한 나의 계획과 의도를 전혀 눈치채지 못했을 것이다. 그것은 오랜 세월 동안 비밀을 간직한 채 살아본 자만이 할 수 있는 은밀하고 교묘한 계략이었다. 그래서 L은 내가 H를 원한 것이 아니라 자신이 먼저 H를 나에게 적극적으로 추천한 것으로 생각하고 있을 게 분명했다. 그렇게 해서 H를 내 곁에 두게 된 나는 매일 H를 훔쳐보면서 관찰했다. 관찰하면 할수록 H는 내가 사랑할 수밖에 없는 사람이었다. 아무리 사소한 것에 대해서도 진지하고 섬세했으며 닳아빠질 대로 닳아빠진 세상 속에서도 그는 늘 바보처럼 순수했다. 그러면서도 자기가 아니라고 여기는 것에 대해서는 눈길도 주지 않는 완고함이 있었다. 내가 H에게 섣불리 고백하지 못하고 오래 고민한 것도 그의 그런 완고한 성품을 엿보았기 때문이었다. 하지만 사랑하는 사람을 가까이 두고도 말조차 꺼내지 못하던 나는 이상한 심리로 H를 괴롭히기 시작했다. 내가 생각해도 납득할 수 없는 업무를 H에게 떠안기고, 시도 때도 없이 H를 대표실로 불러들여 대표가 체크해야만 할 사안이 아닌 것까지 체크했다. 심지어 전혀 화를 낼 만한 상황이 아닌데도 불구하고 얼굴을 붉히며 화를 내는 경우도 더러 있었다. 오늘도 그런 경우였다. 새로 출시된 신약을 도매 약국에 소개하는 영업자로서의 H의 근무성적이 다른 영업자들에 비해 저조하지 않은데도 불구하고 H를 대표실로 불러들인 나는 잔뜩 가라앉은 목소리로 이것저것 물으면서 H를 불편하게 만들었던 것이다. 그러다가 H에 대한 감정을 더 이상 억누를 수 없게 된 나는 H의 얼굴 가까이 내 얼굴을 들이대면서 어떤 행동, 그 행동의 결과가 포옹이었을지 아니면 키스였을지는 나도 알 수 없었다. 하지만 아무튼 나는 그런 어떤 행동을 하기 위해 H 가까이 다가갔던 것이다. 그런데 그것이 행동으로 이어지기 바로 직전에 창밖의 종이 한 장이, 아니 태풍이 나를 정지시켰고 나는 결정적인 행위 직전에 그것을 멈춤으로써 H를, 그리고 나를 가까스로 지킬 수 있게 되었다.

아버지가 돌아가시면서 억지로 맡게 된 대표 자리이긴 해도 대표로서 누리게 되는 건 많았다. 속으로는 그런 나를 비웃으면서도 나는 한 회사의 대표가 누리게 되는 갖가지 달콤함을 은근히 즐겼다. 그런데 내가 동성애자라는 사실이 세상에 알려지면 나는 지금 누리고 있는 많은 것들을 포기하지 않으면 안 될 것이다. 설사 H가 내 고백을 받아들일 수 없다고 해도 내가 동성애자라는 사실을 소문내거나 하지는 않을 사람이겠지만 그래도 나는 지금 내가 겪고 있는 갈등보다 훨씬 더한 고통과 번민에 빠지게 될 게 분명하다. 그런 걸 알면서도 나는 H에게 내 사랑을 고백하려고 했다. 그것은 내가 머리로 생각하고 내린 결론이 아니라 미처 말릴 새도 없이 내 존재 전체가 H를 향해 쏟아졌던 그런 거였다. 그런데 다행인지 불행인지 태풍이 몰아쳤고, 태풍 때문에 날아오른 종이 한 장이 위험한 행동 직전의 나를 훔쳐보는 통에 나는 마지막 행동은 하지 않았다. 마지막 행동을 보류한 자에게 남겨지는 것은 갈증만은 아니었다. 유보된 기대, 그것이 주는 달콤함도 있었다. 그러나 거의 매 순간 어디에도 머물지 못하고 양극단을 오락가락하는 마음이 겪게 되는 피로 때문에 나는 하루가 시작되기도 전에 이미 녹초가 되어 있는 경우가 많았다.

세 모금 정도밖에 빨아들이지 않았는데 바람 때문에 담배 한 개비가 거의 타들어가고 있었다. 태풍은 수그러들 기미가 보이지 않았다. 온 세상을 흔들어놓는 태풍은 도무지 자연스럽지 않은 자연 현상이었다. 과하고 격하게, 하늘과 땅을 뒤집어놓을 것 같은 기세로 미친 연기를 하는 태풍을 온몸으로 느끼면서 나는 오히려 고요해졌다. 내 육체 안에 갇혀 나를 괴롭히던 마음이 내 육체를 벗어나 태풍과 함께 날뛰는 것을 남의 일인 양 지켜보면서 내 육체는 오랜만에 평화로운 휴식을 취하고 있었다.

여씨가 머물던 경비실, 아니다 여씨는 한 번도 그곳에 머물러 있었던 적이 없다. 여씨의 방이라고 누구나 알고 있는 세 평짜리 그 공간에 쉬면서 머무는 여씨의 모습을 나는 단 한 번도 본 적이 없다. 여씨는 늘 회사 곳곳에, 그것도 구석지고 냄새나는 곳에 주로 있는 사람이었다. 화장실 변기를 수리하거나 쓰레기 분리수거를 하고 있기 일쑤였다. 그런데도 내 차가 회사 주차장으로 들어서면 어디 있다가 나타났는지 항상 나타나 경비실 앞에 서서 내가 안전하게 차를 주차할 때까지 지켜보곤 했다. 그러다가 정작 내가 차에서 내리면 이미 어디론가 사라지고 없었다. 그럴 때마다 나도 모르게 웃음이 났다. 경비원이 해야 하는 일 중 제일 중요한 업무가 회사에 드나드는 사람을 누구보다 먼저 맞이하고 안내하는 일일 것이다. 그런데 여씨는 회사에 들어오는 모든 사람과 차량을 맨 먼저 맞이하면서도 외면하는 사람이었다. 회사를 드나드는 차와 사람 모두가 제일 먼저 보게 되는 사람이 여씨인 건 확실했으므로 여씨가 경비원으로서 임무를 하지 않았다고 말할 수는 없다. 그런데 여씨는 곧바로 그 모든 사람을 외면한 채 또 다른 자기 할 일을 하기 위해 그 자리를 떠나버렸다. 그런 여씨의 행동을 두고 사람을 두려워해 그런다는 둥 내성적인 성격이라 그런다는 둥 말들이 많지만 나는 좀 생각이 달랐다.

여씨는 타인을 상대하기 어려워 말도 제대로 못 하는 내성적인 성격도 아니고 사람을 무작정 피하고 보는 그런 사람도 아니었다. 사 년여 전, 일주일간 외국 출장을 다녀온 후라 결제할 것들이 밀려 늦은 밤까지 사무실에 있다가 퇴근하려고 건물 마당 주차장으로 내려갔을 때였다. 누군가의 고함소리와 함께 사람들이 모여 웅성거리는 소리가 들렸다. 사람들에 둘러싸여 언성을 높이며 날뛰고 있는 자는 다행히 우리 회사 직원이 아니었다. 그런데 그 남자가 고래고래 소리를 지르며 삿대질하는 상대는 다름 아닌 여씨였다. 여씨는 누구와 싸움하거나 할 사람이 아니었다. 그런데 여씨보다 한참 나이가 어려 보이는 젊은 남자가 여씨에게 손가락질까지 해대며 입에 거품을 물고 있었다. 그렇게 길길이 날뛰는 젊은 남자와는 달리 여씨는 한마디 말도 하지 않고 젊은 남자가 하는 행동을 쳐다보며 마주한 채 서 있었다. 어떤 말도 하지 않았지만 남자 앞에 완강한 자세로 버티고 서 있는 여씨는 조금도 주눅 든 모습이 아니었다. 오히려 말없이 젊은 남자를 제압하고 있는 것 같았다. 두 사람을 둘러싸고 있는 구경꾼들도 영문을 알고 그러는 건지 모르고 그러는 건지 여씨 쪽으로 마음을 모아주고 있는 것 같았다. 키가 작고 마른 여씨가 그날따라 커 보였다. 하늘이라도 찌를 듯 소리를 질러대던 젊은 남자도 전혀 대거리를 하지 않는 여씨를 보면서 머쓱해졌는지 조금씩 목소리가 잦아들고 있었다. 그러다가 급기야는 사정하는 어투의 목소리로 바뀌고 있었다. 젊은 남자는 우리 회사와 이웃한 건물의 회사에 방문한 사람이었는데 자신의 차를 그쪽 회사가 아닌 우리 회사에 주차한 모양이었다. 그런 사실을 모를 리 없는 여씨가 차 주인인 젊은 남자가 나타날 때까지 차 앞에서 기다렸고, 늦은 밤 비로소 나타난 남자는 주차요금은커녕 미안하다는 사과의 말조차 하지 않고 자리를 뜨려고 했던 모양이었다. 그날 그 남자처럼 남의 건물 주차장에 허락도 구하지 않고 차를 주차하는 사람들이 간혹 있었기 때문에 그런 사람들에게는 인근의 유료 주차장과 같은 주차요금을 받게 돼 있었다. 그래서 여씨는 그 남자에게 주차요금을 내라고 했던 것인데, 남자는 바로 옆 건물에 방문한 손님 운운하며 오히려 여씨에게 삿대질까지 하며 언성을 높이고 있었던 거였다. 왜소하고 누추해 보이는 여씨를 쉽게 생각하고 무시했던 게 분명했다. 하지만 여씨는 젊은 남자의 무례한 행동에 대해서는 전혀 개의치 않는 것 같았다. 대신, 당신의 차가 주차해 있었던 시간만큼 주차요금을 내고 가라는 원칙, 그 원칙에 대해서만은 조금도 물러설 기미가 없어 보였다. 그런 상황에 내가 끼어들었다가는 오히려 문제가 복잡해질 것 같아 나는 슬그머니 그 자리를 벗어났다. 그날 여씨의 모습을 본 이후 나는 회사에 대한 막연한 불안감을 조금은 잠재울 수 있었다. 돌아가신 아버지가 오십 년 가까이 끌어온 회사이기에 비교적 안정된 조직이긴 했지만 내가 대표 자리를 맡은 지 일 년도 채 안 되었을 무렵이었던 터라 내심 불안한 게 많았다. 회사 직원 중에 믿음이 가고 든든한 사람도 딱히 없었으므로 더 그랬다. 여씨는 내가 직접 회사를 경영하기 전부터도 왠지 마음이 가는 사람이었는데 그날 그런 모습을 목격하고 난 이후 나는 우리 회사의 2인자는 다른 누구도 아닌 여씨라고 혼자 마음속으로 생각하고 있었다. 그런 여씨가 아파서 회사를 못 나오고 있는데도 나는 그 사실에 대해 까맣게 잊은 채 H에게만 정신이 팔려 있었던 것이다.

여씨의 방이나 다름없는 경비실에는 낡은 책상과 의자 그리고 접이식 침대와 철제 캐비닛이 있었다. 책상 위에는 필기도구라고 할 만한 것은 아무것도 없고 잔금이 잔뜩 나 있는 오래된 물컵 하나만 덩그러니 놓여 있었다. 나이 든 경비원들이 기거하는 경비실 특유의 퀴퀴한 냄새는 나지 않았다. 대신 마른 지푸라기 냄새 같은 것이 살짝 코끝을 스쳤다. 여씨와 닮은 냄새였다. 캐비닛 옆 한쪽 구석에 세워둔 싸리 빗자루는 거의 닳아 몽당빗자루가 되어 있었다. 늘 몸을 구부린 채 건물 구석구석을 쓸고 있던 여씨의 모습이 그 빗자루를 보면서 다시 떠올랐다. 캐비닛이라는 것이 약간은 비밀스러운 것을 넣어 놓을 용도로 필요한 것인데 여씨 방에 있는 캐비닛 속에는 마른걸레 외에 갖가지 공구들과 세제 등이 들어 있을 뿐이었다. 그것들 한쪽에 여씨가 항싱 입고 있던 회사 정복이 반듯하게 개켜진 채 놓여 있었다. 근하당이라는 로고가 금색 실로 새겨진 파란색 정복은 낡은 티가 역력했지만 묘한 위엄을 풍겼다. 정작 여씨가 입고 있을 때는 못 느꼈던 것이었다. 대충 벗어놓지 않고 정성스럽게 정리해둔 모습이 다시는 여씨가 그 옷을 입을 일이 없을지도 모른다는 사실을 암시하는 것 같아 기분이 언짢았다.

최근에 사들인 것이라고 여겨지지 않는 접이식 간이침대는 어제 새로 산 것처럼 말짱했다. 나는 여씨가 한 번도 누워본 적이 없을 것 같은 간이침대에 신발을 신은 채 몸을 뉘었다. 천장에 물이 새기라도 했는지 천장 한쪽에 물 얼룩과 함께 곰팡이 자국 같은 것이 눈에 들어왔다. 간이침대에 한 번도 누워본 적이 없었을지도 모를 여씨가 천장의 얼룩은 미처 발견하지 못한 모양이었다. 여씨 성격에 그걸 보고도 그냥 두지는 않았을 거라는 생각이 들었다. 어쨌든 나는 여씨 방에서 얼룩신 전장만큼의 허점을 발견하게 되면서 이상하게 안도감이 들었다. 한순간도 쉬지 않고 뭔가를 하는 여씨를 볼 때마다 안쓰러운 감정과 함께 인간적인 열등감을 품었던 터였다. 그런 종류의 열등감은 근하당이라는 회사 대표가 되기 전에는 한 번도 가져보지 못한 열등감이었다. 회사를 경영하기 전에는 가치나 의미 따위보다는 오로지 내 감정에만 충실하면서 살았다. 그렇다고 지나친 쾌락에 탐닉하거나 하지는 않았다. 왜 그랬는지 나는 일찍부터 매사에 시큰둥한 편이었다. 너무 좋은 것도 없고 꼭 갖고 싶은 것도 없었다. 나를 조금 안다고 여기는 누군가가 그런 나를 두고, 태어날 때부터 많은 걸 누리면서 살아서 그런 거라고 말하기도 했는데 어쩌면 맞는 말일지도 몰랐다. 물질적으로는 아쉬운 것도, 부족한 것도 없이 살아왔으므로 물질에 대한 욕망을 딱히 가질 필요도 없었다. 고질적인 권태도 그런 환경으로부터 기인한 것일 수도 있었다. 생존의 문제를 해결하기 위해 하루하루를 치열하게 살아야 하는 사람들에게 권태 어쩌고 하는 말은 비위 상하는 단어일 수도 있었다. 그렇다 하더라도 나에게 권태는 나를 가장 힘들게 하는 부분이었다. 그것은 관념 이전의 현실로서 나를 위협하기 일쑤였다. 느닷없는 순간에 예고 없이 덮치는 그 감정은 자칫 나를 다른 세계로 내동댕이쳐버릴 정도로 위험했다. 눈에 보이는 실체가 없는 감정이라고 해서 결코 없다고 말할 수 없는 그런 거였다. 이성이 아닌 동성을 사랑하면서 겪게 되는 세상으로부터의 위협은 권태가 불러일으키는 위험한 감정에 비하면 아무것도 아니었다. 아니, 동성에 대한 은밀하고 비밀스러운 감정이 어쩌면 나를 그런 권태로부터 지켜 주고 있는지도 몰랐다. 권태가 모든 감각기관을 땅속 깊은 곳으로 끌어내리는 그런 감정이라면 동성애는 심장이 뛰는 흥분을 나에게 선사하는 것이었다. 동성에 대한 사랑을 느낄 때 나는 비로소 내가 살아 있음을 확인할 수 있었다, 강렬하게.

근하당 대표가 되면서 컴퓨터를 새로 부팅하듯 나를 재정비하는 과정에서 종종 내 발목을 붙드는 약점 하나를 발견하게 되었는데, 그것은 바로 게으름이었다. 회사를 운영하는 대표 자리에 앉아 있다 보면 어쩔 수 없이 조직 전체와 부분이 속속들이 보인다. 직원들 하나하나의 움직임이나 상태 그리고 각각의 인간적인 장단점도 대번에 파악할 수가 있다. 그래서 그들 각각을 어떤 자리에서 어떤 역할을 하게 할 것인가를 판단하고 결정하는 것이 대표가 해야 할 일이다. 그뿐만이 아니다. 한 회사의 대표는 회사의 조직원들보다 모든 면에서 탁월해야 한다. 그래야 진정한 리더이다. 그 탁월함 속에는 당연히 부지런함이라는 덕목이 포함되어 있어야만 할 것이다. 그런데 나는 천성적으로 게으른 인간이다. 내가 해야만 하는 일이라는 걸 뻔히 알면서도 미룬다. 그것은 태어나기 전부터 내 몸에 그리고 내 정신에 배어 있는 습관이었다. 그래서 나는 바로 처리해야 하는 일인 줄 알면서도 미루는 경우가 많았다. 그 결과는 늘 냉혹했다. 그것은 어김없이 현실적인 손실로 이어졌고 당연히 회사에도 마이너스였다. 그런데 여씨, 그는 달랐다. 내가 알기로 여씨는 자기 눈앞에 닥친 일을 절대 미루지 않는 사람이었다. 그래서 그는 늘 움직이는 사람이었다. 그런 여씨를 존경하면서도 한편으로는 불편했다. 여씨는 나의 게으름에 대해 합리화할 수 있는 여지를 아예 용납하지 않는 존재였기 때문이었다. 나도 그렇지만 대체로 사람들은 자신의 약점을 인간적인 모습 운운하며 너무 쉽게 허용하고 살아가기에 여씨 같은 사람을 오히려 잘 인정하려 들지 않는다. 게다가 여씨는 우리 회사 가장 낮은 곳에서 허드렛일을 하는 사람이기에 여씨가 그런 사람이라는 사실조차 그들은 잘 모를 것이다. 그러나 나는 우리 회사에 가장 이로울 수 있는 사람이 누구일까를 본능적으로 간파할 수밖에 없는 회사의 대표로서 여씨를 일찌감치 알아봤던 것이다. 아무튼 여씨는 인간적으로나 회사의 조직원으로서나 나를 진정으로 능가할 수 있는 유일한 사람이었다.

어디선가 본 적이 있는 것 같은 돌산이었다. 압도적이며 당당한 산을 그렇게 가까이서 볼 수 있다는 사실이 믿어지지 않았다. 그런데 그 산이 바로 내 눈앞에 버티듯 서 있었다. 그러나 두려운 마음은 들지 않았다. 실제가 아니라 TV 속 화면처럼 펼쳐진 산은 하지만 분명한 현실이었다. 그 산 곳곳에 알록달록한 옷을 입은 사람들이 서 있는 것이 눈에 띄었다. 산은 손에 잡힐 듯 가까운데 산속에 점점이 박혀 있는 사람들은 아주 멀리 있는 것처럼 여겨졌다. 얼굴은 보이지 않고 옷 색깔만 어렴풋이 보이는 데다 움직임도 전혀 느껴지지 않았다. 그때 내 곁에 누군가가 있었는데 그가 누구인지는 알 수 없었다. 그런데도 나는 평소답지 않은 다정한 태도로 그의 어깨에 내 얼굴을 기대며 소곤거렸다. 난 저 산을 본 적이 있고 그래서 저 산이 전혀 두

렵지 않다고 말했는데, 그 말이 마음속으로 혼자 생각한 말인지 입 밖으로 내뱉은 말인지는 분명하지 않았다. 아무튼 나에게 어깨를 내 준 그는 아무런 대꾸도 하지 않았지만 나는 그가 나를 안심시키기 위한 어떤 말을 한 것처럼 느꼈다. 그런 그와 함께 자리에서 일어서 뒤로 돌아서자 조금 전까지만 해도 눈앞에 있던 커다란 돌산은 온데간데없고 아주 좁은 골목길 속에 우리 두 사람이 덩그러니 놓여 있었다. 그리고 곧이어, 다정한 온기와 함께 나에게 어깨를 내주었던 그가 골목 저쪽으로 혼자 사라지고 있었다. 나를 버려둔 채 혼자 가버리는 그를 애타게 불러보지만 그 외침은 소리가 되어 입 밖으로 나오지 않았다. 그가 사라진 앞쪽이 아닌 뒤쪽에서 인기척이 느껴져 뒤돌아보니 방금 그곳에 있었던 돌산 대신 긴 나무 작대기를 든 남자와 아무것도 들지 않은 채 그림자처럼 남자 뒤에 서 있는 또 다른 남자 모습이 눈에 띄었다. 약간 공포심을 느낀 나는 긴 나무 작대기를 든 남자를 서둘러 먼저 공격했는데, 남자의 나무 작대기는 나의 허술한 공격에도 불구하고 대번에 부러지고 말았다. 부러진 나무 막대기를 든 채 허옇게 웃는 남자 얼굴을 자세히 보니 남자의 얼굴에 악의 같은 것은 전혀 없어 보였다. 그리고 남자 뒤에 그림자처럼 서 있던 또 다른 남자는 어디로 가버렸는지 사라지고 없었다. 그때, 꿈속에서는 한 번도 들리지 않았던 소리가 들렸다. 내가 한 말도 삼켜져 버리고 상대가 내뱉은 말도 공기 속에서 사라지고 말아 무성영화의 한 장면처럼 모두 소리 없이 움직이면서 서로의 마음속 말은 기가 막히게 알아듣는 식으로 전개되던 꿈속에 갑자기 소리가 끼어든 것이다. 게

다가 그 소리는 엄청나게 큰 천둥소리였다. 조용히 은밀하게 움직이던 세싱을 한순간에 박살을 내고도 남을 만큼 큰 천둥소리에 놀라 눈을 떠보니 여씨 방 간이침대 위였다. 조금 전 침대에 누워 천장을 바라보다가 깜빡 잠이 든 모양이었다.

마른 바람만 휘몰아치며 세상을 뒤집어놓던 태풍이 천둥소리와 더불어 비로 바뀌고 있었다. 비는 아까 바람이 그랬던 것처럼 서서히 점진적으로 내리는 것이 아니라 돌연히 폭우를 퍼부으며 쏟아졌다. 땅에 내리꽂히듯 쏟아지는 폭우 외에는 세상 모든 것이 흔적도 없이 사라져버린 것 같은 그때 핸드폰 벨 소리가 울렸다. 여씨의 부고를 알리는 한 전무의 전화였다.

여씨의 장례식장 풍경은 짐작했던 대로 초라했다. 고인에게 절을 올리고 나서 영정사진 속 여씨의 모습을 잠시 바라보았다. 테가 얇은 안경을 쓴 여씨의 사진을 보면서 나는 평소에도 여씨가 안경을 썼던 모습이었던가, 궁금했다. 그러고 보니 여씨의 얼굴을 제대로 쳐다본 적이 없었다. 여씨라는 존재는 알게 모르게 나에게는 중요한 사람이었다. 그런데도 여씨의 얼굴을 똑바로 본 적은 없었다. 나는 영정사진으로 마주하게 된 여씨의 얼굴을 처음 보는 사람처럼 한동안 쳐다보았다. 이마는 약간 좁았고 이목구비는 반듯했다. 꾹 다물고 있는 여씨의 입술에서는 고집 같은 게 느껴졌다. 흰머리가 하나도 보이지 않는 검은색 머리카락은 평범한 스타일이었다. 사진 속 여씨는 나이를 짐작할 수 없는 모습이었다. 전체적으로는 별다른 개성이나 특징이 없었는데 그래서 오히려 여씨다웠다. 이제 더 이상 만날 수 없는 여씨는 사진 속에서 나를 빤히 쳐다보면서 작별 인사를 하는 것 같았다. 늘 그랬던 것처럼 여씨는 마지막 인사도 어떤 말이 아닌 침묵으로 대신하는 것 같았다. 그러나 나는 여씨의 그런 침묵에 담긴 많은 의미를 하나도 빠짐없이 다 알아듣고 이해했다는 듯이 살짝 고개를 주억거렸다.

빈소 앞에서 조문객을 맞이해야 할 상주가 한 명도 보이지 않아 두리번거리다가 장례식장 한쪽 구석에서 혼자 술을 마시고 있는 검은색 양복 차림의 남자를 발견했다. 검은색 양복에 검은 넥타이를 맨 사람은 그가 유일했기 때문에 누가 봐도 상주임이 분명해 보였다. 모른 척하고 그냥 장례식장을 빠져나올까 하다가 어쩌면 여씨의 아들일지도 모른다는 생각에 다가가 아는 체했다. 여씨가 다닌 회사의 대표라고 나를 소개하자 남자는 자리에서 일어서지도 않은 채 나를 뻔히 올려다보았다. 조금 전 영정사진을 통해 본 여씨의 눈매와 닮은 듯하면서도 다른 남자는 마시던 술을 계속 마시면서 평생 우리 아버지 등골 빼먹은 그 회사, 라고 나를 향해 말했다. 뭔가 단단히 꼬인 것 같은 남자의 말투에 이끌리듯 남자 앞에 앉았다. 마주 앉아 정면으로 바라본 남자는 영정사진 속 여씨처럼 얼른 나이를 짐작하기 어려웠다. 내가 자리에 앉든 말든 다시 술잔을 기울이는 남자의 손이 얼굴과는 다르게 거칠고 투박했다. 사무실에 앉아서 근무하는 직종의 일을 하는 사람은 아닌 것 같았다. 상주에게 고인의 명복을 빈다는 식의 조문 인사라도 한마디 해야 한다 생각하면서도 어쩐 일인지 입이 떨어지지 않아

우두커니 앉아 있는데 남자가 먼저 말문을 열었다. 당신네 회사에서는 어땠는지 모르겠지만 나에게 망자는 최악의 아버지였다는 게 남자가 횡설수설 말한 내용의 요지였다. 평생 빈곤했고, 가족에게는 아예 무관심한 아버지 때문에 자신의 엄마도 고생만 하다가 일찍 돌아가셨다고 말하는 남자의 표정은 냉소로 가득 차 있었다. 남자의 이야기를 들으면서 나는 내 아버지를 떠올렸다.

　남자의 여씨에 대한 원망과는 다른 측면에서 나는 아버지를 싫어했다. 아버지는 약은 사람이었다. 어떤 사람과의 관계에서도 손해 보지 않는 천성을 타고난 아버지는 자식에 대해서도 무척 이기적이었다. 당신이 추구하는 삶, 그러니까 오로지 물질적인 부를 늘리기 위한 삶에 조금이라도 걸림돌이 되면 자식도 가차 없이 버릴 수 있는 사람이 내 아버지였다. 반대로 자식이 자신의 부를 늘리는 데 유리한 존재일 것 같다 싶으면 자식에게도 흔쾌히 굴복하고 아부할 수 있는 사람이 바로 우리 아버지였다. 비굴하면서도 영악한 아버지의 본질이 늘 혐오스러웠다. 그래서 한 번도 아버지를 인정해본 적이 없었다. 그런데 지금 나는 그런 아버지가 일구어놓은 회사를 물려받아 물질적인 혜택을 누리고 있다. 이제는 돌아가시고 없는 아버지보다 이런 나를 나는 더 용서할 수가 없다. 결코 타협만은 하지 않고 살겠다고 다짐했음에도 불구하고 현재 나는 타협으로 점철된 삶을 능청스럽게 살아가고 있는 것이다. 내가 여씨를 좋아했던 것은 여씨가 내 아버지와는 완전히 딴판인 사람이었기 때문이었다. 정직하고, 단호해야 할 때 단호

할 줄 아는 여씨는 내가 아는 한 훌륭한 사람이었다. 그런데 정작 여씨의 아들은 여씨 때문에 자기 인생이 엉망이 되었다고 푸념을 늘어놓고 있었다. 그렇다고 해서 여씨에 대한 내 견해가 흔들리거나 하지는 않았다. 지독한 가난과 무관심으로 인해 상처받은 여씨의 아들이 좀 안쓰럽긴 했지만 여씨를 존경하는 내 마음은 여전했다. 다만 여씨 같은 인격의 소유자가 현실에서는 이렇게 가난하고 고단하게 살아갈 수밖에 없었던 사실이 기가 막힐 따름이었다.

H가 장례식장에 도착한 것은 내가 자리에서 막 일어서려고 할 무렵이었다. 태풍으로 인한 비가 아직도 내리고 있는 것인지 H는 비에 젖은 모습으로 장례식장 안으로 들어섰다. 내가 진작 자리에서 일어나지 못하고 한 시간 가까이 남자의 말을 들어준 것은 아마도 여씨에 대한 내 마음 때문이었을 것이다. 오로지 밥을 해결하기 위해 평생을 허덕거리며 살아가고 있는데도 여전히 내일의 밥을 걱정해야만 하는 여씨 아들의 이야기는 내가 전혀 모르는 세계가 아닌데도 나를 심하게 자극했다. 단지 밥을 해결하기 위해 온갖 바닥을 다 드러내 보이는 인간의 모습을 구체적으로 늘어놓는 남자의 말을 들으면서 나는 스멀스멀 구토를 느꼈다. 전혀 맥락이 다른 이야기인 것 같은데 왠지 나 역시 내가 그토록 싫어하는 아버지가 벌어놓은 밥을 태연하게 먹고 살면서 점점 인간의 바닥을 보여주는 것 같아 기분이 더러웠다. 불쾌한 이물질이 목에 걸린 것 같은 구토 증세를 느끼며 자리에서 일어서던 바로 그때 H가 장례식장 안으로 들어섰다. 그런데 그 순간 내 눈에 띈 H는

몇 시간 전 내 사무실 안에서 놀란 눈을 한 채 내 앞에 서 있던 H가 아니었다. 후줄근한 모습의 H는 나에게 어떤 특별한 감정도 불러일으키지 않았다. 졸지에 하나의 사물처럼 객관화되어버린 H를 멀찌감치 바라보면서 조금 전과는 또 다른 느낌의 구토 증세가 나를 덮쳤다. 잠시 허공에 머물다가 어디로 사라진 것인지도 모르게 사라져버리는 담배 연기처럼 나도 갑자기 공중에서 해체되어 없어져버릴 것 같은 위기감을 느끼면서 나는 서둘러 장례식장을 빠져나왔다. 장례식장 건물의 마당 한쪽에서 담배 한 개비를 입에 물자 비로소 구토 증세가 조금 진정되었다. 하지만 선뜻 담배에 불을 붙이지는 않았다. 손가락 하나 까딱하고 싶지 않은 권태감이 갑자기 나를 덮쳤기 때문이었다. 담배는 사람과 사물 통틀어 내가 이 세상에서 제일 욕망을 느끼는 존재였다. 그런 담배마저 피우고 싶지 않을 때, 그때가 나로서는 최악의 상태였다. 살지도 죽지도 못하는 그런 상태에서 정지된 채 나는 오로지 견딜 따름이었다. 누군가가 스톱이라는 주문을 건 것처럼 정지된 상태에서 나는 더 이상 태풍이 불지 않고 있다는 사실을 알아차렸다.

오늘, 한바탕 태풍이 지나갔고 태풍의 이름은 링링이었다.

오이와 바이올린

오이와 바이올린

　나비가 짝을 찾을 때 제일 민감하게 반응하는 포인트는 냄새라고 한다. 하지만 A라는 나비가 상대에게 호감을 느끼는 냄새와 B라는 나비가 좋아하는 냄새는 물론 다르다. 냄새에 관한 나비의 취향이 제각각인 이유는 설명할 수 없다. 그 이유를 논리적으로 분석해 도식화할 수 있다면 세상 곳곳에 널려 있는 불확실성과 수수께끼의 많은 부분을 밝혀낼 수 있을 것이다. 그런데도 A 혹은 B는 자신이 어떤 냄새에 이끌리는지 분명히 안다. 하지만 먼 곳으로부터 풍기는 냄새의 여운에 의지해 짝을 찾아야만 하는 나비의 짝 찾기는 시작부터 어렵다. 냄새라는 것의 특성이 산발적인 데다 대기 중에 섞여 있는 온갖 방해 물질이 고유의 냄새를 희석해버리기 때문이다. 그래서 나비는 자기에게 잘 맞는 이상적인 짝이 가까이 있다 하더라도 오래 방황하게 되기가 십상이다. 사람도 마찬가지다. 아니, 사람은 더 그렇다. 나비는 냄새라는 변수에 주로 집중하면 되지만 사람이 자기 짝을 찾을 때는 수도 없이 많은 조건과 변수를 따져봐야 한다. 변수가 많다는 것은 곧 성공할 확률이 그만큼 낮다는 뜻이다. 그래서 인간의 짝짓기는 나비의 짝짓기보다 훨씬 어렵고 복잡하다. 그렇다 보니 많은 수의 사람들이 아예 길을 잃거나 잘못된 선택을 하기 일쑤이다.

인간이 진정한 자기 짝을 만나는 일이란 세상에서 가장 높은 산의 꼭대기에 다다르는 일보다 더 어려울지도 모른다. 모든 것이 의심스럽고 불확실한 상태에서 확신할 수 있는 것은 자기가 온몸으로 체험한 그것, 오직 그것만이 자기가 자신을 설득할 수 있는 유일한 단서가 된다. 그러므로 하루하루 누적된 삶의 경험들은 진정한 내 짝이라는 산꼭대기를 찾아 올라가는 발걸음을 조금씩 수월하게 만들어주기도 할 것이다. 그러나 바로 그다음 발자국 하나만 잘못 디뎌도 곧바로 추락하는 것 또한 산을 오르는 자의 숙명이다. 그러니까 사랑을 찾아 나선 인간의 여정 역시 등반가의 위험한 암벽 타기와 마찬가지다. 정상은 분명히 존재하고 한 걸음 오를 때마다 정상에 가까워지기도 하겠지만 자칫 발을 헛디디면 모든 것이 허사다.

수요일부터 일요일까지 주 5일을 저녁 6시부터 자정까지 와인바에서 근무하는 나의 한 달 수입은 이백만 원이 되지 않는다. 이백만 원도 되지 않는 돈이긴 해도 혼자 한 달을 살기에는 부족하지 않다. 미래에 대한 계획까지 세우기에는 턱없이 부족한 금액이지만 딱히 미래에 대한 계획이 없는 나는 이 직장에 만족한다. 매일 오후 5시까지 내 시간을 가질 수 있는 근무조건도 마음에 든다. 책 읽기를 좋아하고 글

쓰기도 좋아해 늘 종이에 뭐가를 끄적거리지만 딱히 작가가 되고 싶은 건 아니다. 책을 읽거나 영화를 보거나 글을 쓰는 것은 그냥 내가 좋아서 하는 일일 뿐이다. 바에 근무하면서 돈을 버는 일은 내가 좋아하는 일상을 유지하기 위해 어쩔 수 없이 하는 것인데 그다지 나쁘진 않다. 내 취향과는 다르긴 하지만 바 주인이 매일 틀어주는 음악을 들을 수 있는 것도 그렇고 바 서빙이라는 게 딱히 할 일도 많지 않아 괜찮은 편이다. 자주 오는 단골들은 물론이고 매일 새로 맞이하는 다양한 손님을 구경하는 것도 소소한 재미라면 재미다. 바에서 근무한 지 일주일 남짓 되었을 때, 얼굴이 다르고 나이와 하는 일 또한 모두 다른 사람들임에도 불구하고 내뱉는 말의 내용이나 하는 행동이 몇 가지 패턴을 벗어나지 않는다는 사실을 알아차리면서 좀 시들해지긴 했지만 그래도 사람 구경은 할 만한 거였다. 술에 취하면 감정도 취해 함께 술자리를 하는 상대가 너무너무 좋다는 말만 반복해서 하는 유형, 괜히 깐죽거리고 시비를 걸며 온갖 요설을 늘어놓는 유형, 자는지 조는지 알 수 없는 유형 등의 몇몇 가지 타입을 구경하다 싫증이 나면 그날 불현듯 포착된 한 가지 포인트를 중심으로 그들을 관찰하곤 했다. 예컨대, 말을 할 때 사람마다 조금씩 다른 손놀림의 습관이라든가 옷을 입는 취향 혹은 맥주를 한 모금 마실 때마다 안주는 몇 번이나 집어먹는지 그리고 안주를 먹는 포크는 어떻게 다루는지를 눈여겨보는 것이다. 그러다 보면 신기하게도 사람들은 조금씩 제각각 달랐다. 아무 옷이나 걸친 것 같은 사람도 자세히 관찰하다 보면 결코 아무 옷이나 입은 게 아님을 알 수 있었다. 대체로 사람들은 딱 그 사람에게 어울릴 만한 옷을 입고 있었다. 어디서 저런 옷을 구했나 싶게 이상한 옷도 입고 있는 그 사람에게는 묘하게 잘 어울리는 경우가 많았다. 비슷비슷한 것 같으면서도 희한하게 다 다른 게 사람이었다. 그런 식으로 사람을 구경하다 보면 하루 근무 시간인 여섯 시간이 금방 지나갔다. 하지만 컨디션이 안 좋은 날은 제일 진절머리가 나는 게 또 사람이었다. 그런 날은 바를 찾는 손님 얼굴을 아예 쳐다보지 않는 걸로 버텼다. 그렇게 바에서 시간을 보내던 나에게 두 남자가 나타났다. 오이와 바이올린. 오이는 오이를 유독 좋아하는 G의 애칭이고 바이올린은 바이올린처럼 섬세하고 예민한 K를 가리키는 말이다.

G는 바에서 알게 된 남자. G는 한 달에 두 번꼴로 오는 단골손님이었다. 목소리가 크고 제스처가 강한 편이라 쉽게 눈에 뜨이는 남자였다. 서너 명의 일행과 함께 밤 9시 반경 오곤 했던 G는 내가 관심을 가질 만한 타입은 아니었다. 딱히 흠잡을 데라곤 없는 외모에다 키도 큰 편이었고 직장도 좋았다. 그래서인지 G는 매사 자신감이 넘쳐 보였다. 대한민국 남자 특유의 허세까지 갖춘 그는 아무리 봐도 내 스타일은 아니었다. 그런 그가 우리 바에 드나들기 시작한 지 석 달가량 되었을 때 내게 단도직입적으로 데이트를 청했다. 물론 나는 그 일이 있기 전부터 그가 나에게 호감을 느끼고 있다는 사실을 알았다. G는 항상 내가 서 있거나 앉아 있는 카운터에서 가장 가까운 테이블에 자리를 잡고 앉아 내가 충분히 들을 수 있을 정도의 큰 목소리로 말을 하곤 했던 거였다. 그가 은행에 근무하는 사람이라는 사실, 그리고 보

기보단 여자에 대해 순정적인 데다가 동료 직원들과의 관계도 무난한 편이라는 사실을 G와 말 한마디 섞어보지 않고도 다 알 수 있었다. 그러니까 나는 G와 데이트를 하기 전에 이미 G에 관한 많은 정보를 알고 있었던 거였다. 평범한 직장인의 전형인 G에 대해 나는 별다른 흥미를 느낄 수 없었다. 내세울 거라곤 평범함밖에 없는데 왜 그렇게 자신만만하고 심지어 허세까지 부리는지 의아할 따름이었다. 뻔한 방식으로 자신을 나에게 어필하다가 정해진 수순을 밟기라도 하듯 석 달여 만에 데이트 신청을 하는 것도 전혀 마음에 들지 않았다.

그런데도 G를 계속 만나고 있는 건 왜인지 모르겠다. 서른넷이라는 나이는 대한민국에서 살아가는 여자라면 응당 결혼에 대해 생각을 정리해야만 하는 나이였다. 나는 결혼을 반드시 해야 한다는 생각을 가진 것도 아니지만 그렇다고 독신주의자도 아니다. 평생을 함께하고 싶은 사람을 만나면 언제든 결혼할 것이다. 아무튼 여자 나이가 서른다섯을 넘으면 결혼을 할 수 있는 확률보다 할 수 없는 확률이 더 높다고 하는 이 나라에서 서른네 살이 된 나는 이래저래 심란했다. 고리타분하고 천박한 문화 어쩌고 하며 비판하고 싶은 마음은 없다. 어차피 인간이 만들어내는 문화와 제도는 인간의 수준을 반영하는 것이고 나역시 그런 인간의 수준에서 크게 벗어나지 않는 인간이기 때문이다. 내가 별 마음에도 없는 G의 데이트 신청을 받아들인 것도 서른다섯이되기 전에 G와 한번 잘해볼까 하는 심리 때문이었으니까.

G는 더도 아니고 덜도 아닌 딱 그 정도였다. 고급 레스토랑에서 밥을 먹고 내가 근무하는 바와는 분위기가 다른 술집에서 함께 술을 마

시면서 G가 한 말들은 이미 내가 다 알고 있는 내용들의 반복이었다. 근무하는 은행에서 자신은 꽤 촉망받는 존재라는 정도가 추가된 내용이라면 내용이었다. 내 나이와 이름 그리고 자기 눈에 비친 내 모습만으로 그는 나를 다 알고 있는 사람처럼 굴었다. G는 나에게 아무것도 묻지 않았고 나는 G에 대해 아무것도 물을 필요가 없었다. 그는 내가 묻기 전에 자신에 관한 이야기를 다 쏟아놓았는데 정작 내가 알고 싶어 하는 것들에 대해서는 한 번도 생각해본 적이 없는 것 같아 아예 물을 필요가 없었다. 첫 만남 전부터 G에 관해 별다른 흥미를 느끼지 못했던 터라 더 실망하고 어쩌고 할 거리도 없었다. 그런데도 나는 G를 계속 만났다. 아니라 생각하면서도 계속 G를 만나고 있는 나를 나는 이해할 수 없었다. 아니다. 나는 내가 도망치고 싶어 하는 현실임에도 불구하고 한편으로는 그 현실에서 탈락해 혼자 외톨이가 될까 봐 두려워하며 늘 한쪽 발은 그곳에 담근 채 살아가고 있다. 아예 말을 섞고 싶지 않은 사람과도 친구로 지내고, 가족과의 관계도 엉거주춤한 상태에서 벗어나지 못하는 나는 도무지 인정할 수 없는 대열이라 생각하면서도 감히 그 대열을 이탈할 용기는 없었던 거였다.

G와 처음 만났던 날 밤에는 11시쯤 헤어졌고, 두 번째 만났을 때는 저녁 식사 후 곧바로 헤어졌다. 당연히 술 한잔을 더 할 걸로 생각했던 G는 많이 서운해했다. 그러나 내가 언젠가 자기를 만나지 않을 수도 있을 거라는 짐작은 하지 못하는 것 같았다. 그런 점에서 그는 예민하지 못했고, 나 같은 여자가 자기 같은 남자를 거절할 수도 있다는 것을 상상조차 하지 못하는 것 같았다. 그는 우수한 대학을 나와 번듯

한 직장에 다니며 외모도 뒤처질 게 없는 데다 가정환경도 좋았다. 그런 그와 비교해볼 때 나는 내세울 게 아무것도 없는 조건이었다. 일찌 감치 무능해진 아빠와 그런 아빠 덕분에 그악스러워진 엄마, 그리고 서른을 넘긴 나이에도 여전히 빈둥거리는 남동생이 있는 나는 내 가 족을 멀리하면 할수록 나에게 유리하다는 사실을 일찌감치 알아차리 고 아예 가족이 없는 사람처럼 살아가고 있었다. G에게 그런 가족 얘 기는 할 필요도 없었고 할 틈도 없었다. 내 가정환경은 그렇다 치더라 도 나이 서른넷에 정식 직장도 없이 아르바이트로 근근이 살아가는 내 조건을 모를 리 없는 G로서는 내가 자기에게 등을 돌릴 수도 있다 는 것을 꿈에도 상상하지 않을 것이다. 그렇다고 여자로서 미모가 뛰 어난 것도 아니었으므로 G는 내가 자기를 적극적으로 받아주지 않는 것에 대해 의아해하는 눈치였다.

K가 등장한 것은 G를 만난 지 한 달 남짓 되었을 때였다.

바에 와서 책을 읽는 남자. K는 늘 혼자였다. 처음 K가 바 안으로 들어선 것은 저녁 6시경이었는데 초겨울로 들어선 11월 말이라 바깥 은 이미 어두웠다. 이런 공간은 처음이라는 듯 두리번거리며 들어선 K는 바 안 여기저기를 둘러보았다. 맥주와 칵테일 등의 술을 팔고 있 는 바는 사람들이 앞서 들른 식당에서 저녁 식사 겸 술을 마신 다음 들 르는 곳이라 저녁 6시경이면 홀 안에 손님이 거의 없을 때였다. 그래 서 그 시각 바 안으로 들어선 K는 우리, 그러니까 주인과 나의 시선과 관심을 한눈에 받을 수밖에 없었다. 그런데도 K는 우리가 자신을 보고 있다는 사실은 아랑곳하지 않고 찬찬히 바 안을 둘러본 다음 내가 있는 쪽으로 다가와 물었다.

— 여기서는 어떤 걸 먹을 수 있나요?

마시는 걸 파는 술집으로 들어와 먹을 걸 묻는 K가 이상하게 여겨졌다. 하지만 그 표정과 눈빛이 워낙 진지해 나는 최대한 예의를 갖춰 말했다.

— 칵테일과 맥주 혹은 포도주 그리고 약간의 마른안주와 과일을 먹을 수 있습니다.

물을 때의 진지함과는 달리 정작 대답은 건성으로 들으며 K가 내 등 뒤로 시선을 옮겼다. 수백 장의 LP 음반이 빼곡히 꽂혀 있는 벽면을 한참 동안 쳐다보던 그는 가볍게 고개를 끄덕였다. 내 말에 대한 반응인지 오래된 LP 음반들에 대한 느낌인지 알 수 없는 K의 끄덕임을 혼자 가늠하며 K의 다음 말을 기다리는데 그는 더 이상 말하지 않고 돌아섰다.

바 안 테이블은 모두 열두 개라 굳이 둘러볼 필요도 없이 한눈에 들어왔다. 그런데 K는 테이블 하나하나를 검사하기라도 하듯 테이블 쪽으로 다가가 잠시 서 있었다. 그러더니 테이블 하나를 정해서 자리에 앉았다. K가 자리를 잡고 앉은 테이블은 바 한가운데, 모든 사람의 시선이 모이는 곳이었다. 무엇 때문인지 K가 구석진 자리에 앉을 거라 짐작했던 나는 의외의 선택을 한 그에게 부쩍 호기심이 일었다.

— 메뉴판 보시고 주문하시면 됩니다.

K가 있는 테이블 쪽으로 다가간 나는 굳이 하지 않아도 될 말을 하

며 탁자 위에 메뉴판을 올려놓았다. 그리고 평소 같지 않게 바로 자리를 뜨지 않고 테이블 옆에 서 있었다. 무슨 공부라도 하듯 메뉴판을 들여다보던 K가 계속해서 자기 옆에 서 있는 나를 올려다보며 말했다.

—좀 더 생각해보고 주문해도 될까요?

조금 전, 진지하고 또박또박한 말투로 뭘 먹을 수 있는 곳인지 묻던 것과는 다르게 K의 말에 피로감이 묻어 있었다. 예민한 사람이다, 생각하며 나는 대답 대신 알았다는 뜻으로 고개를 까닥했다. 손님이 없을 때 내가 늘 서 있거나 앉아 있는 자리, 손님이 들어왔을 때 제일 먼저 시선이 꽂히는 곳인 카운터로 돌아온 나는 K에 대한 호기심을 누르려고 애쓰며 핸드폰을 들여다보았다. 나와는 달리 바의 주인은 K에 대한 호기심이 전혀 없는지 바 안을 채우고 있던 기타 연주가 끝나고 들려주게 될 다음 곡을 준비하느라 여념이 없었다.

—여기요!

K가 오른손을 치켜들며 나를 향해 목소리를 높였다. 역시 K는 이런 술집에 처음 와본 남자가 분명했다. 바 안에 들어서면서부터 그때까지 K가 보여준 모습은 내가 바에서 근무하면서 본 숱한 남자들과는 확연히 달랐다. 어눌하기 짝이 없는가 하면 한편으로는 이상하게 당당했다.

K의 부름에 따라 테이블을 향해 가던 나는 되돌아서 주방 안으로 들어가 물 한 잔을 준비해 K가 앉아 있는 테이블 위에 올려놓았다. 물을 달라고 하지도 않은 손님에게 물을 갖다주기는 K가 처음이었다.

―블랙러시안…….

칵테일 종류가 적힌 메뉴판 한쪽 페이지의 제일 윗부분을 왼쪽 검지로 가리키며 K가 말했다. 커피 맛이 가미된 블랙러시안은 메뉴판에 있는 칵테일 종류 중 첫 번째 것이라 칵테일을 잘 모르거나 선택하기를 귀찮아하는 사람들이 제일 많이 시키는 거였다. K도 바로 그걸 주문한 거였는데 K가 블랙러시안을 주문한 것은 잘 몰라서이긴 해도 귀찮아서는 아닌 것 같았다. 메뉴판을 10분가량 탐구한 끝에 내린 결론이 블랙러시안이었으므로 K가 그것을 고른 것은 나름대로 이유가 있을 게 분명하다는 생각이 들었다.

주방으로 들어가 블랙러시안을 준비하면서 잠시 망설였다. 저런 남자에게는 알코올을 더 많이 혹은 더 적게, 하는 생각 때문이었다. 칵테일을 시켰다는 것 자체가 술을 잘 못 마시는 사람이라는 뜻이기에 알코올이 많이 가미되면 부담스러울 게 분명하다고 생각하면서도 평소보다 조금 더 넣었다. 왠지 그래보고 싶었다. 칵테일을 주문한 테이블에는 오직 칵테일만 갖다주는 게 원칙인데 접시에 크래커 몇 개를 함께 담아 K가 있는 테이블 쪽으로 걸어가면서 나는 슬쩍 주인을 쳐다보았다. 그는 여전히 고개를 떨군 채 음반 하나를 만지작거리고 있었다.

블랙러시안과 크래커를 쟁반에 올려 갖다주고 돌아서려는데 K가 지니고 있던 책을 펼쳤다. 바에 와서 책을 읽는 남자, 아니 책을 읽는 사람은 바에서 근무한 지 일 년이 되도록 한 번도 본 적이 없었다. 신기한 광경이었다. 그리고 궁금했다. 실내등이 여기저기를 밝히고 있긴 해도 전체적으로 어두운 바 안에서 어떻게 책을 읽을 수 있는지 궁금했다. 그래서 테이블 위에 칵테일과 크래커를 올려놓으면서 K가 읽고 있는 책 속의 글씨를 쳐다보았다. 신기하게도 보였다. 그것도 충분히 읽을 수 있을 정도로 또렷하게 글씨들이 보였다. 그러고 보니 K가 자리를 잡고 앉은 테이블 위 천장 쪽에 설치되어 있는 조명등 하나가 그 테이블을 집중적으로 비추고 있어 다른 테이블에서는 몰라도 그 테이블에서만은 책을 읽을 수 있을 정도로 환하고 밝았다. 아까 K가 바 안으로 들어서 꼼꼼하게 여기저기를 살핀 이유가 바로 그 때문이었던 거였다. 책을 읽을 수 있는 자리를 찾기 위해서.

갑자기 K가 읽고 있는 책이 어떤 책인지 미치도록 알고 싶었다. 그러나 K가 펼쳐 읽고 있는 페이지에 촘촘히 박혀 있는 활자들만으로는 그 책의 정체를 알 수 없었다.

─ 책 제목이 뭔가요?

내가 말하고도 낯설기 짝이 없는 문어체 문장이었다. 뭐예요, 라고 말하지 않고 뭔가요, 라고 물은 나는 어쩌면 K에게 우아하고 격조 있는 사람으로 비치고 싶었던 건지도 몰랐다. 그리고 바에서 서빙을 하는 직원이 손님에게 무슨 책을 읽고 있는지 단도직입적으로 묻는 행위는 누가 봐도 자연스러운 광경은 아니었다. 알면서도 나는 묻지 않을 수 없을 만큼 K가 읽고 있는 책 제목이 궁금했던 거였다. 그때 그 궁금증이 책에 대한 궁금증이라기보다는 K를 향한 관심이 아니었을까 자신에게 물어보기도 했지만 정확한 마음이 뭔지는 알 수 없었다.

─ 초조한 마음.

— 츠바이크라는 소설가…….

슈테판 츠바이크. 나도 아는 작가였다. 철학에세이로 더 유명한 츠바이크는 내가 한때 경도되어 읽던 작가였다.『광기와 우연의 역사』를 처음 읽으면서 독특한 문장을 구사하는 작가라고 생각했는데 그가 쓴 소설『감정의 혼란』을 읽고 나서는 완전히 그에게 매료되고 말았다. 과장과 충격으로 점철된 소설이나 영화를 싫어하는 편인데 츠바이크 소설은 시종 긴장감을 안겨주면서 더러 과장되게 표현하는데도 불구하고 끌렸다. 다른 작가들의 소설에서는 쉽사리 찾아볼 수 없는 낯선 소재나 상황을 끄집어내 소설화시키는 츠바이크라는 작가는 그 자신 역시 아무에게도 들키지 않은 비밀과 수수께끼로 가득 찬 인물일 것 같았다. 누군가 수십 년 동안 자기를 훔쳐보며 절절하게 흠모했던 사실을 까맣게 모르고 지내던 한 인물에게 날아든 한 통의 편지로부터 시작이 되는 츠바이크의 어느 단편은 오래도록 기억에 남았다. 죽기 직전, 마지막 유작인『어제의 세계』머리말 앞에 떡하니 유서를 남기고 자살한 츠바이크는 나에게 수많은 질문을 남긴 채 세상을 떠난 작가이기도 했다.

제때, 그리고 확고한 자세로 이 생명에 종지부를 찍는 것이 옳다고 생각해서 61세에 자살을 선택한 츠바이크는 친구들에게 이런 작별 인사를 남겼다.

원컨대, 친구 여러분들은 이 길고 어두운 밤 뒤에 아침노을이 마침내 떠오르는 것을 볼 수 있기를 빕니다. 나는, 이 너무나 성급한 사나이는 먼저 떠나가겠습니다.

일이차 세계대전을 겪으면서 극도로 지치고 황폐해진 츠바이크의 마지막 선택에 대해서는 어떤 토도 달고 싶지 않다. 다만 나는 츠바이크 작품들을 무척 좋아했고 지금도 좋아한다. 그런데 K가 그때 읽고 있던 소설 『초조한 마음』은 내가 읽지 않은 소설이었다. 마음 같아서는 당장 K의 맞은편 자리에 앉아 K와 함께 슈테판 츠바이크를 이야기하고 싶었다. 그러나 바에서 서빙을 하는 아르바이트생으로서 그럴 수는 없는 노릇이었다.

일요일 저녁 8시 20분이다. 시간이 더디게 흐르는 것처럼 여겨지는 것은 바에 손님이 없어서 그럴지도 모른다. 저녁 6시경에 들어와 샐러드와 맥주를 주문했던 여자 손님 둘이 조금 전 계산을 치르고 나갔다. 별로 친해 보이지 않던 두 사람이 서로 술값을 계산하겠다며 옥신각신했지만 둘 중 누가 술값을 내게 될지 나는 이미 알고 있었다. 빨간색 립스틱을 바른 여자는 제스처인 것 같았고 화장을 전혀 하지 않은 다른 여자의 표정은 지나치게 완강했기 때문이다. 아직 상대를 잘 모르는 듯한 민낯의 여자는 분명히 착한 사람이겠지만 나는 살짝 짜증이 났다. 알면서 속아주는 것과 모른 채 끝없이 당하는 건 다르다. 간파하지 못하고 번번이 속는 건 착한 게 아니라 바보짓 같아서였다. 그래도 나는 마음과는 완전히 딴판인 표정을 지으며 착한 여자가 내민 카드를 받아 친절하게 계산을 해주었다. 두 사람이 나가고 나자 바 안에 손님이 한 사람도 없어 휑했다.

주인과 나 둘밖에 남지 않은 공간의 적막을 베토벤의 피아노소나타가 메웠다. 스비아토슬라프 리히테르. 구 소련의 피아니스트였던 그가 연주하는 베토벤은 바 주인이 가끔, 오늘같이 손님이 없을 때 듣는 곡이다. 음악보다 책을 더 사랑한 문학소년이었던 리히테르의 피아노 연주는 그래서인지 문학적 감성이 느껴졌다. 피아노로 시를 읊조리듯 하는 리히테르의 연주는 그러나 말랑하지 않았다. 더러 무뚝뚝하면서 격정적으로 표출되는 그의 피아노 소리는 오래 억눌러왔던 열정을 정확하고 힘 있게 대변했다. 그러다가 느닷없이 잦아들면서 끊길 듯 이어지는 것이 반복되는 클라이맥스 부분은 애절하면서 아슬아슬하기 싹이 없이 있고 긴장감 또한 절정을 이루었다. 잔잔하고 평화로운 순간이라고는 없는 베토벤의 피아노소나타가 오랜만에 좋았다. 베토벤은 이십 대 때 한참 좋아하다가 한동안 별로 듣고 싶지 않아 멀리했다. 베토벤의 격정이 부담스러웠던 시기가 있었다. 휘몰아치다 못해 하늘과 땅을 뒤집어놓기도 하는 베토벤은 열정을 잠재우고 싶은 사람은 피하고 싶은 천재였다. 그런데 오늘은 베토벤이 전혀 부담스럽지 않았다. 부담스럽기는커녕 약간 지루하게 여겨질 정도였다. 지금 내 마음이 베토벤이 격렬한 곡을 작곡할 때 이상으로 이쪽 끝과 저쪽 끝에서 널을 뛰고 있기 때문이다.

내일 저녁 G가 요청한 데이트에 응할 것인지 말 것인지를 결정하기 위해 나는 오늘 온종일 고민했다. 아마도 G는 내일 데이트 자리에서 나에게 청혼을 할 것이다. 만난 지 일 년째 되는 날 나에게 청혼할 것이라고 G는 입버릇처럼 말했고 내일이 G와 만나 지 일 년째 되는 날이다. 하지만 나는 G의 청혼을 받아들여야 할지 말지 아직 마음의 결정을 내리지 못하고 있다. 심적정으로는 G보다 K에게 더 끌리는 게 사실이지만 그렇다고 G가 아닌 K와 결혼을 하고 싶은 것도 아니다. K는 K대로 생각해볼 게 많은 남자였고 G는 딱히 마음이 가진 않아도 현실적으로 포기하기 어려운 남자였다.

여름 휴가차 떠난 상해 여행에서 아델을 들은 적이 있다. 도시 한가운데 나 있는 물길을 따라 유람선이 지나다니는 어느 노천카페에서 맥주를 마시는데 아델의 노래가 흘러나왔다. 여러 국적의 사람들이 아델의 목소리와 술 앞에서 경계 없이 어우러지는 분위기였다. 살면서 마음 놓고 흐트러져본 적이 없었던 나는 그 순간 나를 완전히 놓아버리면 어떻게 될까 하는 생각을 하고 있었다. 그리고 노천카페 2층에 쳐져 있는 커튼 사이로 내비치는 주황색 불빛을 올려다보면서 한 일 년쯤 이곳에 살면서 매일 밤 술과 음악에 취해 살아보고 싶다는 생각도 했다. 그때 내 곁에 K가 있었다. K를 만나고 팔 개월 남짓 되었을 때였다. K는 눈을 감고 있었다. 눈을 감고 있는 K의 옆모습에서 그 순간 K의 감정의 내용이 무엇인지를 짐작하기는 어려웠다. 이미 분위기에 취한 것인지 아니면 제대로 음미해보기 위해 눈을 감은 것인지 그것도 아니면 흐트러진 모습으로 아무에게나 윙크를 해대는 서양 남자에 대한 거부감의 표현인지 종잡을 수 없었다. 순간 분노가 치밀었다. 애매함에 대한 분노였다. 아니, 애매한 K에 대한 분노였다. 팔 개월을 함께했음에도 나는 그때까지 K를 제대로 파악하지 못하고 있었다. 이건가 하면 저것인 것 같고 싫어질 만하면 이상하게 나를 감동하게 만드는 그런 사람이었다, K는. 다 알면서 그러는 것 같기도 하고 원래 그런 사람인 것 같기도 했다. 뭔가 의도적인 것 같아 내가 불쾌한 감정을 표현할 때마다 K는 말간 표정을 지은 채 아무것도 모르겠다는 듯이 나를 쳐다보곤 했다. 그때도 마찬가지였다. 취해서 무너지지 않을 수 없는 아델의 현란하고 매혹적인 음성 앞에서 눈을 감은 채 서 있는 K의 옆모습을 바라보면서 나는 어떤 진실도 간파할 수 없었다.

　―좋아?

　약간 비틀린 목소리로 내가 물었을 때 움찔하며 눈을 뜬 K는 응 아니, 하며 긍정도 부정도 아닌 말을 내뱉었다, 그런 상황이 벌어졌을 때마다 나는 K의 정확한 감정이나 진실을 알아내기 위해 집요하게 파고들곤 했다. 예컨대 좋은 거냐고 아니면 안 좋은 거냐고, 하며 내가 파악할 수 있는 어떤 내용이 나올 때까지 추궁하며 물었다. 하지만 K에게서 시원한 대답을 들은 적이 한 번도 없었다. 그는 늘 이것도 저것도 아닌 말을 어렵고 복잡하게 해대며 미꾸라지가 그물망을 통과해 빠져나가듯이 빠져나갔다. 미꾸라지가 그물망을 빠져나갈 수 있는 것은 허술한 그물망 때문일까 아니면 미꾸라지가 미꾸라지여서일까? 횡설수설하는 것 같으면서도 K의 말은 묘하게 설득력이 있었고 자세히 들어보면 분명한 논리도 있었다. 그래서 더 이상 시비를 걸 수 없는 경우가 많았다. 그런데 그런 대화를 끝내고 나면 항상 뭔가 찜찜하고 이상하게 기분이 나빴다. 그래서 그날 아델의 노래가 여전히 나를 압도하고 있는 그 상황에서 나는 K에게 너 이상 말을 걸지 않았다. 평소와는 다르게 화도 나지 않았다. 대신 냉담해졌다. 조금 전까지만 해도 다정하게 굴던 내가 갑자기 싸늘해진 것을 눈치챈 K가 뒤늦게 당황해하는 것이 느껴졌다. 그러나 결코 직설적으로 표현하는 법이 없는 K는 이미 불편해진 감정을 애써 아닌 척하며 아무 일 없는 듯 굴었다. 나 또한 딱히 할 말은 없었다. K입장에서 보면 그 순간의 내 감정은 말도 안 되는 변덕이었다. 그러나 나로서는 쉽게 지울 수 없는 자국처럼 선명한 여운을 남긴 감정이었다. 그날 불현듯 찾아든 그 감정은 K와 함께하면서 사소하게 어긋났던 감정들과는 많이 다른 단절감이었다. 그때 나는 짧은 순간이었지만 K를 완전히 내 곁에서 잘라내었던 것인데 다행인지 불행인지 K는 내 감정이 거기까지였던 건 짐작하지 못하는 것 같았다.

　누군가에 대한 마음이 끝났다는 건 어떤 의미일까? 그때 나는 잠시였지만 K에 대한 마음이 완전히 닫힌 것 같았다. 있어서는 안 될 것이 몸 안에 있을 때처럼 이물감이 느껴졌다. 그런 존재로서 내 곁에 있는 K가 말할 수 없이 작고 초라해 보여 마음이 아플 지경이었다. 더불어 나는 나 때문에 불쌍해진 K를 보면서 어떤 연민이 생겼다. 처음 그를 만났을 때 그의 외로움을 눈치채면서 품었던 연민과는 좀 다른 것이었지만 그것 때문인지 여행에서 돌아왔을 때는 여행을 떠나기 전과 마찬가지의 일상으로 되돌아올 수 있었다. 베인 자국처럼 마음의 흔적이 뚜렷이 남긴 했지만 그때 그 일이 다시 떠오르거나 하지는 않았다. 그런데 베토벤에 이어 바 안을 가득 채우고 있는 아델의 음성을 들으면서 별안간 상해에서의 그 일이 다시 떠올랐다. 두 번 다시는 이어질 것 같지 않던 폭력적인 단절감이 아예 없었던 일처럼 잊히고 다시 예전처럼 지낼 수 있었던 나를 돌이켜 생각해보니 갑자기 마음이 혼란스러워졌다. K에 대한 완전한 단절감도 분명히 있었던 사실이고 그것을 까맣게 잊은 채 아무 일도 없었던 듯 지낼 수 있었던 것도 엄연한 사실이다. 그렇다면 어떤 마음이 진짜 내 마음이었을까? 둘 다 진짜라고 말할 수도 없고 둘 다 가짜라고 말할 수도 없는 것이 오히려 정확한 표현일지도 모르겠다.

오이와 바이올린. G가 오이라면 K는 바이올린이다. 꼬인 것 없이 시원한데 왠지 밍밍한, 그러니 쉽게 질리지 않는 남자가 G였다. K는 섬세하며 날카로워 다치기가 십상인, 그리고 끊어질 듯이 이어지는 그래서 온전히 다 듣고 있으면서도 뭔가를 놓칠지도 모른다는 생각에 더욱 예민하게 귀를 기울여야 하는 바이올린 연주를 떠올리게 하는 남자였다. 게다가 무엇보다 K는 웃음을 잃은 남자였다. 늘 뭔가에 오롯이 집중하고 있는데 그 집중이 그를 약간 화나게 만들고 있는 것 같은 그런 남자였다, K는. 그에 반해 G는 느닷없이 웃음을 토해내 상대를 놀라게 만들곤 했다. 맥락에 맞지 않는 웃음 때문에 약간 부족해 보일 때도 있었지만 나는 G의 헤픈 웃음이 싫지만은 않았다. G가 입을 활짝 연 채 그런 웃음을 터뜨릴 때마다 어쩌면 G는 완전히 솔직한 사람일지도 모른다는 생각이 들었다. 뒷맛을 남기지 않는 오이처럼. 게다가 G는 영혼 따위 운운하지 않아도 아무 문제 없이 잘 살아갈 것 같은 남자였다.

다행히 오늘 바는 한가한 편이다. 설사 손님이 많다고 하더라도 바에서 근무한 지 이 년이 넘는 나는 서빙을 하면서도 온갖 생각을 다 할수 있다. 오는 손님들에게 무엇을 주문할지 묻고 그들이 주문한 음료나 술 그리고 약간의 안주를 내어다 주는 일은 생각 없이도 얼마든지할 수 있는 몸에 밴 습관이나 마찬가지라서 아무런 문제가 없다.

자신이 평생 모은 LP 음반을 손님들에게 들려주고 싶어 바를 차린주인은 오직 음악 선곡에만 신경 쓰느라 내가 일을 잘하고 있는지 어떤지 관심도 없다. 주인이 고른 가수 전인권의 〈사랑한 후에〉가 다시바 안을 채우고 있다.

늘 시시하게 살고 있었으면서 어느 날 문득 그냥 시시하게 살아버리자고 뚜렷하게 결심했던 적이 있다. 그러다가 G와 K를 만나게 되었고 두 남자를 만나면서 나에게는 약간의 변화가 있었다. 식물에 가까운 리듬으로 살아가던 나에게 동물적인 꿈틀거림이 일어나기 시작했고 지루하고 길던 하루가 팽팽하게 짧아졌다. 하루 대부분을 습관적인 리듬으로 밋밋하게 살던 내 일상도 달라졌다. 좋아하면서도 굳이찾아 들을 생각은 하지 않았던 음악들을 인터넷을 뒤져 듣기 시작했다. 매혹적인 음악을 들으면서 나는 오랫동안 잠자고 있던 내 속의 어떤 불씨가 다시 살아나는 걸 느꼈던 거였다.

가수 전인권의 찢는 듯한 목소리가 갑자기 내 마음을 파고들었다. G와 만난 지 일 년째인 내일 G를 만날 것인지 말 것인지 고민하느라 긴장되어 있던 신경의 끈이 전인권의 거친 목소리에 갑자기 툭, 하고 잘려나가 끊어지면서 고독이라는 단어가 나를 덮쳤다. 동시에 G와 K가 멀어졌다. 아니 사라졌다. 조금 전까지만 해도 내 마음을 가득 채우고 있던 두 남자가 흔적도 없이 사라지고 있었다. 그리고 오래전부터 내 속에 웅크리고 있던 시시한 감정이 되살아났다. 익숙한 무력감과 함께 오랜만에 마음이 조용해졌다. 나른한 평화를 위해 아름다움을 포기해야만 할 때 느껴지는 차갑고 날카로운 통증만 아니면 문제되는 건 아무것도 없었다.

살면서 제일 포기하기 어려웠던 건 아름다움을 향한 동경이었다. 아름다움을 향한 동경이라는 것이 막연하고 추상적이긴 하지만 오직 그것만이 시시한 나를 시시하지 않게 해주는 유일한 단서였다, 때로는 그것이 감당하기 힘든 상처와 아픔을 동반하기도 했으나 생의 빛나는 순간은 언제나 그것과 연결되어 있었다. G와 K를 포기하는 것이 아름다움에의 동경을 포기하는 것과 어떻게 관련되는 것인지 모르겠지만 아무튼 그랬다. 그러나 아무런 일도 일어나지 않을 때의 고요한 편안함 또한 그 무엇과도 바꾸기 어려운 유혹이었다. 언젠가 또 다른 아름다움의 불씨가 나를 흔들어놓게 되겠지만 지금 나는 휴식이 필요하고 그래서 내일 G를 만나는 일 따위 없을 것이다. K 역시 더 이상 만나지 않을 예정이다.

그 여자

그 여자

'나는 생각한다. 고로 존재한다'는 데카르트의 발언은 틀렸다, 적어도 그녀에게는. 그녀, 그러니까 시아주버니의 네 번째 여자인 그녀의 출현은 행동하기보다는 생각함으로써 존재하는 나의 무기력하고 시큰둥한 삶의 방식을 가볍게 조롱했다.

내가 그녀를 처음 본 것은 이태 전 추석이었다. 추석 전날, 시어머니가 사는 경주 본가에 당도한 우리는 늘 해오던 대로 아침 차례상을 준비하느라 분주하던 참이었다. 한동안 발길이 뜸하던 남편의 맏형이 또다시 낯선 여자를 데리고 들어선 것은 차례상 준비가 거의 끝나갈 무렵이었다.

시어머니가 생산한 2남 2녀의 맏이인 시아주버니는 이미 오십이 넘은 나이였지만 그때까지도 제대로 된 가정을 꾸리지 못하고 떠돌이 생활을 하고 있었다. 목수 일을 하면서 근근이 입에 풀칠하고 사는 그는 늘 집안의 우환덩어리였고, 그래서 그가 등장하면 집안 분위기는 묘한 긴장감이 감돌기 일쑤였다. 시어머니를 제외한 다른 식구들은 가능한 한 그가 가족 모임에 참석하지 않기를 바랐다. 그런데도 그는 식구들의 푸대접 따위는 아랑곳하지 않고 자신이 오고 싶을 때는 언제든지 왔다. 그날도 그는 제법 값나가는 선물 꾸러미까지 챙겨 들고 당당하게 집 안으로 들어섰는데, 그의 옆에는 지난 명절 때 함께 왔던 여자가 아닌 또 다른 여자가 서 있었다. 네 번째 여자였고, 시아주버니의 네 번째 여자는 그때까지 우리가 봐왔던 여자들과는 달리 거의 중늙은이에 가까운 나이 든 여인이었다.

첫 결혼에 실패한 후부터 인생이 꼬이기 시작했다는 시아주버니의 사연은 말 그대로 한 편의 드라마였다. 스님으로 살아야 할 팔자를 타고 나 속세의 삶과는 인연이 없었다고 늘 입버릇처럼 말했던 그는 나이 마흔이 넘어서야 비로소 결혼하게 되었는데, 자신보다 열 살 어린 아내를 무척 사랑했다고 한다. 그런데 그토록 사랑한 아내가 첫아이를 낳다가 아이와 함께 죽어버렸고, 그 일로 크게 상심한 그는 근 삼 년을 술만 마시며 폐인처럼 지냈다. 그러다가 우연히 작부 출신인 한 여자를 알게 되었다. 그러나 작부 출신인 두 번째 여자와는 육 개월도 채 살지 못하고 헤어질 수밖에 없었다. 짙은 화장에다 늘 손톱을 빨갛게 물들이고 나돌아치는 두 번째 여자를 그는 사흘이 멀게 두들겨 팼다. 심지어는 식칼을 빼어 들고 죽여버리겠다며 난리를 피운 적도 있었다. 그러던 어느 날, 그날도 여자는 술에 취해 늦게 들어왔다. 독기를 품은 채 여자를 기다리던 시숙은 여자가 집에 들어오자마자 목을 조르며 여자를 죽이려 들었고, 시숙의 살기에 놀라자빠진 여자는 신발도 신지 못한 채 영원히 줄행랑을 치고 말았다. 하지만 시숙은 그런 일들을 겪고도 여자와의 인연만은 포기할 수 없었던지 얼마 지나지 않아 또다시 한 여자와 살림을 차렸다. 어린아이가 둘씩이나 딸린 젊은 과부였던 세 번째 여자는 두 번째 여자와는 달리 착실한 편이었다. 그래서 그런지 시숙도 한동안은 마음을 잡고 열심히 살아보려고 하는 듯했으나 그것도 잠시였다. 여자가 데리고 온 아이들을 도무지 사랑할 수 없었던 시숙은 노골적으로 아이들을 싫어하면서 덩달아 아이들의 엄마까지 괴롭혔다. 형편이 그렇다 보니 세 번째 여자 역시 일 년 반 만에 보따리를 쌀 수밖에 없었다. 세 번째 여자가 떠난 이후 시숙은 한동안 소식이 없었는데, 그러다가 일 년여 만에 또 다른 여자를 데리고 나타난 것이다.

시아주버니의 네 번째 여자는 체구가 왜소한 시숙과는 걸맞지 않게 덩치가 컸다. 희번덕이는 눈빛 때문인지 몹시 탐욕스러워 보이는 그녀는 한눈에 보기에도 거칠게 살아온 티가 역력했다. 그녀는 처음 대하는 시집 식구들을 전혀 낯설어하지 않을 뿐만 아니라 덩치와는 어울리지 않게 싹싹하게 굴기까지 했다. 비굴해 보일 정도로 시집 식구들의 비위를 맞추려 애쓰던 그녀는 그러나 만 하루도 지나지 않아 맏며느리 노릇을 하려 들었고, 그런 그녀의 처세에 우리는 아연할 따름이었다. 그리고 명절날 밤 온 식구가 모인 자리에서 내뱉은 그녀의 느닷없는 발언은 우리를 한 번 더 놀라게 했다. 혼자 살고 계신 시어머니를 자신이 모시고 살겠다며 그녀가 당당하게 말했던 거였다. 칠십이 넘은 노모가 시골에서 혼자 사는 것을 다들 마음 불편해하던 처지였지만, 근본도 모르는 낯선 여자에게 어머니를 맡긴다는 것은 말도 안 되는 소리였으므로 우리는 그녀의 말을 아예 무시했다. 그런데 정작 시어머니는 우리와 생각이 달랐던지 슬그머니 반색을 표하며 큰아들의 얼굴을 쳐다보았다. 그때, 네 번째 여자를 데리고 나타나 전에 없이 행복해 보이던 시숙이 돌연 어머니의 두 손을 붙들면서 간곡하게 말했다.

— 이제라도 장남 노릇 제대로 해보고 싶어서 그래요. 잘 모실게요.

갑자기 벌어진 돌발적인 사태에 모두가 어아이 벙벙해져 있는 사이 시어머니의 눈에는 어느새 눈물까지 고여 있었다. 그뿐만이 아니었다. 어머니는 자신을 모시겠다는 큰아들의 손등을 닳도록 쓰다듬으며 몇 번이고 고개를 끄덕였다.

그날 밤 우리는 몹시 어정쩡하고 심란한 표정들을 한 채 각자 잠자리에 들었다. 시숙과 시숙의 네 번째 여자가 자게 된 방은 우리 부부가 잠든 바로 옆방이었다.

잠자리가 바뀔 때마다 쉽게 잠을 이루지 못하는 나는 그날 밤도 오래 뒤척였다. 서울에서 내려온 지 이틀째인 데다가 명절을 치르느라 몸도 피곤한 상태였기 때문에 옆에서 바스락대는 소리 하나에도 신경이 곤두섰다. 그런데 옆방에서는 시종 낄낄거리는 듯한 소리가 들려왔고, 그러다가 급기야는 무언가가 벽에 부딪히기라도 하는지 두어 번 쿵쿵거리는 소리까지 들렸다. 하지만 그때까지만 해도 나는 그들이 앞으로 하고자 하는 행위에 대해 전혀 눈치채지 못했다. 눈에 띄게 덩치가 큰 네 번째 여자가 자는 방에서 들려오는 쿵쿵거리는 소리가 조금도 어색하게 들리지 않았던 것이다. 비음 섞인 소리를 내며 싹싹하게 구는 것에 비하면 그녀의 몸이 벽에 부딪히며 내는 듯한 그 소리는 오히려 자연스러웠다. 그런데 곧이어 들려온 츱츱거리는 듯한 소리는 아까의 쿵쿵 소리와는 성질이 완전 다른 소리였다. 츱츱대는 소리 사이사이로 마치 큰 하마가 숨을 몰아쉬듯 흐아흐아 하는 소리도 섞여 들려왔는데, 그 소리를 듣는 순간 비로소 나는 그들이 무슨 짓을 하고 있는지 알아차렸다. 역겨운 구토가 치밀어 올랐지만 나는 도리어 내 입을 틀어막았다. 그리고 더 예민해진 귀를 쫑긋 세운 채 그들 방에서 들려오는 소리에 귀를 기울였다. 역겨움보다 더 강한 호기심에 굴복당한 나는 그들이 내는 소리 하나하나를 놓치지 않으면서, 벌거벗은 채 행해지고 있을 그들의 동작을 머릿속에 그렸다.

아마도 시숙은 덩치 큰 네 번째 여자의 몸에 매미처럼 달라붙어 그녀의 우람한 젖을 열심히 빨아대고 있을 것이었다. 그리고 그녀는 늙은 남자의 머리통을 갓난아이 다루듯 어루만지며 자기 젖을 빨게 하고 있을 터였다. 하지만 늙은 남자의 빠는 힘은 의외로 강해 자주 그녀를 흥분시킬 것이며, 흐아흐아 소리를 낼 때마다 그녀의 몸은 커다랗게 젖혀질 게 분명했다. 크게 요동치는 그녀의 몸짓과 교성(?)에 자극받은 남자는 더더욱 힘을 줘 그녀의 젖을 빠는 그런 그림을 상세하게 떠올리던 나는 문득 이상한 느낌에 휩싸였다. 은근히 몸이 달아오르면서 젖꼭지가 이상해지는가 싶더니 곧이어 나도 모르게 아랫도리까지 축축해지기 시작했다. 행동함으로써가 아니라 생각함으로써 존재하는, 그래서 불감증에 시달리던 나로서는 생각지도 못한 일이었다.

　그 무렵 나는 소위 말하는 불감증이라는 병에 걸려 있었다. 그때 나는 서른네 살이었고, 삶의 전반에 대해 까닭 없이(?) 시큰둥해져 도무지 아무런 의욕이 생기질 않았다. 프로이트는 살아 있는 한 인간은 결코 아무것도 포기할 수 없다고 말했지만, 그 무렵 나는 모든 걸 포기할 수 있을 것 같았고 실제로 많은 걸 포기한 상태였다. 예컨대 나는, 적어도 내가 하고 싶지 않은 일은 하지 않는 정도의 자유만을 원했다. 그러나 세상은 그 정도의 자유도 나에게 허용하지 않았다. 특히 결혼생활 대부분은 내가 하고 싶어서 하는 일보다 하기 싫어도 해야만 하는 일들의 연속이었다. 그런 결혼생활을 지속하면서 나는 나를 포기시키는 것에 점점 익숙해져갔다. 아이 때문에 직장을 그만두게 된 것은 그런 포기의 극단적인 한 예였고, 직장을 그만둔 이후 나는 눈에 띄게 무기력해지고 말았다.

　그 무렵 나의 불감증도 어쩌면 그런 이유 때문인지도 몰랐다. 하지만 나는 내가 불감증에 걸렸다는 사실을 가능한 한 남편에게 알리고 싶지 않았다. 그래서 남편과 잠자리할 때 거짓으로 흥분한 척하고 때로는 과장된 교성을 내지르기도 했다. 왠지 그래야 할 것 같아서였다. 그러다 보니 병이 점점 더 깊어져 남편과의 잠자리에서만이 아니라 어떤 일에 대해서도 아무런 감정을 느낄 수가 없었다. 아무리 기쁜 일이 생겨도 조금도 기쁘지 않았고, 몹시 슬픈 일을 겪어도 눈물 한 방울 나오지 않았다. 정체가 분명하지 않은 분노의 감정만이 오래도록 남아 간간이 나를 뒤흔들어놓곤 했는데, 언제부턴가는 그것마저도 눈처럼 녹아 없어져버려 나는 매일 매일을 맹물 같은 기분으로 보냈다. 그러므로 시숙의 네 번째 여자로 인해 느끼게 된 야릇한 성욕은 나로서는 좀 특별한 일이 아닐 수 없었다.

옆방에서 들려오는 소리에 귀를 기울이다가 아랫도리까지 적시게 된 나는 곁에 잠들어 있는 남편 쪽으로 슬그머니 다가갔다. 가늘게 코까지 골며 자는 남편의 몸속으로 조심스레 손을 집어넣어 남편의 몸을 만지자 잠결에 놀랐는지 꿈틀하며 몸을 한 번 움직이던 남편은 아예 돌아눕는 것으로 나의 접근을 거부했다. 잠결에 무의식적으로 한 행동이었겠지만 남편의 거부반응에 더 이상 남편을 건드릴 자신이 없어진 나는 제법 뜨겁게 달아올라 있는 내 손을 엉거주춤 거두어들일 수밖에 없었다. 그러나 오랜만에 불이 지펴진 내 몸은 쉽사리 식지 않았다. 아니 오히려 점점 더 불길이 타오르고 있었다. 옆방의 소리는 그때까지도 계속되었고, 나는 터질 듯 달아오르는 욕정으로 몸을 뒤척이며 옆방에서 들려오는 소리에 더더욱 귀를 기울였다. 여자가 몹시 다급하게 숨을 몰아쉬며 남자를 향해 뭐라고 말하는 것 같았고, 그러다가 느닷없이 주위가 쥐 죽은 듯 조용해졌다. 하지만 나는 그 정적이 의미하는 바가 무엇인지를 익히 알고 있었다. 완전한 쾌감. 아마도 그들은 정확하게, 그리고 동시에 오르가슴에 도달한 게 분명했다. 가장 동물적으로, 가장 완벽하게 하나가 된 채 축 늘어져 있을 그들을 상상하다가 나는 얼핏 잠이 들었다. 방은 지나치게 뜨거웠고, 뜨거운 방에서 잠을 자던 나는 야릇한 꿈을 꾸었다. 꿈속에서 나는 나의 오른손 가운데 손가락 하나를 내 몸 깊숙이 찔러 넣고 있었다. 묵직하고 찌릿한 통증과 함께 떳떳하지 못한 쾌감이 온몸을 휘감는 것 같았다. 꿈속에서가 아니라 실제로 오른손 가운데 손가락을 질 속 깊숙이 찔러 넣었을지도 모를 나는 미끈거리는 느낌을 털어내기라도 하듯 흠칫 몸을 떨며 잠에서 깨어났다. 나는 나의 오른손 가운데 손가락의 위치를 확인하는 대신 내 곁에서 등을 돌린 채 잠들어 있는 남편의 등을 오래 바라보았다.

다음 날 아침, 시아주버니의 네 번째 여자는 누구보다도 일찍 일어나 아침 식사 준비를 하고 있었다. 무슨 일인지 그녀는 유독 나에게 친근감을 내비치며 자주 말을 걸어왔지만 나는 그녀의 얼굴을 똑바로 쳐다볼 수가 없었다. 누구를 향한 것인지 알 수 없는 혐오감과 수치심으로 아침 내내 기분이 엉망이었다.

아침 식사를 마치고 우리는 서둘러 서울로 올라왔다. 함께 우리 차를 탄 큰시누이가 자기 오빠와 오빠의 네 번째 여자에 대한 불만을 끊임없이 털어놓았다.

— 어디서 여자 같지도 않은 여자를 데리고 와서는 히죽히죽 웃어대는 걸 보니 오빠도 이제는 완전히 맛이 간 것 같아. 그 여자 손 봤어

올케? 솥뚜껑 엎어놓은 것 같은 그 손이 어디 사람 손이야. 먹는 건 또 어떻고. 눈을 희번덕거리면서 아귀처럼 음식을 입에 쓸어 넣는 걸 보니까 끔찍하더라고. 무슨 일을 저질러도 단단히 저지를 여자 같아, 아무래도. 그런 여자에게 엄마를 맡겨놓고 가는 게 잘하는 짓인지 모르겠어. 오빠 역시 믿을 만한 위인이 못 되는 건 마찬가진데 말이야. 하지만 엄마가 함께 살고 싶어 하니까 어쩔 도리가 없지 뭐.

그렇게 말하던 시누이가 묘한 표정을 지으며 나를 쳐다보았다. 아마도 그녀는 내가 자기 엄마를 모셔주었으면 하고 생각하는 모양이었다. 그렇지 않아도 시누이는 아들 둘 중 그나마 인간 구실하고 사는 남편에게 종종 어머니를 네가 모셔야 하는 게 아니냐고 말해왔던 터였다.

나는 시누이의 은근한 압력을 모른 척하며 창밖으로 고개를 돌렸다. 그러자 시누이는 이내 눈치를 알아차리고 금세 화제를 바꾸며 은근슬쩍 내 비위를 맞추려 들었다. 가난한 홀어머니 밑에서 자라 세상 돌아가는 이치를 누구보다도 잘 아는 손위 시누이는 나를 다루는 솜씨 또한 노련했다. 어르고 빰치다가 더러는 아부도 서슴지 않는 그녀의 궁극적인 목적이 결국은 자기 엄마에게 잘해달라는 것이라는 사실을 모르는 바는 아니지만, 나는 시누이의 그런 처세가 늘 불쾌할 따름이었다.

그 명절 이후 일주일에 두 번 시어머니에게 안부 전화를 하던 것이 일주일에 한 번으로 줄어들었고, 남편 역시 예전보다는 어머니에 대해 신경을 덜 쓰는 눈치였다. 여러 면에서 부족한 형이었지만 그래도 형이 어머니를 모시고 사는 덕분에 우리는 시어머니에 대한 걱정으로부터 약간은 해방될 수 있었다. 그러나 우리의 해방은 그리 오래가지 못했다. 형이 어머니를 모시고 산 지 두 달여 만에 괴이하기 짝이 없는 일이 벌어지고 말았다.

큰시누이로부터 연락받고 부랴부랴 경주로 내려갔을 때 시어머니는 엉망진창이 된 모습으로 병실에 누워 있었다. 심하게 맞았는지 얼굴이 온통 상처투성이인 데다 허리까지 다쳐 꼼짝도 하지 못했다. 칠십이 넘은 노인을 때린 사람은 다름 아닌 시숙의 네 번째 여자였는데, 그 스토리 또한 기가 막혔다.

사건이 터진 그날 이우에 놀러 가다고 나간 그녀는 저녁 식사 준비를 할 시간이 훨씬 지났는데도 돌아오지 않았다고 한다. 그런 일은 그날이 처음이 아니었다. 화가 잔뜩 난 시어머니가 벼르며 기다리고 있는데, 정작 그녀는 오지 않고 이웃집 여자로부터 전화가 걸려 왔다. 그리고 하는 말이 댁의 큰며느리가 여기 있으니 와서 좀 데려가라고 하더라는 것이다. 불같이 화가 난 노인네는 한달음에 달려가지 않을 수 없었다. 달려가 보니 언제부터 마셨는지 술이 잔뜩 취한 그녀가 남의 집에서 술주정이었다. 없이 살아도 자존심 하나만은 지키고 살아온 노인네는 남의 집에까지 가서 자기 집안을 망신시킨 그녀에게 화가 머리끝까지 나 버럭 소리를 지르며 야단을 쳤다. 그러자 술에 취해 널브러져 있던 그녀가 갑자기 고개를 홱 쳐들어 노인네를 노려보며 이렇게 소리쳤다는 것이다.

— 쥐뿔두 없는 것들이 뭐가 잘났다고 나를 며느리로 인정 못 하겠다는 거야! 이 할망구야, 너도 입이 있으면 말 좀 해봐 어서!

　아들이 안쓰러워 함께 살면서도 아들의 여자는 영 탐탁하지 않아서 시어머니는 그녀를 도무지 며느리로 인정하지 않았던 모양이었다. 시어머니의 자존심을 모르는 바 아닌 터에 그녀를 선뜻 받아들이는 것이 아무래도 의아했는데, 역시 시어머니는 그녀를 며느리로 인정하지 않았던 모양이었다. 그 때문에 화가 난 형의 여자는 이웃에 종종 놀러 가 술을 마셨고, 그러다가 급기야는 마음속에 품고 있던 말을 술김에 내뱉었던 게 분명했다. 그녀의 막말을 참을 수 없었던 시어머니는 그녀의 뺨을 세게 때렸다고 한다. 뺨을 맞은 여자는 갑자기 포악해져 시어머니를 거칠게 밀어 넘어뜨렸다. 칠십이 넘은 나이였지만 성정이 불같은 노인네는 자신을 넘어뜨린 여자를 용서할 수 없었다. 그래서 여자를 응징하기 위해 바닥에서 일어나려고 하는데, 이미 며느리이기를 포기한 여자가 먼저 노인네의 몸을 찍어 누르며 노인네의 몸 위에 올라탔다. 일대 난투극이 벌어진 것은 그때부터였다. 노인네는 술에 취해 아무렇게나 흐트러져 있는 여자의 머리채를 낚아챘고, 그 때문에 더 광폭해진 여자는 노인네를 향해 마구 주먹질을 해댔다. 여자의 주먹질에 시어머니도 가만히 있진 않았지만 스무 살이 넘게 젊은 데다가 덩치 또한 만만치 않은 아들의 여자에게 노인이 당하는 것은 불을 보듯 뻔한 일이었다. 거기에다가 여자는 술까지 마신 터라, 노인을 말 그대로 묵사발로 만들어버린 것이다. 결국 시어머니는 들것에 실려 병원으로 옮겨졌고, 시숙의 여자는 어디로 사라졌는지 모습이 보이지 않았다. 그날 목수 일을 하러 나갔다가 들어와 뒤늦게 이 사실을 알게 된 시숙은 아무 말도 하지 않고 자신의 방에 틀어박혀 밤이고 낮이고 술만 마셨다.

여자가 다시 나타난 것은 시어머니가 병원에 실려 간 지 사흘째 되던 날이었다. 입에 거품을 물며 오빠의 여자를 가만두지 않겠다고 벼르던 큰시누이와 춘천에 사는 작은시누이가 각자 집으로 돌아간 다음 날이었다. 시누이 둘이 모두 자신들의 집으로 가버리고 혼자 남아 시어머니를 간호하던 나는 여자의 출현이 내심 반가웠다. 남편이 돌보고 있긴 하지만 아직 초등학교 1학년인 아들 녀석도 걱정스러웠고, 병실에서 보낸 며칠 동안 심신이 고달프기도 했던 것이다. 그리고 시어머니와 그녀가 벌인 일련의 사건에 관한 이야기를 들으면서 내심 통쾌한 마음이 없지 않았던 나로서는 시아주버니의 여자에 대해 특별히 나쁜 감정을 가질 이유가 없었다.

시어머니에 대해서는 나 역시 감정이 좋지 않았다. 꼬장꼬장한 데다가 때로는 막무가내이기까지 한 시어머니는 늘 나를 불편하게 만드는 존재였다. 내가 자신에게 조금이라도 서운하게 하면 따로 아들에게 전화해 우리 부부 사이를 갈라놓는 그런 심술은 특히 얄미웠다. 나는 그런 시어머니에 대한 불만을 한 번도 노골적으로 표출해보지 못했다. 그러던 차에 그런 일이 벌어지고 보니 마음 한편으로는 통쾌했던 것이다. 엉망으로 부어터진 시어머니의 모습이 처참해 보였지만 어쩔 수 없이 며느리인 나는 시숙의 여자를 특별히 더 미워할 이유가 없었다. 게다가 사흘 만에 나타난 여자가 자신이 직접 어머니를 간호

하겠다며 나더러 서울로 올라가라고 하니 나로서는 더더욱 반가운 일
이 아닐 수 없었다.

술에 취해 제정신이 아니었나 보다 말하면서 백배사죄를 하는 그
녀를 시어머니는 끝내 아는 체하지 않았지만, 나는 슬그머니 시어머
니를 그녀에게 맡기고 서울로 올라왔다. 서울로 올라와 안부 전화를
할 때마다 그녀가 받았는데, 전화를 받는 그녀의 목소리는 언제나 씩
씩했다. 어머니 걱정은 하지 않아도 된다며 나를 안심시키는 그녀에
게 언제부턴가 나는 형님이라고 부르기 시작했고, 처음 그녀를 형님
이라는 호칭으로 불러주었을 때 그녀는 얼핏 목이 잠기는 것 같기도
했다.

퇴원하고 나서도 좀체 건강이 회복되지 않아 시름시름 하던 시어
머니가 갑작스레 돌아가시게 된 것은 아들의 여자와 함께 산 지 일 년
이 다 돼가던 어느 날이었다. 늦은 여름밤이었다. 그날도 나는 얼른
잠이 들지 않아 뒤척이고 있었는데 전화가 왔고, 전화를 한 사람은 바
로 그녀였다. 시어머니가 돌아가셨다며 울먹이는 그녀는 실제로 몹시
슬퍼하는 것 같았다. 일련의 사건에도 불구하고 그동안 그녀는 시어
머니와 꽤 정이 들었던 모양이었다.

전화를 받고 경주로 내려가자 형과 그녀는 이미 소복을 차려입은
모습으로 우리를 맞이했다. 시어머니가 돌아가신 집에서 우리를 맞는
그녀의 태도는 전에 비해 훨씬 당당해 보였다. 그리고 전과는 달리 그
녀는 자기보다 아랫사람인 나에게 이것저것 시키면서 제대로 형님 노

릇도 했다. 시누이 둘이 도착하기 전까지만 해도 그녀는 누가 봐도 손색없는 맏며느리였던 것이다. 그런데 시누이들이 도착하자 갑자기 분위기가 달라지면서 그녀 또한 잘못 놓인 가구처럼 불안정한 모습이었다. 시누이들은 자신들의 엄마를 때려눕힌 적이 있는 그녀를 아예 사람 취급도 하지 않았다. 드러내놓고 말은 하지 않지만 노모가 갑자기 돌아가시게 된 것도 그 사건 때문이라 여기는 듯했다.

시누이들의 등장으로 안절부절못하며 불안해하던 그녀는 부엌 한구석에 쪼그리고 앉아 홀짝홀짝 술을 마시기 시작했다. 그러던 중 마침 작은시누이가 부엌으로 들어서자 커다란 몸을 휘청거리며 일어서서 말했다.

— 아가씨, 나랑 얘기 좀 합시다.

하지만 쌀쌀맞은 작은시누이는 그녀의 말을 들은 체도 하지 않고 도로 부엌 밖으로 나갔다. 형의 여자가 뛰듯이 쫓아가 시누이의 한쪽 팔을 거칠게 낚아챈 것은 바로 그때였다.

— 사람 말이 말 같지 않아? 얘기 좀 하자고 했잖아!

순간 두 사람의 눈에서 동시에 불꽃이 이는가 싶더니 갑자기 시누이가 그녀의 뺨을 소리 나게 때렸다. 딱 하는 소리와 함께 미처 말릴 새도 없이 두 여자의 육탄전이 시작되었다. 서로의 머리채를 휘어잡은 채 땅바닥에 나뒹구는 그녀들 때문에 부엌 안은 졸지에 아수라장이 되고 말았다. 와장창 그릇 깨지는 소리를 듣고 달려온 큰시누이는 두 사람을 말릴 생각은 하지 않고 오히려 싸움에 가세해 형의 여자를 일방적으로 두들겨 팼다. 그러나 덩치가 몹시 큰 형의 여자는 두 시누이의 동시 공격에도 불구하고 만만치 않았다. 세 사람이 한 덩어리가 되어 엎치락뒤치락하는 모양을 지켜보면서도 나는 도무지 껴들 엄두가 나지 않았다.

밑에 깔려 얻어맞으면서도 두 시누이를 향해 심심찮게 주먹을 날리던 그녀가 짐승 울음소리 같은 소리를 내지르며 자기 몸에 달라붙어 있던 시누이들을 떨쳐내버린 것은 영전 앞에서 곡을 하던 남편이 달려와 막 부엌으로 들어서려고 할 때였다. 어머니의 죽음이 서러운지 자기 처지가 서러운지 지나치게 통곡하며 꺽꺽거리던 남편의 형은 계속해서 마신 술 때문에 일찌감치 곯아떨어졌는지 그 난리가 났는데도 보이지 않았다.

사나운 짐승이 포효하듯 크게 소리를 내지르며 시누이 둘을 단번에 땅바닥에 내동댕이쳐버린 그녀는 벌떡 몸을 일으키더니 느닷없이 옷을 벗기 시작했다. 땅바닥에서 나뒹구는 바람에 지저분해지고 군데군데 찢기기도 한 하얀 상복을 훌훌 벗어버리고 안에 입고 있던 속옷마저 훌떡훌떡 벗어버린 그녀는 순식간에 알몸이 되었다. 그녀가 무슨 짓을 하려는지 알 수가 없어 멍하니 지켜보기만 하던 우리는 아연실색하지 않을 수 없었다. 커다란 덩치도 덩치지만 이미 나이를 먹을 대로 먹은 그녀의 알몸은 외설스러워 보이기보다는 차라리 기괴해 보였다. 울퉁불퉁하면서 출렁거리는 그녀의 알몸은 여자의 몸도, 그렇다고 인간의 몸도 아니었다. 분노와 적개심으로 터질 듯 부풀어 오른 그녀의 몸은 자폭하기 직전의 수류탄처럼 위험 그 자체였다.

부엌문 앞에서 그녀의 모습을 지켜보다가 얼굴이 새파랗게 질려버린 남편을 밀쳐내고 마당으로 뛰쳐나간 그녀는 문상하기 위해 찾아온 동네 사람들을 향해 고래고래 소리를 지르며 집안을 휘젓고 다녔다.

— 뭐가 그렇게 잘났어! 사람 위에 사람 없고 사람 밑에 사람 없다는데 지깟것들이 뭐라고 나를 업신여기느냐 말이야. 누구라도 할 말 있으면 이리 나와봐. 내가 전부 상대해줄 테니까. 이놈의 집구석, 내가 오늘 끝장을 내버리고 말 테니까.

자신의 알몸을 무기로 내세우며 발광하는 그녀의 몸짓은 위험하면서도 처연해 보였다. 너무 갑작스럽고 충격적인 장면이었지만 무슨 일인지 나에게는 그다지 낯설어 보이지 않았다. 그리고 뭐랄까, 그녀가 하고 싶은 대로 실컷 하도록 내버려두었으면 하는 마음이 들기도 했다. 그녀의 벗은 몸, 그것이 약간 마음에 걸리긴 했으나 아무튼 그랬다. 그러나 내 마음속의 은밀한 바람은 불과 몇 초 사이에 끝장나고 말았다. 곧이어 부엌에서 달려 나온 시누이 두 사람과, 그들 편일 수밖에 없는 시집의 다른 여자들이 죄다 합세해 형의 여자를 개 끌듯이 어디론가 끌고 가버린 것이다.

마당 뒤쪽의 후미진 곳으로 그녀를 끌고 간 여자들은 아예 그녀를 땅에 엎어놓고 사정없이 두들겨 패기 시작했다. 알몸으로 당한 그녀는 삽시간에 피투성이가 되었다. 그런데도 그들은 계속해서 그녀를 밟고 때렸다. 아귀처럼 달라붙어 그녀에게 폭력을 가하는 여자들은 근원을 알 수 없는 자신들의 억눌린 분노도 함께 그녀에게 쏟아놓는 것 같았다. 그런데 정작 그녀는 처음 한동안은 버둥거리다가 어느 순간부터는 저항하기를 포기한 채 눈을 뻔히 뜨고 하늘을 올려다보고 있었다. 하늘을 올러다보고 있는 그녀의 눈빛은 차라리 초연해 보였다. 그때 벌려진 가랑이 사이로 드러난 그녀의 시커먼 음모가 내 눈에 들어왔다. 그것을 바라보던 나는 울컥 치밀어 오르는 욕지기를 도로 삼키다가 까닭 모를 눈물을 흘렸다. 눈물 한 방울이 내가 들고 있던 그녀의 옷 위에 툭 소리를 내며 떨어졌다. 언제 챙겼는지 나는 여자의 옷을 챙겨 들고 시종 그녀를 따라다녔던 모양이었다.

기절한 듯 축 늘어져 있는 여자에게 달라붙어 폭력을 가하던 여자들이 자기들도 지쳤는지 집 안으로 들어가고 난 뒤에도 그 자리에 남아 있던 나는, 감았던 눈을 슬며시 뜨며 몸을 일으키는 그녀에게 옷을 내밀었다. 옷을 받아 들며 나를 쳐다보던 그녀가 무슨 뜻인지 알 수 없는 야릇한 미소를 나에게 지어 보였다. 처음부터 끝까지 구경꾼이기만 했던 나는 죄책감 때문에 그녀로부터 얼굴을 돌리지 않을 수 없었다. 곧이어 크고 두툼한 그녀의 손이 두어 번 내 등을 토닥거리며 말했다.

— 안 믿기겠지만, 나 말이야…… 시어머니에게 정말 잘하려고 했어. 어린 나이에 고아원에 버려져 엄마 얼굴도 모른 채 살아왔거든. 그런 내 진심도 몰라주고 나를 천하게 여기며 무시하는 노인네가 미웠어. 그렇다고 시어머니와 내가 늘 다투기만 한 건 아니야. 함께 목욕탕에 가서 노인네 등이 발개질 정도로 때를 밀어줄 때면 사심 없이 좋아하며 내가 딸보다 낫다고 칭찬하기도 했어. 나한테 두들겨 맞고 병원에 누워 계실 때도 두어 번 당신 마음을 나에게 보여주었지. 진심으로 극진히 모셨거든. 내가 남 보기엔 거칠어 보여도 속은 따뜻한 인

간이라구.

　말을 하면서 그녀는 양손을 등 뒤로 돌려 익숙한 동작으로 브래지어 끈을 채웠다. 샤워나 목욕을 끝낸 후 내가 제일 먼저 입는 속옷은 팬티였으므로 그녀가 팬티보다 브래지어를 먼저 착용하는 것이 인상적이었다. 브래지어를 채우고 나서 눈에 띄게 현란한 팬티에 한쪽 다리를 끼우던 그녀가 뒤에 서 있는 나를 돌아보며 말했다.

　― 그런데 말이야 동서, 우리 오늘 저녁밥 못 먹었잖아. 소고깃국 맛있던데 아직 남아 있겠지?

　그녀의 손에 이끌려 부엌으로 함께 간 나는 그녀가 소고깃국에 말아 내민 밥 한 그릇을 엉겁결에 받아 손에 들었다. 밥숟가락 들기가 무섭게 후루룩 쩝쩝 소리를 내며 밥을 먹는 그녀의 식욕은 왕성하고 탐욕스러웠다. 언젠가 그녀의 교성을 엿들으며 꿈결에 자위행위를 한 적이 있는 나는 그녀의 식욕에도 전염되었는지 오랜만에 밥이 달았다.

나는 2번이다

나는 2번이다

나는 2번이다. 내가 1번을 사랑하는 이유는 1번이 1번이기 때문이다.

일 년 중 내가 가장 싫어하는 날은 1번 아버지 제삿날이다. 1번과 내가 아무리 사랑하는 사이라 하더라도 그날만은 어쩔 수 없이 생이별하지 않을 수 없다. 그리고 생이별보다 더 견디기 힘든 것은 억누를 수 없는 질투심이다. 평소에는 나밖에 모르던 1번이 제삿날만 되면 나는 본체만체하고 종일 4번과 붙어 지낸다. 매일 아침 나와 함께 하던 약수터 산책도 빼먹고 4번과 제사장을 보러 나가면서부터 시작되는 그날 하루는 나에게는 끔찍한 지옥이다.

일주일 전 그날도 마찬가지였다. 제삿날의 불길한 조짐은 식사 담당인 4번이 내 아침을 챙겨주지 않으면서부터 시작되었다. 아침 8시를 넘기면 허기가 져서 허리도 펴기 힘든데 9시가 다 돼가는데도 4번은 밥 챙겨줄 생각조차 하지 않았다. 기다리다 지친 나는, 싱크대에서 설거지하는 4번에게 다가가 그녀의 바짓가랑이를 잡아당겼다. 물론 바짓가랑이를 잡아당긴 것은 발이 아니라 입이다. 날이 날인 만큼, 그때까지만 해도 나는 기다리다 지치긴 했어도 화가 난 건 아니었다. 그런데 4번은 나의 첫 번째 경고에도 불구하고 미동도 하지 않았다. 한마디로 나를 무시한 것이다. 슬그머니 부아가 치민 나는 두 번째 경고를 했다. 무엇 때문인지 늘 부어 있는 그녀의 얼굴을 향해 가볍게 컹 소리를 내자 4번은 그제야 비로소 나를 쳐다보았다. 그러나 그뿐이었다. 내가 두 번씩이나 경고했는데도 자신이 무엇을 잘못하고 있는지 눈치도 채지 못했다. 마음 같아서는 풀쩍 뛰어올라 그녀의 얼굴이라도 할퀴어놓고 싶었지만 나름대로 생각이 있는 나는 애써 참았다. 일 년 중 유일하게, 1번이 4번 눈치를 보는 제삿날은 나 역시 4번에게 함부로 나대서는 안 된다는 것은 안기 때문이다. 몸도 1번이 4번보다 약하고 돈도 1번보다 4번이 더 많은 것 같은데 어떻게 4번이 4번이 되고 1번이 1번이 되었는지 알 수 없지만, 어쨌든 평소에 4번은 1번 눈치를 보며 살기에 급급하다. 그런데 1번 아버지 제삿날만은 1번이 4번 눈치를 보는 것이다.

4번에게서 밥 얻어먹기를 포기한 나는, 하릴없이 주방에서 얼쩡대는 1번을 간절하게 올려다보았지만 4번 기분을 살피느라 전전긍긍하는 1번은 내가 얼마나 배가 고픈 것인지 짐작도 하지 못하는 것 같았다. 참다못한 나는 급기야 두리번거리며 음식을 찾기 시작했다. 하지만 주린 내 배를 채워줄 음식은 쉽사리 눈에 띄지 않았다. 그러다가, 1번과 4번이 함께 나가 장 봐 온 것들이 주방 한쪽에 놓여 있는 것을 발견하고 그쪽으로 다가갔다. 비닐봉지의 부스럭거리는 소리가 내가 듣기에도 거슬릴 정도로 크게 난다, 생각하는 순간 나는 비닐봉지 안의 내용물은 구경도 해보지 못하고 마룻바닥에 내동댕이쳐지고 말았다. 한쪽 손만 사용해 나를 바닥에 패대기쳐버린 사람은 4번이었다. 1번에게도 그런 대접을 받아본 적이 없는 나는 극심한 충격에 빠져 한참 동안 정신이 없었다. 그리고 불현듯, 까맣게 잊고 있던 나의 과거를 떠올렸다.

이 집에 오기 전에는 바닥에 내동댕이쳐지는 것쯤은 아무 일도 아니었다. 거리의 개였던 나는 아무런 이유 없이 걷어차이기 일쑤였고 심지어 죽을 뻔한 위험에 처한 적도 한두 번이 아니었다. 그 시절의 나에게 인간은 감히 넘볼 수 없는 신과 같은 존재였다. 두 발로 걷는 인간들은 네 발로 걷는 개보다 일단 키가 크다. 그래서 눈높이부터가 다른 그들은 정작 맞붙어 싸우면 우리를 이기지 못할 것 같은데도 왠지 범하기 어려운 존재들이었다. 언젠가 한 번은, 나와 눈높이가 비슷한 사내아이가 놀이터에서 혼자 놀고 있는 것을 보고 다가가 으르렁거리며 겁을 준 적이 있었다. 그 정도라면 충분히 이길 수 있을 것 같았기 때문이다. 아니나 다를까 사내아이는 내가 예상한 대로 놀라 자빠지고 말았다. 놀이터 한쪽 구석에서 혼자 모래 구덩이를 파며 놀고 있던 사내아이는 내가 어슬렁거리며 다가가 겁을 주자 놀라서 엉덩방아를 찧으며 뒤로 넘어진 것이다. 뿐만 아니었다. 아이는, 내가 도리어 놀랄 정도로 크게 왕 소리를 지르며 울음까지 터뜨렸다. 감히 넘볼 수 없을 것 같던 인간이 그렇게 쉽게 무너지는 것을 목격하게 된 나는, 놀라움은 잠시였고 이내 의기양양해져 다음 희생자를 찾기 시작했다. 놀라 자빠진 녀석에게는 더 이상 관심도 없었다. 단 한 번의 경험으로 겁이 없어진 나는 시소 놀이를 하던 두 명의 아이들에게로 다가갔다. 조금 전 사내아이보다 눈높이가 더 낮아 보이는 두 아이를 골탕 먹이기 위해 시소 가까이 다가가던 나는 갑자기 오른쪽 옆구리를 걷어차였고 동시에 깨갱 소리를 내며 그대로 바닥에 고꾸라지고 말았다. 충격이 얼마나 컸던지 눈앞이 캄캄해질 정도였다. 잠시 암전 상태에 빠졌다가 다시 정신을 차린 눈앞에는 내 덩치 몇 배의 길고 큰 하얀색 운동화가 버티고 서 있었다. 그런 크기의 운동화에 당해본 적이 있는 나는 운동화를 신은 사람의 얼굴 따위는 확인할 것도 없이 죽을힘을 다해 줄행랑쳤다.

우리들 개는 내가 어떤 인간에게 이유 없이 당했다고 해서 다른 개가 나서서 나를 도와주거나 하기 않는다. 그러나 인간들은 항상 그렇게 편을 짜서 공격하기 때문에 아무리 만만해 보여도 함부로 건드려서는 안 된다는 사실을 그때 뼈저리게 깨달았다. 그런데 1번을 만나고부터는 그런 사실을 까마득히 잊고 살았다. 1번은, 비록 개라도 자기가 사랑하면 자기가 사랑하지 않는 인간보다 개를 더 위해주며 아껴주는 사람이기 때문이다.

내가 1번을 만날 수 있게 된 것은 4번 덕분이다. 비가 많이 내리던 날이었다. 그날 나는 좀 아팠다. 추적추적 내리는 빗소리와 비릿한 비 냄새가 아득하게 먼 기억 속으로 나를 밀어 넣는 그런 날이었다. 그러나 그 기억 속에 선명한 것은 아무것도 없었다. 막연한 느낌 외에 아무것도 떠오르는 것이 없는 기억은 무겁고 어두웠다. 아주 오래전 내 몸을 헌신적으로 핥아준 어떤 혓바닥에 대한 기억이 나의 몸을 스윽 훑고 지나가는 것 같기도 했다. 그리고 무엇보다도, 내 몸을 감싸고 있던 털이 비에 흠뻑 젖어 몹시 추웠다. 나는 슬픔보다 더 치명적인 추위에 떨며 나의 홈그라운드이기도 한 시장을 배회하다가 그나마 온기가 느껴지는 한 곳에 자리를 잡았다. 연탄불을 피워 빈대떡을 구워 팔던 할머니는 여느 때 같으면 나를 얼씬도 하지 못하게 했을 텐데 그날은 시장에 손님이 없어서인지 연탄불로부터 몇 미터 떨어진 곳에 웅크리고 있는 나를 모른 체해주었다. 한 여자가 빈대떡집 앞에 나타난 것은 저녁 어스름이 깔리기 시작할 무렵이었다. 비가 오는 데다가 저녁 찬거리를 살 시간도 지났기 때문에 시장 안은 한산했다. 그래서인지 빈대떡 할머니는 그녀가 빈대떡을 먹기 위해 나무 의자에 앉자마자 잘 아는 사람이라도 만난 듯 크게 반겼다.

— 막걸리도 있나요?

차림새로 보아서는 평범한 가정의 여자임이 분명한데 목소리는 세상의 온갖 풍파를 다 겪은 여인네처럼 굵은 데다가 탁했다. 키와 덩치가 여자치고는 큰 편인데 잔뜩 웅숭그린 채 앉아 있어서 그런지 여자는 왜소해 보였다. 빈대떡이 미처 준비되기도 전에 깍두기를 안주로 막걸리를 마시던 여자와 내가 문득 눈이 마주쳤다. 아니다. 그녀가 일방적으로 나를 바라보았다. 그런데, 나를 쳐다보는 여자의 눈길이 너무 낯익었다. 아니, 낯설었다. 나를 그런 눈으로 바라보는 인간은 한번도 없었다는 점에서 낯설었고, 마치 내가 나를 바라보듯이 나를 꿰뚫고 있는 것 같은 눈길이었다는 점에서는 낯익었다. 물끄러미 나를 바라보는 그녀의 눈빛은 내 속에서 빠져나간 무언가가 그녀가 되어 나를 바라보는 듯했다. 나는 인간에 대해 늘 품고 있던 본능적인 경계심을 풀어버린 채 나도 모르게 그녀에게 다가갔다. 그리고 그녀가 신고 있는 신발 앞에 얌전히 엎드렸다. 그녀의 신발에서는 시장 사람들한테서 맡았던 것과는 다른 냄새가 났다. 거칠지 않은, 그러나 왠지 건강하지 않은 그런 냄새였다.

수도 없이 그 냄새를 맡아왔지만 한 번도 먹어본 적이 없는 빈대떡을 여자가 자기 입에도 넣기 전에 나에게 먼저 내밀었다. 당황스러웠지만 나는 냉큼 받아먹었다. 받아먹으면서 여자의 손바닥을 부드러운 나의 혀로 핥아주는 것도 잊지 않았다. 부드러운 애무에 감격했는지 여자는 내가 가장 원하는 부위, 즉 나의 목덜미를 오래오래 쓰다듬어주었다. 참으로 오랜만에 받아보는 사랑이었다. 그러나 생전 처음 입에 넣어본 빈대떡 맛은 그녀의 애정 표현 따위와는 비교도 안 될 정도로 황홀했다.

막걸리는 세 사발씩이나 마시면서 빈대떡은 두어 점밖에 먹지 않고 여자는 자리에서 일어섰다. 아쉬웠다. 특히, 많이 남았을 게 분명한 빈대떡에 대한 미련 때문에 이성을 잃을 지경이 된 나는 일어서 가려고 하는 그녀의 신발에 한쪽 발을 올려놓은 채 사정없이 꼬리를 흔들었다. 필사적으로 꼬리를 흔들어대는 나를 그녀가 갑자기 번쩍 안아 올렸다. 그런데 그녀는 남은 빈대떡을 내 입에 넣어주는 대신 내 볼에 자기 볼을 연신 비벼댔다. 그러다가 급기야는 숨이 막힐 정도로 나를 세게 끌어안더니 갑자기 흐느끼기 시작했다. 무슨 영문인지 도무지 알 수 없었다. 어쨌든 그녀의 품은, 상태가 좋지 못하던 내 몸이 의지하기에는 안성맞춤일 만큼 따뜻했다. 다행히 그녀는 품에 안았던 나를 내려놓지 않았고, 어쩌다 보니 나는 나의 홈그라운드인 시장을 벗어나 낯선 공간 안에 들어가 있었다.

처음부터 1번이 나를 좋아한 것은 아니다. 그러므로 처음 이 집에 왔을 때 나는 3번이었다. 아니 4번인가? 그러니까 이 집에서 제일 대장인 1번이 사랑하는 순서대로 번호를 매기자면 처음 이 집에 왔을 때의 나는 3번일 수도 있고 4번일 수도 있다. 나를 시장바닥에서 주워온 그녀, 즉 1번의 아내인 그녀는 냄새나고 더러운 개에 불과했던 나보다도 더 대접을 못 받았다. 언제부턴가 2번 자리를 나에게 빼앗긴 이 집 아들은 그나마 1번이 신경을 좀 쓰는 편이었는데, 별다른 애정은 없어 보였다. 아무튼, 내 의지와는 상관없이 안겨 들어오게 된 이 집안에서 가장 영향력 있는 사람이 여자의 남편이라는 사실을 대번에 간파한 나는, 모든 사람을 다 제쳐두고 오로지 1번에게만 꼬리를 흔들기 시작했다. 그러나 1번은 선뜻 나를 사랑해주지 않았다. 여자가 처음 집에 안고 왔을 때, 내 몰골을 보고 얼굴을 찌푸리며 코를 감싸 쥐었던 1번은 몸에서 향기로운 냄새가 날 정도로 내가 변신했음에도 한동안 나를 못 본 체했다. 그러다가 1번이 나를 알아보고 나에게 관심을 가지게 된 건 그 사건 이후였다.

그 사건을 이야기하려면 3번에 관한 이야기부터 해야 한다.

3번이 잘못된 길로 들어서기 시작한 것은 고등학교 3학년 때부터

다. 남편인 1번의 사랑을 받지 못하고 사는 4번은 아들인 3번으로부터 모든 것을 보상받고 싶어 했다. 친정 부모로부터 꽤 많은 재산을 물려받은 4번은 돈이 많은데도 매사에 알뜰한데, 아들인 3번에게 드는 돈은 전혀 아끼지 않는다. 그러다가 3번이 고등학교 3학년이 되었을 때, 좋은 대학에 보내기 위해 개인 과외를 시킨 것이 화근이었다. 3번은 자신보다 다섯 살 위인 과외 선생과 호형호제하며 친하게 지냈다. 그렇다 보니 집에서 공부를 마치고 함께 밤 외출을 하는 경우가 잦았다. 과외 선생과 어울리는 것도 공부의 연장이겠거니 생각한 4번은 3번의 잦은 외출에 대해 전혀 신경 쓰지 않았다. 그런데 어느 날부턴가 4번 지갑에서 돈이 없어지는가 싶더니 급기야 4번이 쓰는 카드도 없어지는 사태가 벌어졌다. 하지만 3번은 오갖 거짓말과 회유로 4번을 설득했다. 그러다가 급기야 1번 지갑에도 손을 대기 시작했고, 그것이 들통 나 집안이 발칵 뒤집히고 말았다.

어머니와 아버지 지갑에 손을 대면서까지 3번이 쓴 돈은 고등학생이 썼다고 하기에는 지나치게 큰 금액이었다. 덩치가 커 나이보다 조숙해 보이는 3번은 고등학생이라는 신분을 속이고 과외 선생과 함께 밤마다 와인 바에 들러 술을 마셨던 것이다. 그뿐만이 아니다. 와인 바에서 일하는 여종업원과 애인 사이로 지내게 되다 보니 돈이 한두 푼 드는 게 아니었다. 3번의 그런 비행을 알게 된 1번은 3번에게 폭력을 행사했는데, 3번이 처음에는 좀 맞고 있는가 싶더니 어느 순간 돌변해 자신을 때리는 1번의 손을 거칠게 낚아채 꺾어버리고 말았다. 아들에게 팔목을 꺾인 1번은 졸지에 바닥에 내동댕이쳐졌다. 그러나 4번은 그런 1번을 걱정하기는커녕 도리어 3번에게 다치가 이디 다친 데는 없냐며 전전긍긍했다. 3번에게 당하고 4번에게도 외면당한 1번은 서서히 부어오르기 시작하는 팔목보다 정신적인 쇼크가 더 아프고 컸는지 넋이 나간 표정으로 두 사람을 올려다보고 있었다. 그때 내가 1번에게 다가갔고, 나는 눈에 띄게 부풀어 오른 1번의 오른쪽 팔목을 정성을 다해 핥아주었다. 최고의 카리스마로 1번 자리를 지키던 1번의 눈에 눈물이 맺히는 것 또한 나는 놓치지 않고 보았다. 하지만 3번과 4번은 다행히 1번의 눈물을 보지 못했다. 만약 3번과 4번 중 누구라도 1번의 눈물을 목격하게 되었더라면 1번의 자리는 위태로워졌을 것이다. 내가 서열의 논리에 대해서는 좀 아는데, 눈물을 보이거나 등을 보이는 행동 같은 것은 일인자로서는 결코 해서 안 되는 짓이기 때문이다.

그때 이후 1번은 눈에 띄게 나를 사랑해주었다. 본체만체하던 나를 품에 안고 살다시피 했다. 그렇다 보니 나는 1번의 숨소리만 들어도 1번이 무슨 생각을 하고 있는지 알 정도이다. 사실 1번은 생각이 많은 사람은 아니다. 대체로 사람들은 현재 벌어지는 일에 대해 생각하기보다는 이미 흘러간 과거의 기억을 떠올리며 잡념에 사로잡히기 일쑤다. 그런데 1번은 그렇지 않다. 텔레비전을 볼 때는 오로지 그것에 집중하고, 먹을 때는 먹는 데만 신경 쓴다. 심지어 먹을 것을 앞에 두고도 쓸데없는 생각에 가득 차 헛젓가락질을 해대는 인간과 비교하면 1번은 명쾌하기 짝이 없는 사람이다.

3번이 1번 팔목을 비튼 사건에 대해서도 마찬가지다. 그날 이후로도 3번과 4번을 대하는 1번의 태도가 전혀 달라지지 않은 걸 보면 알 수 있다. 사내들 세계에서 힘의 대결은 무척 중요한 의미를 띤다. 힘으로 상대에게 밀리고 나면 대부분 다시 그 상대를 제압하기가 힘들다. 그런데 1번은 그런 일이 있고 나서도 여전히 3번에게 당당할 뿐만 아니라 알 수 없는 기운 같은 걸로 3번을 눌러버린다. 3번이 아침에 집을 나설 때, 1번은 주로 소파에 앉아 텔레비전을 시청하고 있는 경우가 많다. 그 사건 이후 3번과 1번은 서로 말을 하지 않는다. 해서 3번은 1번에게 인사도 하지 않고 집에서 나가는데, 그때마다 3번의 목덜미에는 이상하게도 주눅이 잔뜩 묻어 있다. 1번이 3번의 뒤통수를 노려보는 것도 아닌데 그렇다. 뒤통수를 노려보기는커녕 3번이 집에서 나가고 있다는 사실조차 인식하지 못할 정도로 1번은 텔레비전에 몰두하기 일쑤이다. 그러니까 1번은 3번의 존재를 완전히 무시하는 것이다. 어쩌면 1번은 자신이 3번을 무시한다는 개념조차 머릿속에 들어 있지 않을 수도 있다. 그 순간 자신을 사로잡는 TV프로그램에 온전히 집중한 나머지 3번이 자기 옆을 지나쳐 현관 쪽으로 가고 있다는 사실 따위는 아예 안중에도 없는, 그런 경우이기 십상이다. 지나간 일에 대해 집착하지 않는 1번의 냉정한 성격은 1번을 1번일 수 있게 해주는 강력한 무기임이 틀림없다.

그렇게 차가운 1번이 2번인 나에게만은 지극하다. 한 번은 이런 일이 있었다. 저녁 무렵 1번과 함께 산책을 나갔다가 나보다 훨씬 덩치 큰 개와 맞닥뜨린 적이 있다. 성정이 거칠어 보이는 주인 남자를 그대로 **빼닮은** 녀석은 나를 보자마자 으르렁거렸다. 이유 없이 시비를 걸던 녀석은 한눈에 봐도 나보다 세어 보였다. 나는 아예 상대하지 않을 요량으로 녀석을 피해 1번 뒤로 숨었다. 자기보다 약해 보이면 도리어 더 달려들어 상대를 겁주는 것이 개들의 특성이라는 사실을 깜박 잊었던 것이다. 나는 꼼짝없이 녀석의 먹잇감이 되고 말았고, 으르렁거리기만 하던 녀석은 급기야 내 쪽으로 다가와 나를 덮치려고 했다. 그때 무슨 일인지 녀석이 공중에 붕 뜨며 한쪽 구석으로 나가떨어졌다. 1번의 발길질에 걸어차여 나가떨어졌던 것이다. 녀석은 급소라도 걸어차였는지 심하게 깨갱거리는 소리를 내며 아예 일어나지도 못했다. 그러자 녀석의 주인인 젊은 남자가 녀석을 품에 안은 채 우리에게 다가와 1번에게 거세게 항의했다. 우락부락한 젊은 남자는 눈알이 튀어나올 정도로 소리를 지르며 1번을 위협했다. 그러나 1번은 조금도 주눅 들지 않고 젊은 남자와 맞섰다. 다행히 지나가던 사람이 말려 싸움은 그쯤에서 끝났다. 싸움이 끝나고 집으로 돌아오면서 1번은 전에 없이 나를 꼭 껴안으며 말했다.

— 너를 공격하는 놈은 누구든 내가 가만두지 않을 거야. 내가 두 눈 시퍼렇게 뜨고 있는데 감히 누가 너를 건드려 건드리기를!

그러니까 1번이 나에게 주는 사랑은 인간들끼리도 쉽사리 나누기 힘든 수준의 지고한 사랑이었다.

매사에 철두철미한 1번의 하루는 정확하고 규칙적이다. 매일 아침 6시면 어김없이 일어나 나와 함께 동네 뒷산에 있는 약수터로 향한다. 약수터 입구에 마련되어 있는 운동 기구들을 하나도 빠짐없이, 각각

백 번씩 이용하는 것도 매일 똑같다. 약수터에서 돌아와 7시 반에 아침 식사를 끝내고 나면 약 한 시간 동안 TV를 시청하거나 조간신문을 뒤적이며 화장실 갈 준비를 한다. 아무 생각 없이 지내다가 언제든 똥이 마려우면 곧바로 싸버리는 나와는 결정적으로 다른 점이다. 아무튼, 화장실 갈 준비를 꽤 오랜 시간 동안 하긴 하지만 어쨌든 1번은 하루도 거르지 않고 볼일을 본다. 1번이 하루도 거르지 않고 볼일 보는 것을 알 수 있는 것은 매일 아침 그 시각, 화장실에서 나오는 1번에게서 풍기는 냄새 때문이다. 시장에서 지낼 때 수도 없이 맡아왔던 것이 다름 아닌 똥 냄새다. 시장 곳곳에 널려 있던 똥들 대부분은 개똥이었다. 가끔, 술 취한 인간들이 밤사이 싸놓은 똥을 시장 여기저기에서 발견할 수 있었는데, 그 똥에서는 개똥과는 확실히 다른 냄새가 났다. 개똥보다 지독하고 복잡한 냄새였다. 아침마다 화장실에서 나오는 1번에게서도 개똥 냄새와는 분명 다른 그 냄새가 풍겼다. 그럴 때마다 이질감과 동시에 1번에 대한 나의 애정이 살짝 식기도 했지만, 그렇게 섬세하고 은밀한 나의 감정까지 1번이 눈치챌 리는 없었다. 볼일을 보고 나와 곧바로, 입고 있던 옷을 하나도 남김없이 거실 바닥에 벗어놓고 샤워를 시작하는 1번은 매일 아침 씻으면서도 제법 오래 씻는다. 씻고 나오는 1번에게서는 내가 사랑할 수밖에 없는 좋은 냄새가 난다. 뿐만이 아니다. 1번이 샤워하는 동안 욕실 앞에 쭈그리고 앉아 1번이 나오기만을 기다리고 있던 나를 안아주며 0.1퍼센트의 가식도 없이 활짝 웃어주는 1번의 모습은 내가 세상에 태어나서 본 모습들 — 개와 사람을 통틀어서 — 중 가장 멋진 모습이다.

욕실에서 ㅣ나와, ㅣ에게 진하게 애정 표현을 해주고 난 다음 1번만 들어갈 수 있는 방으로 1번이 들어가는 시각은 정확하게 9시다. 아침 9시에 들어가 오후 3시 반이 넘어서야 그 방에서 나오는 1번은 점심 식사도 그 방에서 해결한다. 그 사이 두 차례 정도 화장실에 가기 위해 밖으로 나오는 1번이 방 안에서 하는 일을 나는 잘 모른다. 중간에 점심 식사를 전달하기 위해 들어갔다가 나온 4번이 방문을 닫으며 혼자 구시렁거리는 소리에 의하면 아마도 1번은 그 방 안에서 돈과 관계되는 무슨 일을 하는 것 같다. 예컨대 4번은 이렇게 말하곤 했다.

— 얼굴에 웃음꽃이 활짝 핀 걸 보니 오늘은 주식이 좀 올랐나 보네.

— 하고 있는 꼬락서니를 보니 오늘은 돈깨나 잃은 모양이네.

4번은 1번 앞에서는 고양이 앞의 쥐처럼 굴면서 1번이 보지 않는 곳에서는 저래도 되나 싶게 1번에 대해 함부로 말하곤 한다. 심지어는 1번을 지칭하며 쌍욕도 서슴지 않는다. 그렇게 1번을 싫어하면서도 1번과 함께 사는 4번을 도저히 이해할 수 없다. 내가 4번이라면 벌써 이 집을 떠났을 것이다. 그렇다고 내가 4번을 싫어하는 것은 아니다. 말과 행동이 다르고, 감정 표현도 솔직하지 못하고, 무엇보다도 복잡하기 짝이 없는 4번은 나 같은 개로서는 도무지 좋아할 수 없는 타입이지만 나에게 없어서는 안 될 존재이기도 하다.

내가 사랑하는 사람은 1번이지만 나를 챙겨주는 사람은 4번이다. 매끼 식사를 챙겨주는 것도 4번이며, 뜬금없이 발동하는 이상한 욕구를 해결해주는 것도 1번이 아닌 4번이다. 왜 그런 욕구가 시도 때도 없이 나를 흥분하게 만드는지는 모르겠는데, 아무튼 나는 온몸이 근

질거리면서 달뜬 상태가 될 때마다 4번을 찾는다. 조금 전까지만 해도 1번에게 찰싹 달라붙어 있다가도 그런 이상한 흥분이 시작되면 나도 모르게 4번에게로 간다. 그럴 때마다 4번은 시장에서 처음 나를 만났을 때 그랬던 것처럼 무조건 나를 받아준다. 그리고 몹시 흥분되어 발갛게 달아올라 있을 나의 그곳에다 슬그머니 자기 팔뚝을 대어준다. 집안일에 단련돼 적당히 힘도 느껴지면서 거친 그녀의 팔뚝은 흥분된 나의 그곳을 비벼대기에는 안성맞춤이다. 처음 만났을 때 아프던 나를 포근하게 안아주던 그녀의 품처럼.

오후 3시 반경, 1번이 방문을 열고 나오기 직전, 나는 귀를 쫑긋 세워 방 안의 기척을 살핀다. 요즘 들어 1번이 가장 좋아하는 노래, 즉 예수 어쩌고 하는 노래가 방 안에서 흘러나오는 날과 그렇지 않은 날, 1번의 기분 차이가 너무 심하기 때문이다. 4번 말대로 돈을 좀 번 날이면 1번은 온 집 안이 울릴 정도로 목청을 높여 노래를 부른다. 더러는 혼자 박수까지 치며 노래를 부른다. 그럴 때마다 밖에 있던 4번은 양손으로 귀를 틀어막으며 진저리를 치지만, 나는 내가 노래를 할 수만 있다면 그 노래를 따라 하고 싶은 심정이다. 그 노래를 부르는 날이면 1번은 그 어느 때보다도 강렬하게 나를 포옹하며 안아주는 것이다. 아침 9시부터 몇 시간 동안 방문 앞에서 꼼짝도 하지 않고 1번을 기다리고 있던 나는 1번이 최고로 기분 좋은 상태에서 안아주는 그 포옹이 너무 좋다. 온몸을 부르르 떨며 어쩔 줄을 몰라 하는 그의 애정 표현은 3번이나 4번처럼 생각이 복잡하고 감정 표현이 선명하지 못한 사람들은 절대로 흉내 낼 수 없다. 화를 낼 때도 마찬가지다. 1번은 마치 화산이 폭발하는 것처럼 난폭하게 감정을 터뜨린다. 그래서인지 일단 상황이 끝나고 나면 대번에 기분이 맑아진다. 한 점 먹구름도 없는 하늘처럼 순식간에 쾌청해지는 것이다. 그러니까 1번은, 나 같은 개도 충분히 파악할 수 있을 정도로 단순하고 깨끗한 사람이다.

제사장 봐 온 비닐봉지를 건드리다 4번에게 패대기쳐진 나는 좀 과장되게 깨갱거리며 1번의 도움을 요청했다. 그런데 1번은 내가 애절하게 자기를 필요로 하는 걸 아는지 모르는지 하던 일에 몰두하고 있었다. 너무 섭섭해 눈물이 날 지경이었다. 그러나 동물의 본능적인 감각으로 재빨리 사태 파악을 한 나는 내가 가장 불리한 상황에 놓였을 때 찾는 장소, 즉 베란다 한쪽 구석에 마련된 나만의 공간으로 발걸음을 옮겼다.

4번이 밥그릇에 개 사료를 담아 온 것은 주릴 대로 주려 배와 등이 거의 붙은 채 내가 잠들어 있을 때였다. 1번이 집을 비웠을 때 그랬던 것처럼 4번은 내 밥그릇을 훌쩍 던지듯이 내 앞에 갖다 놓았다. 1번이 집을 비우기만 하면 4번은 나를 천덕꾸러기 취급하면서 더러는 욕설도 서슴지 않았다. 아무리 생각해봐도 4번에게 그렇게 미움 살 행동은 하지 않았는데 왜 그러는지 도통 알 수가 없었다. 내가 4번에게 잘못한 것이라곤, 나를 이 집으로 데려와준 4번보다 1번을 더 사랑하게 된 것밖에 없다. 질투심에 관해서라면 나도 좀 아는데, 4번의 행동은 딱히 질투 때문만은 아닌 것 같았다. 간혹 내 머리통을 세게 쥐어박으며 하는 말도 그랬다.

— 인간아! 네 인생이 불쌍해서 내가 봐주면서 산다.

할 때마다 나는 내 인생에 대해 생각해보곤 한다. 하지만 아무리 생각해봐도 4번이 불쌍해할 만큼 내 인생은 불쌍하지 않다. 따뜻한 잠자리가 있고 먹는 것도 남부럽지 않게 먹고 사는 데다 1번의 사랑까지 듬뿍 받으며 사는 나는 4번이 연민을 느낄 만큼 불쌍한 인생이 절대 아닌 것이다. 그리고, 서열 4위인 4번이 서열 2위인 나를 측은해한다는 것도 도무지 말이 안 되는 어불성설이다. 내가 보기에 정작 불쌍한 인생은 4번이다. 나는 그렇다 치자. 1번과 3번의 밥을 챙겨주고 빨래를 해줄 뿐만 아니라 온갖 뒤치다꺼리를 다 해주면서도 1번과 3번에게 따뜻한 말 한마디 듣지 못하는 4번은 가정부, 그 이상도 그 이하도 아니다. 차라리 가정부는 집안일만 해주고 나면 끝이지만 4번은 1번과 3번의 짜증과 불평도 다 받아주는 역할까지 하고 산다. 그뿐만이 아니다. 4번은 자기에게 눈길 한 번 주지 않는 1번과 3번에 대한 근심 때문에 한시도 마음 편할 날이 없다. 매일 밤 12시 넘어 집으로 돌아오는 3번을 기다리며 안절부절못하는 4번을 볼 때마다 나는 한심하다는 생각이 든다. 4번의 주머니를 탈탈 털어 나간 3번이 밤 12시가 넘도록 들어오지 않는 것은 음주가무를 즐기느라 그런 게 불을 보듯 뻔한데, 그런 인간을 마음 졸이며 기다리는 4번은 모자라도 한참 모자란 사람이다.

주인 곁에서 주인을 지키는 것은 나 같은 개나 하는 짓이다. 그런데 4번은 개인 나도 따라가지 못할 정도로 1번 곁을 떠나지 않는다. 그래서 1번이 집에 있을 때면 아무리 중요한 일이 생겨도 외출하지 않는 것이다. 한 번은 이런 적도 있다. 4번의 단짝 친구가 교통사고를 당해 불시에 목숨을 잃어 문상 가야 하는데도 4번은 1번 곁을 떠나지 못해 가지 않았다. 그렇게 1번을 사랑하면서도 수시로 구시렁대며 1번을 욕하는 것도 맘에 들지 않는다. 성질이 지랄 같다느니, 인간이 정이라고는 눈곱만큼도 없다느니 하면서 1번에 대한 불평불만을 늘어놓는 것이다.

그러고 보면 나를 쥐어박으며 어쩌고저쩌고 지껄여대는 것도 1번이 사랑하는 나를 1번이라 여기고 하는 말인지도 모른다. 직설적으로 말하지 않고 돌려 말하거나, 진심을 말하기보다는 거꾸로 말하는 데 익숙한 사람들의 말을 나는 잘 알아듣지 못한다. 그런데 4번은 모든 말들을 거꾸로 하는 것 같다. 4번이 친구와 전화 통화하는 것을 어쩌다가 들은 적이 있는데, 그때도 4번이 하는 말은 모두 진실과는 반대되는 내용이었다.

1번이 자기가 외출하는 것을 싫어해 집 안에만 틀어박혀 지내야 한다는 이야기부터 시작해 1번은 자기밖에 모르는 이기주의자라는 둥 4번이 하는 말만 들으면 1번은 변태에다가 의처증 환자였다. 그래서 지긋지긋하기 짝이 없고, 언젠가는 1번과 헤어질 거라는 게 4번의 결론이었다. 4번이 왜 그런 식으로 말을 하는지 도무지 모를 일이다. 내가 느끼기에 4번은 이 세상 누구보다 1번을 사랑한다. 아니 1번에게 집착한다. 아니 1번의 사랑을 독차지하고 싶어 한다. 그런데 불행하게도 1번은 4번을 전혀 사랑하지 않는다. 아니 관심도 없다.

4번이 나를 쥐어박으며 하는 말들이 나에게 하는 말이 아니라 1번에게 하는 말이라는 것을 확신하게 된 것은 얼마 전이다. 원래 성당에

다녔던 4번은 1번이 교회를 다니기 시작하면서부터 자신도 성당에 가지 않고 교회에 간다. 하지만 1번과 함께 교회에 갔다가 집으로 돌아왔을 때 4번의 표정은 늘 똥 씹은 사람처럼 잔뜩 구겨져 있다. 교회에서 예수님의 은총을 독차지하고 온 것처럼 기분이 화사한 1번과는 무척 대조적이다. 특히 4번은 교회에만 갔다 오면 빨래하기 시작하는데, 세탁기를 멀쩡히 두고도 손빨래를 한다. 손빨래를 하며 방망이질까지 하는데, 방망이를 두드리는 내내 구시렁대는 소리는 방망이질 소리에 묻혀 잘 들리지 않는다. 하지만 빨래를 하는 4번의 심기가 몹시 불편하다는 것쯤은 본능적으로 안다. 그래서 웬만하면 방망이질하고 있는 4번 가까이 가지 않으려고 조심하는데, 그날은 깜박했다. 1번이 지정해준 장소에서 시원하게 요줌을 싸다가 밖에 요줌이 튀어 그것을 닦기 위해 물소리가 나는 곳으로 갔다가 4번에게 딱 걸린 것이다. 주방 뒤쪽 다용도실에서 빨래를 하던 4번은 나를 보자마자 빨랫방망이를 휘두르며 말했다.

　─남의 여자들한테는 간이라도 빼줄 것처럼 친절하게 굴면서 자기 마누라는 개무시하는 놈이…… 예수, 좋아하시네. 너 같은 놈에게는 지옥도 아깝다, 아까워.

　마누라도 없고, 예수님을 사랑한 적도 없는 나는 4번의 폭언이 나를 향한 것이 아니라 1번을 두고 하는 말이라는 것을 대번에 알아차렸다. 입에 거품을 문 채 쏟아내는 4번의 욕설도 험악했지만 말을 하면서 빨랫방망이를 휘두르는 순간의 눈빛은 온몸이 오싹해질 만큼 무서웠다. 그런 눈빛으로 휘두르는 빨랫방망이에 잘못 맞으면 그 자리에서 목숨을 잃을 게 분명했다. 나는 너무 겁이 나 깨갱 소리도 내지 못하고 줄행랑을 쳤는데, 다행히 4번은 나를 뒤쫓지는 않았다.

그날 이후 나는 되도록 4번 근처에 가지 않으려고 노력했다. 그런데 4번은 전에 하지 않던 행동을 하기 시작했는데, 1번이 낮잠을 자는 시간이면 어김없이 나를 끌고 나가 한 시간가량 동네를 산책했다. 나도 산책을 좋아하지만 4번과 함께 하는 산책은 지옥이었다. 1번과는 달리 4번은 나를 산책시켜주는 것이 아니라 질질 끌고 다녔다. 어쩌다 내가 한눈이라도 팔라치면 사정없이 목줄을 끌어당겨 나를 고통스럽게 했다. 그리고 동네 한 바퀴를 도는 한 시간 내내 나에게, 아니 1번에게 욕설을 퍼부어댔다. 시옷자 들어가는 욕은 기본이고 심지어는 벼락 맞아 죽을 놈, 저런 놈을 낳고도 미역국 먹은 년도 미친년이라며 시어머니 욕까지 했다. 그래도 분이 안 풀리면 느닷없이 나를 걷어차기 일쑤였다. 하지만 1번은 내가, 그리고 자신이 그런 식으로 4번에게 당하고 있다는 사실을 꿈에도 모르는 것 같았다. 1번과는 눈빛만으로도 통해 굳이 말이 필요 없다, 생각했는데 4번에게 그렇게 당하다 보니 내가 말을 할 수 없다는 게 미치도록 답답했다. 4번 발에 걷어차인 옆구리가 아프기도 하고, 매일 한 시간씩 듣는 욕설에 멀미가 나기도 해 1번에게 끙끙거려보지만 1번은 나의 아픔을 전혀 눈치채지 못했다. 내가 끙끙댈 때마다 1번은 내가 좋아하는 개 껌을 주는 걸로 나를 달래려 할 뿐이었다.

냄새에 관한 한은 내가 단연 최고다. 나는 다른 개들보다 냄새에 특히 예민하다. 그건 내가 성격이 깔끔하기 때문이다. 그런데 요즘 우리 집에서 전에는 맡을 수 없던 냄새가 떠돈다. 초콜릿 냄새 같기도 하고 과자 냄새 같기도 한 냄새인데, 냄새의 출처는 4번이다. 4번이 움직일 때마다 그 냄새가 나는데, 묘하게 끌린다. 뚱뚱한 데다 여성적인 구석이라고는 없어 보이는 4번과는 영 어울리지 않는 냄새다. 그런데, 냄새 때문인지 4번이 전에 같지 않게 매력적으로 보인다. 그러고 보니 4번의 외모도 많이 달라졌다. 뒤로 질끈 묶었던 헤어스타일도 짧은 커트 머리로 바뀌었다. 옷 색깔도 전에는 우중충한 것만 입었는데 요즘은 화사한 원색 위주다. 그리고 제일 달라진 것은 표정이다. 늘 구겨져 있던 얼굴이 다리미질이라도 한 것처럼 펴진 데다가 슬쩍슬쩍 미소를 흘리기까지 한다. 예쁘다. 4번이 예쁘다고 느껴진 건 처음이다. 무슨 일이 생긴 게 분명하다.

함께 있으면서 내가 마음을 느낄 수 있는 상대는 1번밖에 없다. 4번과 3번에 대해서는 눈에 보이고 귀에 들리는 대로 알 수 있을 뿐 그들의 마음을 파악할 수는 없다. 내가 그들에게 마음을 열지 않듯이 그들 역시 나에게 마음을 열지 않기 때문이다. 그런데 요즘 들어서 나는 4번의 마음속이 궁금하다. 왜 그런지는 나도 모르겠다. 자꾸 신경이 쓰인다. 달라진 건 나만이 아니다. 1번도 어쩐 일인지 4번에게 신경을 쓰는 것 같다. 4번이 집에 있든 말든 아는 체도 하지 않던 1번이 수시로 나에게 말하는 것이다.

— 팽아, 니 엄마는 어디 갔냐?

4번을 니 엄마라고 칭하는 것도 마음에 들지 않는다. 1번을 사랑하지만 1번을 내 아버지라고 생각한 적은 한 번도 없다. 이 세상에 아버지는 단 한 사람이다. 아버지 얼굴을 한 번도 본 적이 없지만 1번이 내 아버지가 아닌 것은 확실하다. 인간이 개의 아비가 될 수는 없다. 그러니까 더더구나 4번이 나의 어미가 될 수는 없는 것이다. 내가 싫어하는 1번의 단점 중 제일 치명적인 것이 바로 이 부분이다. 아무리 개라 해도 나는 나름대로 족보를 지킬 줄 아는 개다.

야릇한 냄새를 풍기던 4번이 더 이상 1번 곁을 지키지 않고 외출하기 시작했다. 화장도 예전보다 진해졌다. 그러던 4번이 오늘은 밤 12시가 훨씬 넘어 집으로 돌아왔다. 집으로 들어서는 4번에게서 독한 술 냄새가 났다. 술을 마실 줄 모르는 1번과 살면서 4번 역시 술을 잘 입에 대지 않았다. 그런데 4번이 술을 마시고 집에 들어왔다. 나도 놀랐지만 1번은 나보다 충격이 더 심한 것 같았다. 4번이 집에 없어 저녁 식사도 혼자 해결한 1번은 저녁 내내 안절부절못했다. 4번의 핸드폰으로 여러 차례 전화도 했다. 하지만 4번은 한 번도 전화를 받지 않았다.

— 지금이 몇 신 줄이나 알아? 도대체 어딜 갔다 온 거야? 아니 이게 술까지 마시고 들어왔네…….

밤늦게 들어온 4번에게 1번이 언성을 높이며 말했다. 하지만 4번은 대꾸도 하지 않고 안방으로 들어갔다. 그러자 1번은 4번 뒤를 쪼르르 따라가며 말했다.

— 어떤 놈이야?

4번을 따라 안방으로 들어가면서 1번이 방문을 닫는 바람에 나는 따라 들어가지 못하고 문밖에 남겨지고 말았다. 그렇게 문밖에 서 있는데 기분이 말할 수 없이 이상했다. 오늘 1번이 나에게 보여준 모습은 내가 그토록 사랑하던 1번의 모습과는 너무 거리가 멀었다. 그리고 오늘 1번은 나와 눈도 한 번 맞추지 않았다. 온 신경이 외출 나가고 없는 4번에게 가 있었다.

그렇다면?

나는 머릿속이 복잡해지기 시작했다. 앞에서도 말했지만 내가 1번을 사랑하는 이유는 그가 1번이기 때문이다. 그런데 오늘 1번은 1번으로서는 할 수 없는, 아니 해서는 안 되는 행동을 했다. 4번 역시 4번으로서는 감히 할 수 없는 행동을 하고 있다. 나는 갈피를 잡을 수가 없다. 1번이 4번에게 꼼짝 못 하게 되면, 1번이 4번이 되고 4번이 1번이 되는 것은 시간문제다. 그렇게 되면 나는 이제부터 누구를 사랑해야 하나? 그리고, 1번이 된 4번이 나를 사랑해주기 않는다면 내 신세는 어떻게 되는 것일까? 살면서 이렇게 많은 질문을 이렇게 짧은 순간에 해본 적이 없다. 그래서 내 머리는 터지기 일보 직전이다. 이때 방문이 확 열리면서 1번이 방 밖으로 튕겨져 나왔다. 그리고 바닥으로 내동댕이쳐지는가 싶더니 4번이 모습을 드러내며 말했다.

— 내가 하는 일에 대해 간섭할 생각 하지 마. 이런 내가 못마땅하면 내일 당장 이혼해!

이혼 어쩌고 하는 말은 4번이 1번 몰래 혼자 구시렁대며 지껄이던 말이다. 그런데 지금 4번은 보란 듯이 당당하게 1번을 향해 이혼이라는 말을 던진다. 그런데 더 놀라운 것은 1번이다. 4번의 횡포에도 불구하고 1번은 말 한마디도 못 할 뿐만 아니라 비굴한 눈빛을 한 채 4번을 올려다보고 있다. 누가 봐도 1번은 더 이상 1번 자리를 지킬 수 없을 것 같다. 이런 사실을 본능적으로 감지한 나는 1번이 아닌 4번 곁으로 다가가 심하게 꼬리를 흔든다. 하지만 4번은 그런 나를 거들떠보지도 않는다. 그래도 나는 개의치 않고 꼬리를 흔들다가 아예 벌렁 누워 배를 드러내 보이며 4번에게 아양을 떤다. 그러자 4번은 나를 번쩍 들어 한쪽 구석으로 내동댕이친다. 눈에서 별이 왔다 갔다 할 정도로 아프다. 하지만 나는 희망의 끈을 놓지 않는다. 1번도 처음에는 나를 아는 체하지 않았다. 그러다가 내가 지극정성으로 자신을 사랑하자 마음을 열었다. 4번도 그럴 것이다, 분명히. 사랑은 원래 움직이는 거니까. 내가 하기에 따라 4번의 사랑도 분명히 독차지할 수 있을 거라 자신하는데, 한 가지 궁금한 것이 있다. 어쩌다가 1번이 4번에게 꼼짝 못 하게 되었는지 그 비밀을 알 수가 없다. 그 비밀을 캐지 못하면 나는 늘 불안할 것이다. 4번이 1번이 되었다가 언제 또다시 4번으로 전락할지 알 수 없기 때문이다.

불안한 채로 4번의 동태를 살피는데, 4번에게 떠밀려 바닥에 넘어져 있던 1번이 다가와 나를 품에 안는다. 1번의 품은 여전히 따뜻하다. 순간 마음이 이상해진다. 뭔가 미안하기도 하고, 알 수 없는 거부감이 생기기도 한다. 하지만 나는 오래 갈등하지 않고 1번의 품을 벗어나 4번에게로 향한다. 의리나 동정심 따위에 연연하다가 신세 망치는 짓은 어리석은 인간들이나 하는 짓이다. 생존의 문제에 있어서는 개가 인간보다 한 수 위다. 그래서 나는 1번이 나에게 배신감을 느끼든 말든, 4번의 사랑을 독차지하기 위해 다시 꼬리를 흔들기 시작한다. 물론 양심의 가책 같은 게 남아 있을 리도 없다. 나는 인간이 아니라 개니까.

너무 사소한 죽음

너무 사소한 죽음

문제는 시간이다. 눈치채지 못하게 서서히, 그리고 은밀하고 음흉하게 모든 것을 삼켜버리고 마는 시간. 시간 앞에서 온전할 수 있는 것은 아무것도 없다. 특히 인간은 뚜렷한 이유 없이 단지 시간이 흐르는 것만으로도 흉터 같은 주름이 하나둘씩 늘면서 늙어간다. 우리의 정신과 감정이라는 것도 바로 그렇게 점점 두꺼워지고 무뎌지다가 죽어가는 것이다. 그러므로 우리는 절대에 대한, 그리고 전능에 대한 욕망이 얼마나 터무니없는 것인가를 어느 순간 깨닫지 않을 수 없게 된다. 그 사실을 깨닫는 바로 그 순간부터 모든 것은 적당해지고, 적당해질 수밖에 없어지고, 그리하여 비로소 적당하고 무기력한 평화가 찾아든다. 아버지가 돌아가신 것은 그렇듯 나른하고 무기력한 평화에 어쩔 수 없이 익숙해져 가던 바로 그즈음이었다.

아버지가 위독하시다는 연락을 받은 것은 일요일 아침 아홉 시경이었다.

그날 그 시각, 아버지가 위독하다는 메시지를 담은 전화벨 소리는 평소와 조금도 다르지 않았다. 약간 둔탁하게 띠르륵거리며 일 초 혹은 이 초의 간격을 두고 울렸던 벨 소리에는 '아버지, 위독'이라는 불길한 사태를 짐작하게 할 만한 어떤 기미도 묻어 있지 않았다. 그래서 나는, 그때 핸드폰이 놓여 있는 거실의 탁자 바로 옆에서 한가하게 신문을 보고 있었음에도 얼른 전화를 받지 않았다. 그러다가 전화벨이 다섯 번 가까이 울렸을 때에서야 비로소 보던 신문을 접은 다음 전화를 받았는데, 아버지가 위독하다는 사실을 나에게 전한 사람은 새엄마였다.

무시경하고 건조한 전화벨의 기계음만큼이나 감정이 없고 딱딱한 새엄마는 여느 때보다 훨씬 더 차가운 목소리로 아버지의 소식을 나에게 전했다. 전후좌우는 모두 잘라먹고, 아버지 상태가 몹시 안 좋으니까 내려오라는 한마디만을 불쑥 던지고 전화를 끊어버렸다. 그러나 나는 새엄마의 그 한마디만으로도 모든 사태를 미루어 짐작할 수 있었다. 내가 서울에 올라온 지 여러 해가 지나도록 안부 전화 한 번 하지 않던 그녀가 이른 아침 느닷없이 전화를 걸어 내려오라고 할 정도면, 그것은 아버지가 위독한 상태를 넘어서 죽음과 임박해 있다는 뜻이었다. 아버지는 당뇨로 시작된 여러 가지 합병증으로 벌써 수년째 앓아오고 있던 터였다. 그런데 나는 그렇듯 심상찮은 전화를 받고도 한참 동안 집안을 서성이기만 했다. 그런 상황에서 내가 제일 먼저 해야 할 일이 무엇인지 얼른 생각나지 않았다.

세엄미의 전화를 받기 직전에 나는 신문을 보고 나서 은행 볼일을 해결하기 위해 은행에 갈 것인가 아니면 밀린 빨래부터 할 것인가를 고민하던 중이었다. 때문인지 아버지가 위독하다는 연락을 받고 나서도 내 머릿속은 여전히 일주일 동안 미뤄놨던 욕실 안의 빨랫감과 은행에서 벗어나지 못한 채였다. 새엄마가 전화로 전한 '아버지 위독'이라는 사실이 빨래나 목욕보다 오히려 멀게 여겨졌다. 그러나 이내 나는 서둘러야만 한다고 생각하게 되었고, 그래서 제일 먼저 샤워부터 하기로 마음먹었다. 아무리 급해도 샤워만은 하고 가야 할 것 같아서였다.

욕실 안에서는 퀴퀴하고 고약한 냄새가 풍겼다. 냄새는 세탁 바구니 안에 담긴 오래된 빨랫감에서 나는 냄새 같기도 하고, 욕실 구석구석에 낀 물이끼와 수세식 변기 옆에 놓여 있는 플라스틱 휴지통에서 나는 냄새 같기도 했다. 그 냄새를 맡는 순간 욕실 청소부터 해야 하는 게 아닌가 하는 충동이 일었지만, '아버지, 위독'이라는 사실을 다시 한번 자각하면서 나는 다소 허둥거리는 심정이 되어 샤워하기 시작했다.

어디선가 쿵쾅거리는 소리가 들리기 시작한 것은 바로 그때였다. 뜨거운 물이 쏟아져 나오는 샤워기 꼭지를 정수리에 갖다 대는데 갑자기 어디선가 쿵쾅거리는 소리가 커다랗게 들리기 시작했다. 아마도 심장 부근에서 시작된 것 같은 그 소리는 처음에는 천천히 가늘게 울려 퍼지다가 점점 급하고 빠른 템포로 바뀌는 그런 것이 아니었다. 처음부터 사납게, 느닷없이 발작적으로 쿵쾅거리면서 가슴과 제일 가까운 곳에 있는 얼굴과 귀를 강타했다. 묘한 흥분이었다. 인간의 일 중 가장 극적인 사건, 무미건조하고 지루한 일상에 확실한 충격을 안겨주는 죽음과 관련된 사건에 대한 흥분.

그렇다.

나는 아버지의 죽음을 앞두고 절망하고 슬퍼하기보다는 오히려 흥분하고 있었다. 그 무렵 나는 마치 늘어진 고무줄처럼 삶에 대한 긴장감을 상실한 상태였는데, 아버지가 위독하다는 새엄마의 전갈이 무기력하게 처져 있던 나를 문득 긴장시키며 흥분하게 만들었던 것이다. 실체가 애매한 흥분이었지만 그것은 분명 슬픔보다 훨씬 더 또렷하고 정직한 감정이었다.

물리적인 시간과 공간이라는 것. 그것을 넘어설 수 없는 한 인간은 결코 자유로울 수 없다. 비약할 수 있는 것은 우리의 관념과 상상뿐이다. 한정된 시간과 공간 속에 묶여 있는 내 몸은 그러므로 일상의 리듬에서 조금도 벗어날 수가 없다. 따라서 나는, 아버지가 위독하다는 몹시 위독한 전화를 받았음에도 불구하고 아버지가 계신 그 상황에 실제로 도달하기까지는 무려 여섯 시간이 넘는 물리적인 시간 속에, 그리고 서울과 대전, 아니 좀 더 정확하게 말하면 서울의 내 아파트와 대전 집이라는 물리적인 거리 사이에 갇혀 있을 수밖에 없었다.

예컨대 나는 아버지가 위독하다는 새엄마의 전화를 받았고, 그러고도 한참 동안을 서성이다가 샤워했다. 샤워하고 나서 화장대 위에 놓여 있는 드라이기로 앞머리를 말리면서 거울에 비친 내 모습을 문득 들여다보기도 했다. 또 나는, 어떤 옷을 입고 갈 것인가를 생각하며 잠시 고민에 빠져 있다가 검정색 폴라 티셔츠와 검정색 주름치마를 골라 입었으며, 편한 바지와 남방셔츠 한 벌도 따로 챙겨 가방 속에 넣었다. 물론, 그때 나는 아버지가 위독하다는 다급한 상황으로 인해 허둥거리며 스타킹을 뒤집어 신거나 옷을 거꾸로 입지도 않았다. 오히려 나는 필요한 화장품 몇 가지와 기차 안에서 읽을 책 등을 차분한 마음으로 가방 속에 챙겨 넣었으며, 현금 십몇만 원과 신용카드가 들어 있는 손지갑도 빠뜨리지 않았다. 현관 입구에서 무슨 신발을 신을까 망설이다가 문득 생각나는 게 있어 다시 거실로 들어간 나는 영훈에게 전화를 걸었다. 그날 영훈이 내 아파트로 찾아올지도 모른다는 생각이 들었기 때문이다. 아침 운동을 하러 나갔는지 전화를 받지 않는 영훈에게 아버지가 위독하셔서 대전으로 내려간다는 짤막한 문자 메시지를 남기고 나오면서, 나는 다시 한번 집 안의 가스와 전기 등을 꼼꼼하게 살폈다. 그렇게 해서, 새엄마로부터 전화를 받고 아파트의 현관문을 잠그고 나오기까지 걸린 시간이 대략 한 시간 남짓이었다. 그 한 시간 남짓 동안 나의 공간적인 이동은 고작 집 안에서 집 밖까지였다.

집에서 차가 다니는 도로까지 오 분여 만에 걸어서 내려간 나는 그제야 다소 초조한 마음이 되어 택시를 기다렸다. 그런데 택시는 그런 상황에서의 내 인내심을 시험하기라도 하듯 꽤 오랫동안 오지 않았다. 그러나 그 상황에서 내가 할 수 있는 일이라는 것이 서울역까지 나를 실어다 줄 택시를 기다리는 일 외에는 다른 선택의 여지가 없었기 때문에 조금도 갈등할 필요는 없었다. 서울역까지 걸어가지 않는 한, 전철도 가까이 없고 버스도 잘 다니지 않는 그곳에서 가장 빠르게 갈 수 있는 길은 택시를 타고 가는 방법 외에는 없었던 것이다. 선택의 여지가 없는 상황이란 사람을 갑갑하게 만들기는 하지만 갈등할 필요가 전혀 없다는 점에서 보면 오히려 편할 수도 있었다.

내가 비로소 택시를 탈 수 있었던 것은 택시를 기다린 지 십 분 정도가 지난 후였다. 급한 내 사정을 전혀 알지 못하는 택시 기사는 라디오 볼륨을 줄였다 높였다 하며 천천히 차를 몰았다. 열차 시간이 급하니까 빨리 좀 달려주십사고 부탁하고 싶었지만, 나는 하려던 말을 삼켜버렸다. 뒷자리에 앉아서 조심스럽게 살펴본 택시 기사의 옆모습이 어쩐지 험상궂어 보여 그냥 가만히 있는 게 상책이겠다는 생각이 들었기 때문이다.

서울역에 도착했을 때의 시각은 11시 5분 전이었다. 서두른다면 11시에 출발하는 기차를 탈 수도 있겠다 생각하면서도 나는 약간 빠른 걸음으로 매표소를 향해 종종걸음쳤을 뿐 뛰지는 않았다. 아침에 받은 전화는 아버지가 위독하다는 전화였지 아버지가 돌아가셨다는 전화는 아니지 않은가 생각하면서.

매표소 앞에 도착했을 때 내 앞에는 대여섯 명 정도 되는 사람들이 표를 끊기 위해 줄을 서 있었다. 11시에 출발하는 열차의 기차표가 매진된 것은 나보다 두 칸 앞에 서 있던 중년 남자의 차례에서였다. 그래서 나는 12시에 출발하는 기차표를 끊게 되었고, 따라서 한 시간 정도를 여 대합실에서 보내야만 했다. 한 시간의 공백이 어쩔 수 없이 나에게 주어진 것인지 아니면 내가 의도한 것인지는 알 수 없었지만, 아무튼 나는 내 앞에 가로놓인 한 시간의 공백 앞에서 잠시 한숨을 돌렸다. 적어도 머리로서는, 아침에 새엄마의 전화를 받은 이후 서울역 매표소에서 표를 사기까지, 정신없이 바빴던 것이다.

표를 끊고 매표소 앞에서 잠시 멍하니 서 있던 나는 대합실 내의 분식점으로 들어가 아침 겸 점심으로 우동과 김밥을 시켜 먹었다. 잔뜩 불어 터진 우동 가락과 차가운 김밥 밥알이 서로 조화를 이루지 못한 채 오래 입안에서 머물렀다. 해서 천천히 먹을 수밖에 없었고 그렇게 천천히 식사하고 나서도 시간은 많이 남아 있었다. 그래서 대합실 이 층에 있는 백화점으로 에스컬레이터를 타고 올라가 백화점 여기저기를 기웃거렸다. 나는 지금 몹시 슬프고 우울한 심정이어야 한다는 사실을 간간이 자신에게 일깨우면서.

꼼띠 뭐라고 하는 프랑스제 옷을 파는 매장 앞에 멈춰선 나는 빨간 원피스 하나와 검정색 구두에 잠시 마음을 빼앗겼다. 낭자한 붉은빛의 짧은 원피스와 앞이 뭉툭한 검정색 구두로 치장한 내 모습이 어떨까를 상상하며 점원에게 가격을 물어보았다. 그러자, 구두 뒤축을 꺾어 신은 채 계산대에 기대서서 소리 나게 껌을 씹고 있던 점원이 시큰둥한 표정을 지으며 퉁명스럽게 가격을 말해주었다. 여행용 가방을 든 채 기웃거리는 내가 물건을 사 갈 리 없다는 사실을 그녀도 눈치챈 모양이었다. 순간, 그녀의 섣부른 판단을 뒤집어놓기 위해서라도 그 당장 그것들을 사버릴까 하는 충동이 일었지만, 마음과는 달리 내 발걸음은 이미 백화점의 맨 끝 쪽에 있는 슈퍼마켓 쪽으로 향했다.

손님이 별로 없는 썰렁한 슈퍼마켓을 대충 둘러보고 나오면서 내가 집은 물건은 가운데 점선 표시가 되어 있는 여행용 티슈 하나였다. 곁에 휴지가 없으면 공연히 불안해지는 나에게 휴지는 반드시 챙겨야만 하는 필수품이었다.

열차가 출발해서 영등포역을 막 지나쳤을 때, 갑자기 때아닌 겨울 소나기가 쏟아지기 시작했다. 감정이 헤픈 여자의 눈물처럼 빗물이 차창에 얼룩지며 번지는 모양을 아무 생각 없이 바라보고 있는데, 어느 순간 나도 모르게 울컥 슬픔이 치밀어 올랐다. 그때 내 머릿속에는 '벽' 하는 소리와 함께 어떤 사신 하나가 불쑥 떠올랐다.

몇 달 전 여름휴가 때였다. 그때 내가 대전으로 내려간 것은 거의 일 년여 만이었다. 새엄마와 아버지가 사는 대전 집이 도통 남의 집처럼 낯설게 여겨지는 데다가, 나름대로 바쁘게 살다 보니 자연 발걸음이 뜸해질 수밖에 없었다. 그런데 지난 휴가 무렵, 평소에도 가끔 전화를 걸곤 하던 오빠가 그 무렵에는 유난히 자주 전화를 걸어와 휴가 때 한 번 내려오지 않겠냐고 말했다. 그래서 나는 일주일간의 휴가 중 닷새를 영훈과 함께 보내고 출근 날짜를 이틀 남겨둔 채 대전으로 내려갔다. 잠시 들러서 아버지와 오빠 얼굴만 보고 올라와야겠다는 생각에서였다.

그런데 정작 집에 가서 아버지를 만나고 보니 불쑥 얼굴만 내밀고 그냥 올라오기가 영 그랬다. 그때 아버지는 거동이 몹시 불편할 뿐만 아니라 불쑥불쑥 앞뒤가 안 맞는 엉뚱한 말까지 할 정도로 건강 상태가 나빠져 있었다. 그런 아버지의 모습에서 나는 얼핏얼핏 죽음의 그림자를 엿보았다. 오빠도 뭔가 눈치를 챘는지 이틀이 멀게 아버지 집에 들르는 모양이었다. 그러던 차에 마침 내가 내려가자 오빠는 오랜만에 아버지를 모시고 가까운 계곡으로 나들이라도 가는 게 어떻겠냐고 말했다. 그때 거실의 안락의자에 등을 기댄 채 희미한 눈빛으로 오빠와 나를 바라보던 아버지가 마치 어린애처럼 엉덩이를 들썩 들어 올리며 오빠의 말에 반색을 표했다. 순간 나는 잠시 당혹하지 않을 수 없었다. 커다란 바윗덩어리 하나를 안고 사는 사람처럼 무겁게 입을 다문 채 자신의 감정을 잘 드러내지 않던 아버지가 히죽 웃으며 엉덩이까지 들썩이는 모습은 고장 난 영혼의 장난질처럼 가볍고 경박스럽게 보였던 것이다. 봐서는 안 될 장면을 훔쳐본 느낌이었다. 그런 내 기분을 오빠도 눈치챘는지, 몸이 불편해진 이후로는 통 바깥출입을 못해 아버지도 갑갑하실 거라며 은근히 아버지의 변명을 대신해주었다.

가족 나들이에 나선 사람은 모두 다섯이었다.

다섯 사람의 나들이 풍경은 마치 컬트영화의 한 장면처럼 기묘했다.

결혼한 지 이 년이 넘었음에도 아직 아이가 없는 오빠네 부부는 사이가 좋은 편이었지만, 시집 식구들을 의식해선지 서로 데면데면하게 굴었다. 나 역시 나들이를 나갔다기보다는 어떤 의무를 수행하는 듯한 기분이었기 때문에 빙빙 겉돌 수밖에 없었다. 특히, 아버지와 새엄마의 그림은 도무지 자연스럽지 않아 자주 사람들의 시선을 끌었다.

과감하다 싶게 붉은 립스틱을 칠한 새엄마의 화장은, 일흔이 넘은 데다가 몸까지 불편해 지팡이를 짚은 아버지와는 너무 대조적이라 어색하다 못해 기묘했다. 우리는 소리 없이 움직이는 그림처럼 여기저기를 이동하면서 아무 말 없이 가만히 앉아 있거나, 먹거나 했다. 그리고, 그 기묘한 풍경의 클라이맥스는 나들이를 갔다가 돌아오는 차 안에서 아버지가 오줌을 싸면서부터 시작되었다.

그날 아버지는 집으로 돌아오던 오빠의 차 안에서 바지를 다 적셔버린 것은 물론이고, 시트가 흥건히 젖을 정도로 오줌을 싸고 말았다. 아버지가 그렇게 오줌을 싸버린 것이 당뇨병 때문이라는 것은 어렴풋이 짐작할 수 있었다. 그렇다 하더라도 나는 아버지가 오줌을 쌌다는, 그것도 멀쩡히 눈을 뜨고 앉아서 오줌을 쌌다는 사실이 도저히 받아들여지지 않았다. 그렇게 근엄하고 권위적이던 남자가 그런 식으로 허물어질 수도 있다는 사실을 상상조차 할 수 없었다. 하지만 그런 상황에서 어처구니없어하고 절망스러워하는 내 감정 같은 것은 오히려 사치였다. '아버지가…… 이럴 수가……' 하고 경악을 금치 못하는 사이에 나를, 그리고 차 안에 있던 사람들을 뒤덮어버린 것은 칠십 년을 넘게 살아온 사람의 배설물에서 나는 지독하고 끈적한 악취, 바로 그것이었다.

그 악취는 내 모든 사고와 의식을 일시에 마비시켜버렸다. 나는 자신도 모르게 코를 움켜쥐었다. 그런데 오빠는 아버지를 모시고 나갔다가 그런 일을 당한 것이 그때가 처음이 아니었던지 아무 말 없이, 슬그머니 차창을 내려 차 안을 환기시켰다. 앞자리에 앉은 올케 역시 착한 며느리답게 걱정스러운 표정을 짓기만 할 뿐 나처럼 코를 감싸 쥐지는 않았다. 그리고 새엄마, 아버지와는 도무지 어울리지 않아 보이는 새엄마는 그 와중에도 제일 적극적으로 아버지의 아랫도리에서 흘러나온 배설물을 손수건과 휴지로 정신없이 훔쳐내고 있었다. 정작 오줌을 싸버린 아버지보다 자신이 더 난처해하며 전전긍긍하는 새엄마의 하는 양을 지켜보면서 나는 새엄마가 아버지와 함께 사는 것이 순전히 돈 때문일 거라 여겼던 내 생각이 오해였을지도 모르겠다고 생각했다.

차는 아버지가 그렇게 오줌을 싼 상황에서도 계속해서 달렸고, 그로부터 삼십 분이 훨씬 지나 집 앞에 도착했다. 차에서 내려서면서 비로소 지린내에서 해방된 나는 참고 있던 숨을 크게 내쉬었다. 아버지는, 진하고 끈적한 오줌이 어느새 말라붙어 전체적으로 뻣뻣해진 바지를 입고 대문을 향해 어기적거리며 걸어갔다. 부축할 생각은 미처 하지 못한 채 물끄러미 아버지의 뒷모습을 바라보는데 문득 이런 생각이 들었다. 아버지가 차 안에 앉아 오줌을 싸버린 것이 어쩌면 어리광 섞인 연극이 아닐까 하는. 그것이 삶의 맨 마지막 순간에나 할 수 있는 처절한 연극이라 할지라도 그 무렵 아버지에게 남아 있는 유일한 욕망이 자신에 대한 가족들의 애정을 확인하고자 하는 그런 것이라면 그럴 수도 있겠다는 의심이 불현듯 들었다. 순간 나는 지팡이를 짚으며 집 안으로 들어서는 아버지의 뒤를 바짝 쫓았다. 도저히 넘볼 수 없는 권위 속에 자신을 가둬놓고 가족들에게는 냉담하기 짝이 없었던 아버지의 허물어져가는 모습을 내 눈으로 직접 확인하고 싶은 야릇한 충동 때문이었다.

그런데 바로 그때였다.

앞서가던 아버지의 다리가 갑자기 휘청하고 꼬이는 것 같더니 아버지가 넘어지고 있었다. 그렇다. 아버지는 순식간에 넘어져버린 것이 아니라 아주 천천히 넘어지고 있었다. 마치 슬로 모션을 취하듯 그렇게. 아버지가 짚고 있던 지팡이와 아버지의 큰 키가 넘어지는 아버지의 동작을 묘하게 방해했던 것이다. 하지만 나는 불과 두어 발짝 뒤에서 아버지가 넘어지는 모습을 뻔히 지켜보면서도 넘어지는 아버지를 얼른 붙들지 않았다. 그때 내 양손에는 나들이를 가면서 준비해 갔던 여러 가지 짐들이 잔뜩 들려 있었고, 그래서 나는 그 짐들을 핑계 삼이 넘어지고 있는 아버지의 모습을 하나의 풍경을 바라보듯 바라보기만 했다.

그러나 내가 아버지를 부축하지 않은 진짜 이유는 다른 데 있었다. 넘어지는 아버지를 부축하게 되었을 경우 내 옷에 묻게 될지도 모르는 아버지의 오줌과 지린내에 대한 두려움, 그리고 한 번도 만져본 적이 없는 엄청나게 큰 아버지의 육체에 대한 내외. 또 그 순간 나는 아버지에 대해 일종의 복수심 같은 것도 느끼고 있었다. 보호라는 명목 아래 가족들에게 행사되었던 아버지의 절대적인 권위에 대한 복수심. 그럼에도 불구하고 넘어지는 바람에 생긴 아버지의 상처와 툭 불거져 나온 커다란 혹은 휴가 기간 내내 나를 질책했다. 그리고, 피딱지가 앉은 뒤통수의 상처와 혹보다 더 오래 나를 괴롭혔던 것은 넘어질 때 아버지의 머리가 대문 앞 시멘트 바닥에 부딪히면서 내던 '퍽' 하는 소리와 아버지의 심뜩한 시선이었다.

　아버지의 머리가 땅에 부딪히면서 내던 그 소리는 내가 사는 11층 아파트의 이웃이 언젠가 이사하면서 아래로 떨어뜨린 전기 청소기가 박살이 날 때 내던 소리와 똑같았다. 잔디로 뒤덮인 땅바닥에 내동댕이쳐진 청소기는 신기하게도 말짱했지만, 나중에 확인해보니 그 안은 속속들이 박살이 나 있었다. 그리고 그 시선, 차가운 땅바닥에 반듯이 누운 채 나를 바라보던 아버지의 그 시선은 어딘지 모르게 섬뜩했다. 넘어졌을 때도 아버지는 차 안에서처럼 두 눈을 뻔히 뜨고 있었는데, 그때 아버지는 넘어진 자신을 구경꾼처럼 내려다보는 나를 경계하는 듯한, 혹은 놀란 듯한, 아니 어쩌면 몹시 분개하는 듯한 눈빛으로 오랫동안 말없이 쳐다보았던 것이다.

　열차가 천안에 도착했을 때, 비는 더욱더 세차게 쏟아져 창밖의 풍경이 전혀 보이지 않을 정도였다. 비를 맞아 후줄근해진 승객 몇 사람이 객실 안으로 들어서는 모습을 바라보다가 나는 눈을 감았다. '퍽' 하는 소리와 지린내와 아버지의 그 시선이 내 머릿속에서 완전히 지워져 없어지기를 기대하면서.

　'다음 정차할 역은 대전 ─ 대전입니다.내리실 승객은……' 하는 소리를 잠결에 듣는 순간 나는 강한 요의를 느꼈다. 참을 수 없을 만큼 다급했던 건 아니었다. 그러나 나는 열차에서 내리자마자 두리번거리며 화장실부터 찾았다. 언제나 그렇듯이 역 구내의 공중화장실은 칸마다 자신의 차례를 기다리는 사람들로 붐볐다. 그중에서 가장 짧은 줄을 골라 서서 내 차례를 기다리는데, 서울집에서 샤워할 때 들었던 예의 그 심장 뛰는 소리가 또다시 내 귀에 들리기 시작했다. 그것은 먼저의 '쿵쾅' 하는 소리와는 사뭇 다르게 '쿵쿵쿵쿵' 소리를 내며 몹시 불규칙적으로 울렸다. 그 소리는 한시라도 빨리 아버지 집으로 가라는 재촉 같았다. 하지만 나는 끝까지 내 차례를 기다렸고 그러다가 마침내 화장실 안으로 들어갔다. 그런데 정작 변기에 앉으니 생각과는 다르게 얼른 소변이 나오지 않았다. 그래서 소변을 누는 둥 마는 둥 하고 바깥으로 나와 시계를 확인해보니, 화장실에서 내가 소비한 시간은 십 분 정도였다.

대전의 기차역 앞에는 서울에서와는 달리 한가하게 손님을 기다리며 내기하고 있는 택시가 넘쳤다. 나는 여러 대의 빈 택시 중에서 모범택시 표시가 되어 있는 택시 하나를 골라 탔다.

백미러를 통해 뒷자리에 앉은 내 모습을 흘깃거리던 택시 기사가 슬며시 나에게 말을 걸어온 것은 택시가 출발한 지 얼마 되지 않아서였다.

— 서울에서 내려오는 길인 모양이네요?

마치 무슨 냄새라도 맡으려는 듯 코를 벌름거리며 묻는 기사에게서 사십 대 남자의 시큼한 땀 냄새가 나는 것 같기도 했다. 마음 같아서는 그의 질문을 아예 무시해버리고 싶었지만, 일방적으로 그의 말을 무시했다가는 그런 내 태도에 불쾌해진 기사가 난폭운전을 할지도 모른다는 생각이 들었다.

— 네, 서울에서 직장생활을 하고 있어요.

내가 세법 친절하게 말을 받아주자, 갑자기 자신감을 얻은 그가 계속해서 말을 걸어왔다.

— 아, 네. 그러니까 고향에 다니러 오신 거로군요. 하지만 지금은 휴가철도 아닌데…… 무슨 급한 일이라도 생긴 모양이지요……. 오늘이 일요일이니까 내일 출근하려면 오늘 저녁차로 다시 올라가야겠네?

그렇게 말하면서 다시 한번 백미러로 나를 살피는 그의 눈길이 약간 불순하고 끈적해 보였다. 비위가 상한 데다가, 그의 쓸데없는 관심이 도무지 귀찮았던 나는 운전사의 시선을 짐짓 모른 척하며 창밖으로 눈길을 돌렸다.

언제 비가 그쳤는지 길거리의 풍경은 마치 물걸레로 닦아놓은 듯 깨끗해져 있었다. 그때, 나도 모르게 한숨이 새어 나왔고, 무슨 말이든 하고 싶어 안달이던 택시 기사는 내 한숨의 틈새를 냉큼 비집고 들어와 본격적으로 이야기를 늘어놓기 시작했다. 요즘 뉴스에서 한창 떠들어대는 사이비 종교 이야기에서부터 사법고시 수석 합격자 이야기까지 도무지 일관성이라곤 없는 그의 레퍼토리는 마치 소음처럼 내 귀를 괴롭혔다. 그러나 노골적으로 싫은 내색을 하기가 뭣해 그의 이야기에 건성으로 대꾸를 해주자, 가출 주부들에 관한 이야기를 하던 그가 느닷없이 나에게 물었다.

— 아직 미혼이죠? 나이는 서른을 갓 넘겼고.

미혼이냐고 묻는 것은 그렇다 치더라도, 나이까지 꼭 찍어내는 그의 눈썰미가 보통이 아니다 싶어 나는 약간 놀란 표정을 지으며 그의 뒤통수를 쳐다보았다. 내가 자신의 이야기에 관심을 표시하기 시작했다는 것을 재빠르게 눈치챈 기사는 더더욱 기가 살아 침까지 튀겨가며 열을 올렸다.

— 내 말이 맞죠? 아마도 정확할 겁니다. 이 일 하면서 확실하게 쌓인 노하우가 바로 사람 보는 눈 아니겠습니까. 어떤 손님이라도 우리 눈은 못 속입니다. 그 사람의 나이는 물론이고, 어떤 일을 하면서 먹고사는 사람인가 하는 것쯤은 척 보면 알 수 있어요. 심지어는 손님이 굳이 말을 안 해도 그 사람이 가고자 하는 목적지까지 알아맞힐 정도라니까요. 그 정도이니 아가씬지 아줌만지 구별하는 것 정도야 식은 죽 먹기이지요 뭐.

사기 사냥에 신이 나 벼들여내느라 잎사가 신 깃도 모르고 달리던 그는 급기야 급브레이크를 밟았다. 그 바람에 나는 앞좌석 등받이에 콧방아를 찧고 말았다. 그러나 그런 상황에서도 나는 한마디 불평도 하지 못했다. 차가 끽 소리를 내며 서는 순간 기사의 입에서 입에 담기조차 어려운 쌍욕이 터져 나오는 통에 지레 기가 질려버렸던 것이다. 그쯤 되자, 그는 숨기고 있던 발톱을 더 이상 숨길 필요가 없다고 판단한 늑대처럼 백미러를 통해 노골적으로 음탕한 눈길을 보내면서 다시 말했다.

— 그러나 저러나 대전엔 무슨 일로 갑자기 내려왔수?

불과 몇 분 사이에 말꼬리를 절반쯤 잘라먹고 있는 그의 질문은 질문이라기보다는 거의 위협에 가까워 나는 다소 겁먹은 목소리로 대답하지 않을 수 없었다.

─ 부모님이 많이 편찮으셔서…….

─ 역시 내가 짐작했던 대로 효녀구먼. 아가씨처럼 그렇게 눈꼬리가 착 내려가고 오동통한 여자들은 대체로 심성이 고운 편이지. 암, 내려와야지. 부모님이 편찮으신데 열 일 제쳐두고서라도 내려와야지.

부모님이 편찮으시다는 사실에 연민이라도 느끼는 듯 효녀 운운하는 그의 말에 갑자기 목구멍에서 물컹한 이물질 같은 것이 치밀어 올랐다. 아버지에 대해 그다지 편치 못한 감정을 가진 나에게 효녀라는 단어는 듣기만 해도 역겨운 그런 것이었기 때문이다. 그래서 그런지, 내 목구멍에서는 반항이라도 하듯 자꾸만 헛구역질이 올라왔고, 그것을 가라앉히기 위해 나는 한 손으로 입을 틀어막지 않을 수 없었다. 틀어막은 손 사이로 억눌린 소리가 묘하게 비어져 나오면서 눈에서는 이상한 물기가 새어 나왔다. 그런 내 모습이 울고 있는 것처럼 보였는지, 택시 기사는 안됐다는 듯 혀를 츳츳거리며 동정심을 표시했다. 하지만, 음탕한 뱀의 붉은 혓바닥을 연상케 하는 그의 젖은 혀 소리는 나를 위로하기는커녕 오히려 심한 수치심을 느끼게 했다. 진실이야 어떻든지간에, 나는 낯선 남자 앞에서 눈물을 흘린 꼴이 되었고, 그것은 낯선 남자 앞에서 옷을 벗어버린 것과 같은 수치심이 들게 만들었던 것이다.

내가 집에 도착했을 때, 집 안은 이미 향냄새로 가득했다. 향내는 집에서 제사를 지낼 때마다 맡게 되던 바로 그 냄새였다. 냄새와 더불어, 아마도 테이프에서 흘러나오는 것 같은 느린 목탁 소리와 염불 소리도 간간이 내 귀에 들려왔다. 냄새와 소리는 죽음을 불러들이기 위한 장치인 것 같기도 하고, 주검을 어딘가로 인도하는 냄새와 소리 같기도 했다. 그래서 그런지, 대문 앞에 도착했을 때 내 심장은 또다시 굉장히 빠른 속도로 쿵쿵거리기 시작했다. 집 안으로 들어서기 전에 나는 다시 한번 팔목시계를 들여다보았다. 세 시 이십삼 분이었다.

아버지는 내가 도착하기 삼십 분 전쯤에 돌아가셨다고 했다.

그 말을 듣자, 아침에 전화를 받고 십여 분 동안이나 서성이지 않았더라면, 혹은 샤워를 하지 않았더라면, 그래서 열두 시 기차가 아닌 열한 시 기차를 탔더라면 아버지의 임종을 볼 수 있었을 텐데 하는 생각이 들었다. 그리고 또 있다. 옷을 골라 입는 데, 가져올 옷을 챙기는 데, 영훈에게 전화를 서는 네, 가스와 진기를 다시 확인하는 데 걸린 시간을 단축했더라면……. 그런 생각 때문인지 죽은 아버지가 다시 눈을 뜨고 예의 그 분개하는 듯한 시선으로 나를 노려볼 것만 같았다. 하지만 삼십 분 전에 숨을 거두었다는 아버지의 몸은 누르스름하고 꺼칠한 광목천 같은 것으로 완전히 덮여 있어 아버지의 얼굴은 볼 수 없었다. 그런데도 그 광목천을 뚫고 아버지의 시선이 불쑥 튀어나와 나를 질책할 것 같아 멀찍이 서서 내려다보는데, 곁에 있던 오빠가 갑자기 누런 천을 걷어내며 떠나는 아버지께 마지막 인사를 드리라고 말했다. 오빠의 동작과 말투는 여러 번 아버지의 죽음을 맞이했던 사람처럼 자연스러웠다.

오빠가 아버지를 덮고 있던 누런 광목천을 걷어낼 때, 나는 자신도 모르게 움찔 놀라며 고개를 약간 돌렸다. 잠시 후 두려운 마음으로 다시 고개를 돌린 나는 훔쳐보듯 조심스럽게 아버지를 쳐다보았다. 아니, 아버지의 시신(!)을 쳐다보았다. 다행히 아버지의 두 눈은 감긴 상태였다. 대신, 아버지의 두 발이 항변하듯 나를 쳐다보았다. 아버지의 시신은 마치 나들이라도 가는 사람처럼 옥빛 한복 저고리와 팥죽색 한복 바지를 단정하게 갈아입은 채 누워 있었는데, 저고리와 같은 색의 대님으로 묶은 발목 아랫부분만 맨발인 채 그대로 노출되어 있었다. 약간 부은 듯한 아버지의 두 발에는 그때까지도 불그스레한 핏기가 남아 있었다. 그리고, 너무 두껍고 딱딱해 손톱깎이로는 도저히 깎기 어려울 것 같은 아버지의 발톱도 살아 계실 때와 마찬가지로 길고 두껍게 자라 있었다. 그래서 그런지, 그렇게 누워 계신 아버지의 모습에서 죽음 이전과 죽음 이후를 명백하게 구분할 수 있는 것은 아무것도 없었다.

아버지의 입만 해도 그랬다. 평소에 아버지는 입을 약간 벌린 채 주무시곤 했는데, 죽은 아버지의 입도 약간 벌어진 상태였다. 단지 다른 것이 있다면, 핏기가 완전히 가시고 없는 아버지의 노란 낯빛이었다. 노란 낯빛은 아버지를 덮고 있던 누르스름한 광목천 때문일지도 몰랐다.

누군가 방 밖에서 오빠를 부르는 소리가 들렸고, 오빠가 방에서 나가는 바람에 혼자가 된 나는 아버지의 발치 쪽으로 다가갔다. 나는, 벌거벗겨진 채 드러난 아버지의 두 발을 조심스레 만져보았다. 아버지의 발은 불그스레한 핏기가 아직 남아 있음에도 섬뜩하리만치 싸늘하고 축축했다. 그때 명치께 어디쯤엔가에 강한 통증이 느껴지면서 나도 모르게 주루룩 눈물이 흘러내렸다.

그로부터 며칠 밤낮을 수많은 사람이 장례식장에 다녀갔는데, 오빠의 곡소리는 시간이 지날수록 조금씩 건조하게 갈라졌다. 올케와 나는 행실이 단정치 못한 여편네의 옷처럼 지저분하고 추레해진 상복을 입고 이리저리 음식들을 갖다 나르기 바빴다. 새엄마는 시종 핸드폰을 붙들고 앉아, 전화번호가 빽빽이 적힌 빨간 수첩을 연신 뒤적이며 전화를 걸었다. 그리고, 한 번도 들어보지 못한 동창회 혹은 친목회 일동이라는 꼬리표가 달린 화환들은 아버지의 죽음을 축하하기라도 하듯 화사한 자태로 계속해서 배달되었다.

장례를 치르고 서울로 올라오는 기차를 넜을 때, 나는 건체적으로 멍한 상태였다. 아버지의 장례를 치르는 며칠 동안 시야를 스쳐 지나간 무수한 장면들이 아직도 서먹한 채 내 주변을 떠돌았다. 아버지의 딸로서 아버지의 장례식 한가운데 있으면서도 나는 예기치 못한 상황에 느닷없이 잘못 끼어든 불청객처럼 도무지 어색하고 불편하기만 했다. 따라서 아버지의 장례를 둘러싼 그 모든 것들이 나와는 아무런 상관이 없는 좀 색다른 풍경으로 여겨질 따름이었다. 특히, 많은 사람들을 울다가 웃게 만든 장지에서의 한 장면은 불쑥불쑥 내 눈앞에 떠올라 시도 때도 없이 나를 웃게 만들었다.

누런 광목천이 미리 마련되어 있었던 것처럼, 아버지의 시신을 묻을 자리도 이미 준비되어 있었다. 아버지의 장지는 공원묘지 맨 꼭대기 쪽이었다. 살아 있는 사람보다 죽은 사람의 수가 훨씬 더 많은 게 아닐까 싶을 만큼 수가 많은 무덤을 지나쳐 꼭대기까지 올라가면서 나는 여러 번 걸음을 멈추고 쉬었다. 겨울 날씨에도 불구하고, 관을 매고 가는 남자들의 이마에도 하나같이 굵은 땀방울이 맺혔다.

꼭대기까지 올라갔을 때, 아버지를 기다리고 있던 제법 깊은 구덩이는 음흉하고 흉물스럽게 아가리를 벌린 채 관을 맞을 준비를 하고 있었다. 관을 울러 멘 남자들이 조심조심 소리를 낮춰 합창하며 구덩이 속에 관을 내려놓았다. 그때, 산 저쪽에서 졸던 꿩 한 마리가 푸드득 소리를 내며 하늘로 날아오르기 시작했다. 그 소리에 깜짝 놀란 사람들이 일시에 동작을 멈추고 소리가 나는 쪽을 향해 고개를 돌렸다. 그러자 꿩은 자신에게로 향하는 사람들의 시선을 의식하고 뽐내기라도 하려는 듯 높고 푸른 하늘을 멋지게 가로지르며 오래오래 날았다.

매장이 끝나고 나자 사람들은 하나같이 우울하고 허탈한 표정을 지으며 붉은 흙더미를 내려다보았다. 그런 분위기를 바꾸라도 하려는 듯, 머리가 절반쯤 벗겨진 장의사 남자가 몹시 활기찬 목소리로 마지막 길 떠나는 아버지에게 드릴 노잣돈을 준비하라고 소리쳤다. 아버지의 시신을 덮고 있다가 관을 울러 메는 데 사용되었던 광목천은 장의사 남자의 손에 의해 어느새 새끼줄 모양으로 변했다. 그 새끼줄 사이사이로 순식간에 오만 원짜리 지폐가 주렁주렁 매달렸다. 지폐의 수가 늘어날수록 장의사 남자의 입은 점점 더 크게 벌어졌다. 더 이상 지폐를 꽂을 자리가 없을 정도가 되었을 즈음, 누군가가 고인에게 마지막 절을 하라고 말했다.

봉분도 없는 무덤 앞에는 집에서 준비해온 돗자리가 어느새 깔려 있었다. 우리는 눈알이 보이지 않는 마른 북어의 누런 속살을 쳐다보면서 순서대로 절을 하기 시작했다. 내 차례는 올케 다음이었다. 그래서 올케의 하는 양을 유심히 보며 내 차례를 기다렸다. 그런데, 신고 있던 고무신을 벗은 다음 버선발로 돗자리 위로 올라서던 올케가 갑자기 기우뚱한다 싶더니 쭈루룩 땅바닥으로 미끄러져 내리면서 그만 엉덩방아를 찧고 말았다. 발에 맞지 않아 제멋대로 휙휙 돌아가는 큰 버선을 신은 데다가 돗자리 또한 미끄럽기 짝이 없었고, 거기에다가 돗자리를 깔아놓은 땅까지 심하게 경사져 누구라도 거기에 올라서면 미끄러질 수밖에 없게 되어 있었다. 올케보다 먼저 절을 했던 다른 사람들은 그런 사실을 미리 눈치채고 요령껏 절을 했던 모양인데, 유독 올케만 그런 사실을 몰랐던지 굳이 버선발로 돗자리 위로 올라가 아슬아슬한 곡예를 하다가 미끄러지고 말았던 것이다.

올케가 돗자리 위로 올라갈 때부터 걱정스러운 표정으로 지켜보던 옆에 사람들이 넘어진 올케를 부축하며 대충 시늉만 하면 된다고 올케의 귀에다 대고 속삭였다. 하지만 무슨 생각에선지 올케는 사람들의 충고를 전혀 아랑곳하지 않고 또다시 버선발로 돗자리 위로 올라섰다. 아마도 그녀는, 그렇게 신발을 벗고 돗자리 위로 올라가 정식으로 절을 하는 것이 죽은 시아버지에 대한 며느리의 도리라고 생각했던 모양이었다. 해서 그녀는 아까보다 더 엄숙하고 결연한 표정으로 돗자리 위로 올라섰다. 한 번 넘어진 뒤끝이라 그런지, 그녀의 행동은 잔뜩 조심스러워져 험한 산이라도 오르듯 엉덩이를 치켜든 채 엉금엉금 기어올랐다. 그런 올케의 동작은 우스꽝스럽기 짝이 없었다. 그러나 정작 올케 자신은 너무 신지하게 그 행동에 몰두하고 있었던 데다가, 때가 때이니만큼 대놓고 웃을 수도 없는 상황이라 그것을 지켜보던 사람들은 하나같이 안간힘을 다해 터져 나오려는 웃음을 참고 있었다. 아슬아슬한 동작으로 돗자리를 기어오르던 올케는 웃음을 참고 있는 사람들 앞으로 또다시 벌러덩 나자빠지고 말았고, 순간 누군가가 기이하기 짝이 없는 목소리로 '아이고 어흐흐흐' 하고 웃음을 터뜨렸다.

오빠였다.

그때 오빠는 내 곁에서 고개를 숙인 채 곡을 하면서 사람들 앞에서 실수를 저지른 아내를 못마땅하게 노려보던 터였다. 그런데 올케가 또다시 미끄러져 엉덩방아를 찧는 모습을 보고는 자신도 더 이상 참을 수 없었던지 급기야 자기가 먼저 웃음을 터뜨리고 말았다. 그러자 무덤 주변을 둘러싸고 있던 다른 사람들도 일제히 참고 있던 웃음을 터뜨리기 시작했고, 그래서 아버지의 장례식은 졸지에 웃음바다가 되고 말았다.

올케의 엉덩방아와 오빠의 '아이고 으흐흐흐'가 절묘한 쌍을 이루며 또다시 나를 웃기는 동안, 열차가 덜커덩거리며 몸을 움직이기 시작했다.

불규칙적으로 음을 고르던 열차의 바퀴 소리가 비로소 규칙적이고 안정적으로 제 페이스를 찾아갈 무렵, 나는 설핏 잠이 들었다. 짧은 잠 속에서 나는 아버지의 차가운 두 발을 붙든 채 울고 있는 꿈을 꾸었다. 볼 위를 타고 흘러내린 내 눈물이 차가운 아버지의 두 발을 적시는가 싶더니 갑자기 아버지의 발이 뜨듯해졌다. 나는 다시 피가 돌기 시작한 아버지의 죽은 얼굴을 쳐다보았다. 그런데 어찌 된 일인지 얼굴은 아버지의 얼굴이 아닌 영훈의 얼굴이었다. 몸 역시 아버지의 몸이 아닌 영훈의 몸으로 바뀌어 있었다.

적당한 근육과 적당한 살집, 그래서 적당히 탄력 있어 보이는 영훈의 몸은 꿈속에서도 나를 유혹하기에 충분했다. 나는 새삼스러운 욕망을 느끼며 영훈의 알몸을 바라보았다. 그때, '쿵쾅'거리며 심장이 흥분하는 소리가 또다시 내 귀에 들려오기 시작했다.

동거의 조건

동거의 조건

유리에게서 연락이 왔다. 집을 나간 지 일주일 만이었다. 일주일은 절묘한 타이밍이었다. 만약 유리가 삼사 일 만에 연락했더라면 아마도 나는 너무 화가 난 나머지 유리를 향해 고래고래 소리를 지르거나, 유리가 전화를 걸어온 내 핸드폰을 땅바닥에 내동댕이쳐 박살내버리고 말았을 것이다.

유리가 사라진 첫날은 어리둥절하고 믿기지 않을 따름이었다. 그러나 이틀째 그녀가 돌아오지 않았을 때는 불안하고 초조한 마음에 뜬눈으로 밤을 지새웠다. 사고가 난 게 분명하다는 생각이 들었기 때문이었다. 그래서 사흘째 되던 날은 아침 일찍 동네 파출소로 달려가 실종 신고를 냈다. 밤새 잠을 자지 못해 새빨개진 눈을 하고 슬리퍼 차림으로 파출소를 방문했을 때 경찰들은 내 말을 대수롭지 않게 받아들였다. 나는 걱정이 되어 가슴이 터질 것 같은데 그들은 시종 딴청을 피우며 내 말을 귀담아듣지 않았다. 그들은 유리의 실종과는 전혀 상관없는 항목인 내 직업을 물었고, 그들 질문에 교수라고 답하자 경찰 중 한 명은 비웃는 것이 분명한 미소를 지어 보이기까지 했다. 그런 그들이 사라진 유리를 찾아줄 리 만무하다는 생각이 파출소 문을 열고 밖으로 나오면서 비로소 들었다.

유리 어머니에게는 이틀째 되던 날 슬쩍 전화를 걸어 분위기를 살펴보았는데 그녀는 아무것도 모르고 있는 눈치였다. 당신 딸과 함께 산 지 삼 년이 다 되도록 전화 한 통 할 줄 모르던 위인이 어쩐 일이냐며 핀잔을 줄 따름이었다. 나는 유리를 사랑하지만 유리 어머니는 도무지 좋아할 수가 없었다. 격이라고는 눈곱만큼도 없는 것은 그렇다 치더라도 사람 마음에 상처 내는 말만 골라 하는 그녀의 말버릇은 도저히 참아주기 어려웠다. 그래서 될 수 있으면 그녀와 마주치고 싶지 않았다. 자기 어머니를 피하는 나를 유리가 섭섭하게 여길 수도 있겠다 생각하지 않은 건 아니지만 사람 싫은 건 나로서도 어쩔 수 없는 일이었다. 그러나 유리는 자존심이 강했고, 그래서 그 부분에 대해 일절 언급하지 않음으로써 오히려 나를 부담스럽게 하는 측면도 있었다. 아무튼 유리 어머니는, 평소에는 전화 한 번 하지 않던 내가 전화를 건 특별한 상황임에도 불구하고 딸에게 무슨 일이 생긴 건 아닌지 염려하는 마음 같은 것은 아예 생기지도 않는 모양이었다. 딸의 안부에 대한 걱정은커녕 자기 하소연과 신세타령만 길게 늘어놓다가 전화를 끊었다. 그런 어머니 밑에서 자란 유리가 새삼 가여웠다.

가끔 유리는 별일 없이도 입을 지나치게 앙다무는 표정을 짓곤 했는데, 어쩌면 그 버릇은 그녀 어머니 때문에 생긴 것일지도 몰랐다. 일찍이 어머니를 버린 나는 의지할 어머니가 없는 것이 어떤 것인지 누구보다 잘 알고 있었다. 진정한 어머니의 부재는 가슴 한가운데에 따뜻한 온기 대신 커다란 얼음덩어리 하나가 들어앉아 있는 것과 마찬가지였다. 그리고 가슴이 시린 사람이 세상을 견디기 위해서는 그렇게 입을 앙다문 채 자기 자신만을 믿어야 했다. 유리에게 자신의 어머니를 닮은 구석이라고는 거의 없는데 오직 한 가지, 두 사람 모두에게서 느껴지는 어떤 위험한 구석, 그것만은 비슷했다. 유리 어머니를 처음 보았을 때, 그녀는 어느 날 느닷없이 아무도 생각지 못한 사건을 저질러 주위 사람들을 놀라게 할 것 같은 느낌을 주었다. 유리에게도 그런 면이 있었다. 그녀 어머니만큼 돌출되어 보이지는 않았지만 아무래도 유리는 평범하게 세상을 살아갈 수는 없을 것 같은 느낌을 나에게 안겨주었다. 지금 유리가 그 이유를 설명하지도 않은 채 오랫동안 집을 비우고 있는 것도 그런 측면의 일환일 것이다.

사흘이 지나 나흘째가 되자 유리가 없어진 것이 사고가 아니라 의지라는 생각이 비로소 들기 시작했다. 애써 모른 척하며 살고 있었지만 내 무의식의 한구석에는 유리에 대한 불안이 늘 자리 잡고 있었다. 그녀의 한쪽 발이 늘 바깥을 향해 있다는 것을 나는 아는 체하고 싶지도, 인정하고 싶지도 않았을 따름이었다. 우리 두 사람의 관계를 규정짓고 있는 틀 자체가 결혼이라는 안정된 제도가 아닌 동거라는 가변적인 상황이기에 더 그랬다.

어쨌거나, 일주일 만에 내 핸드폰 창에 유리의 핸드폰 번호가 뜨는 것을 확인하는 순간 나도 모르게 가슴이 두근거렸다. 그러나 두근 거림이 의미하는 바가 무엇인지는 정확하지 않았다. 안도와 반가움과 분노, 혹은 원망과 망설임 등의 복잡한 감정이 첫 전화벨 소리가 울리는 짧은 순간 동안 동시에 교차했다. 나는 심장의 박동 소리가 가라앉기를 기다리며 얼른 전화를 받지 않았다. 그러다가 핸드폰 벨이 일곱 번 울리고 나서야 비로소 전화를 받았다. 하지만 통화 버튼을 누르고 나서도 나는 아무런 대꾸도 하지 않았다. 유리 역시 내 기척을 느꼈을 터인데도 아무런 말이 없었다. 나는 말 대신 길고 깊은 한숨을 크게 한번 내쉬었다.

어행을 디너았어.

유리였다. 평소보다 약간 잠긴 목소리이긴 했지만 분명히 유리였다. 유리의 목소리가 귀에 와닿는 순간 나도 모르게 물컹한 감정이 복받쳤다. 그것은 그리움이었다. 그리고 뜨거운 욕망이었다. 유리의 목소리를 듣는 것과 동시에 나는 그녀를 만지고 싶었고, 그녀의 몸에 가 닿고 싶었다. 하지만 나는 그런 나의 감정을 솔직하게 표현할 수 없었다.

— 지금 뭐 하자는 거야?

마음과는 전혀 다른 내용의 말이 튀어나왔다. 때로는 말이 감정을 유도하기도 하는지 말을 내뱉는 순간 일주일 동안 억눌려 있던 분노가 또다시 고개를 치켜들었다. 그러나 나는 애써 분노를 억눌렀다. 우리의 동거 조건 속에 포함된 항목 중 하나가 기억났기 때문이었다. 어떤 일이 있어도 상대에게 화를 내거나 언성을 높이지 말 것.

― ······.

분노의 감정을 먼저 표출하는 것은 항상 내 쪽이었고, 그럴 때마다 유리는 아무런 감정도 담기지 않은 눈빛으로 나를 빤히 쳐다보기 일쑤였다. 지금도 유리는 그런 눈빛을 한 채 핸드폰을 귀에 대고 있을 것이었다.

― 당신의 이런 행동, 도대체 무슨 뜻이야?

함께 사는 삼 년여 동안 더러 싸우기도 했는데, 싸울 때마다 먼저 감정이 격해지는 사람도 언제나 나였다. 유리는 싸움을 할 때도 화를 내기보다는 논리적으로 따지는 편이었다. 조곤조곤 따지며 상대를 벼랑 끝까지 몰아세우는 유리의 논리에 대항해 싸우기에는 늘 역부족이었던 나는 버럭 화를 내며 유리의 기를 꺾어놓음으로써 가능한 한 빨리 싸움이 끝나기를 바라곤 했다. 그런데 지금은 아니었다. 지금 나는 싸움을 종료하기 위해서 화를 내는 것이 아니라 정말 화가 나서 화를 내는 것이었다. 그리고 유리의 이야기를 듣고 싶었다. 그녀가 이런 행동을 하는 진정한 이유가 무엇인지에 대해서. 그러나 유리는 그런 내 감정을 깡그리 무시하고 자기 할 말만 했다.

― 언제 시간 낼 수 있어?

이건 평소의 유리가 아니었다. 유리는 다른 사람의 마음을 비교적 잘 헤아리는 사람이었다. 특히 내 마음은 나보다 더 빨리 눈치채는 그런 사람이었다. 그런데 지금 유리는 내 마음 따위는 아랑곳하지 않는 분위기였다.

― 일주일 동안 말도 없이 사라졌다가 나타나 집에 들어올 생각은

하지 않고 그게 무슨 말이야?

— 만나서 할 이야기가 있어.

— 집에는 안 올 거야?

말을 하는 내 목소리가 심하게 떨렸다. 불길한 예감에 뒷목이 뻣뻣해졌다.

— 내일 만날 수 있어?

단호하고 담담한 어투였다. 한마디 말도 없이 사라졌다가 일주일 만에 연락한 사람이었다. 그런 그녀가 내 말 한마디에 순순히 집으로 돌아오지는 않을 것이라는 판단이 뒤늦게 들었다.

— 몇 시에 어디로 나가면 돼?

— Y서점 앞에서 낮 12시에 만나. 만나서 김에 식사하도록 해. 어차피 최시철 씨도 점심 먹어야 할 것 아냐.

시철 씨가 아니라 최시철 씨라고 부르는 유리의 호칭이 심상치 않게 들렸다. 최시철 씨라는 호칭은 우리 두 사람이 서로 알게 된 지 얼마 되지 않았을 때 잠시 유리가 사용하던 호칭이었다. 무슨 의미일까? 유리는 아무 생각 없이 말을 하거나 행동을 하는 사람이 아니었다. 말한 마디도 허투루 하는 법이 없었다. 그러므로 나를, 시철 씨가 아닌 최시철 씨라고 부르는 데는 분명히 이유가 있을 것이다. 집을 나가 있는 동안 나를 놀라게 할 만한 어떤 결심을 하고 돌아온 게 분명하다 생각하지 않을 수 없었다.

유리와 만나기로 약속한 전날, 나는 종일 생각이 많았다. 일주일 만에 나타난 유리가 과연 무슨 말을 할 것인지? 그리고 나는 또 어떻게 처신해야 하고 무슨 말을 해야 하는 것인지? 소용없는 줄 알면서도 나는 그런저런 생각에서 벗어날 수가 없었다. 하지만 미리 온갖 궁리를 해봤자 정작 유리를 만나면 내가 짐작하고 예측했던 대로 이루어지는 일은 아무것도 없을 것이다. 나는 상식적으로 생각하는 인간이고 유리는 상식과는 거리가 먼 사람이다. 그러니까 유리와의 조우를 앞두고 미리 뭔가를 계획하는 것은 모두 부질없고 허망한 노력일 따름이었다. 게다가 유리는 나의 이런 노력을 무척 싫어했다. 순수하지 못하다는 것이 그 이유였다. 내가 매사를 그런 식으로 미리 따지고 계산해본다는 거였다. 그런데 그것은 유리가 나를 잘못 이해하고 있는 것이었다. 내가 미리 많은 것을 생각해보는 것은 가장 합리적인 묘책을 찾기 위한 나의 노력이었다. 나에게만 유리하고 남에게는 불리한 묘책을 강구하는 것이 아니라 두 사람 모두에게 유리할 수 있는 그런 절묘한 방안을 나는 모색하는 것이었다. 두 사람 모두를 만족시킬 수 있는 묘안은 있을 수 없다고 사람들은 생각하지만 내 생각은 달랐다. 진정한 마음으로 생각하다 보면 나도 좋고 너도 좋을 수 있는 방법을 반드시 찾아낼 수가 있었다. 이번 경우도 마찬가지였다. 모르긴 해도 유리는 나를 놀라게 하는 어떤 제안을 할 게 분명했다. 예컨대 그녀는, 자신이 요즘 매너리즘에 빠지고 만 것 같아 어디론가 멀리 떠나서 그림을 그려보고 싶다고 말할 수도 있다. 외국의 어느 나라에 가서 몇 달 혹은 일 년 정도 그림을 그리며 시간을 보내고 돌아오고 싶다는 이야기를 할 수도 있는 것이다. 그렇게 되면 자연히 그녀와 나는 떨어져 지내야만 한다. 그래서 만약 내가 그녀의 외국행을 받아들이지 못하겠노라고 말하면서 그녀의 제안에 반기를 들기라도 한다면, 그녀는 나와 결별하게 되더라도 자기 갈 길을 가겠다고 말할지도 모를 일이었다. 나는 상황을 그런 식으로 만들지 않기 위해 궁리해야만 했다. 그녀와 나, 두 사람 모두에게 나쁘지 않을 수 있는 방안이 분명히 있을 수 있기 때문이다. 그리고 진심으로 궁리하다 보면 그녀와 내가 함께 외국으로 가서 몇 달 지내다 올 수 있는 기가 막힌 발상이 떠오를 수도 있을 것이었다. 몸담고 있는 대학에 안식년을 신청하기에는 아직 내 나이가 젊지만 방학을 포함해서 육 개월 정도는 시간을 낼 수도 있지 않겠나 싶었다. 그렇게 되면 우리는 굳이 서로의 의견을 관철시키기 위해 일기일부칠 필요가 없게 될 것이다. 그런데도 유리는 그런 나의 노력을 곧잘 오해하곤 했다. 아무렇거나 나는 유리를 만나기 직전까지 온갖 추측과 궁리를 해대느라 머리가 아플 지경이었다.

여드레 만에 다시 보게 된 유리의 머리에는 머리카락이 하나도 없었다. 그런데, 삭발한 유리의 모습이 무슨 일인지 조금도 어색하지 않았다. 처음, 그녀를 알게 된 지 얼마 되지 않았을 때, 무슨 일 때문이었는지는 기억나지 않는데 그녀가 고개를 하늘을 향해 활짝 젖힌 채 위험할 정도로 쾌활하게 웃어젖혔던 적이 있었다. 그때도 그랬듯이 유리의 까까머리도 어색하거나 도발적으로 보이기는커녕 원래 그랬던 것처럼 자연스러워 보였다. 그런데도 어쩔 수 없이 가슴 한쪽이 철렁했다. 동시에, 유리가 사신의 가년 하나를 느디어 찢어버렸다는 생각이 날카롭게 가슴을 파고들었다. 직설적으로 말하고 자기 주관대로 살던 그녀가 나와 함께 살면서부터는 소위 상식이라 불리는 것들을 받아들이기 위해 나름대로 많이 노력했을지도 모른다는 생각이 비로소 들었다. 그래서 내 주변의 지인들은 유리가 무척 유쾌하고 성격이 좋은 사람으로 알고 있었다. 심지어 어떤 사람은 유리를 편안하게 여긴 나머지 자기 고민을 스스럼없이 털어놓기도 했다. 나 역시 유리가 과거에, 그러니까 내 동거인이 아니고 그냥 유리였을 때 어떤 사람이었던가를 한동안 잊고 지냈다. 그런데 집을 나간 지 일주일 만에 내 앞에 나타난 그녀는 아예 삭발을 해버림으로써 나에게 예전의 자신을 다시 환기시키고 있었다. 나와 함께 살면서 그나마 걸치고 있던 일말의 상식을 유리는 완전히 벗어던져버리고 말았던 것이다. 상식이라는 가면을 벗어버린 유리의 맨얼굴은 나에게 두려움을 안겨주었다. 헤어스타일의 변화보다 더 크고 중요한 어떤 변화가 유리에게 일어난 것이 분명하다는 생각이 머리를 스쳤다. 유리의 표정 역시 머리카락이 하나도 없는 머리통만큼이나 휑뎅그렁했다. 오래전, 그녀가 상식이라는 가면을 쓰기 전, 그러니까 나의 동거인이 아니라 그냥 유리였을 때 그녀는 내 마음에 구멍을 뚫어놓을 정도로 휑한 표정을 자주 짓곤 했다. 그뿐만이 아니라 그녀는 무겁고 진지했으며 주로 심각했다. 그런 유리의 모습을 곁에서 지켜볼 때마다 내 마음도 같이 힘들고 괴로웠다. 그런데 나와 함께 살면서부터 유리는 많이 달라졌다. 쾌활해졌고 친절을 베풀 줄 알았으며 무엇보다도 사람들에게 따뜻하게 굴었다. 나는 그런 유리의 모습이 가짜라는 것을 알면서도 그것이 진짜라고 믿고 싶었다. 그런데 집을 나간 지 여드레 만에 내 앞에 나타난 유리의 얼굴에서 상대를 편하게 해주려는 노력 따위는 아예 찾아볼 수가 없었다. 표정 없는 표정. 그래서 아무것도 짐작할 수 없는 유리의 얼굴은 그러나 무척 가볍고 홀가분해 보였다. 오랜 세월 동안 떠안고 있던 무거운 짐을 훌훌 벗어던져버린 사람 같았다. 가면을 쓰고 있는데도 불구하고 완전히 숨길 수는 없었던 그늘의 흔적도 찾아볼 수가 없었다. 요컨대 유리는 해맑아졌던 것이다. 그뿐만 아니었다. 유리에게서는 더 이상 성(性)도 느껴지지 않았다. 그녀는 여자가 아닌 것 같았다. 그것은 단지 표정에서뿐만 아니라 그녀의 존재 전체에서 느껴지는 분위기였다. 옷차림은 평소 그녀가 즐겨 입던 그대로였다. 보이시한 취향에 맞게 청바지 위에 흰색 면 티셔츠에다 검은색 점퍼 차림이었다. 외양적으로만 보면 삭발을 한 것 말고는 별로 달라진 것이 없는데도, 유리는 자신이 오랫동안 거주했던 어떤 세계를 완전히 박살내버리고 다른 세계를 맞이한 느낌을 주었다. 나로서는 쉽사리 짐작하기 어려운 유리의 또 다른 세계 앞에서 나는 막막하고 불안해졌다. 뭔가를 물어보고 싶었지만 쉽게 말문이 열리질 않았다.

그리고 무엇보다도, 여드레 만에 유리를 만난 내 심정은 그간의 복잡한 심사에도 불구하고 반가웠다. 절실하게 그리워하던 임을 만난 것처럼 마음이 설레기도 했다. 그래서 나는 함께 사는 동거인으로서 무책임하게 행동한 그녀를 질책하는 말은 단 한마디도 하지 않았다. 대신 유리를 걱정스러운 눈빛으로 쳐다보며, 몸은 괜찮아? 라고 만나

사마사 말했나. 그것만으로도 유리는 나의 진정과 배려, 그리고 나른 무엇보다도 그녀에 대한 그리움이 제일 컸던 내 마음을 알아주어야 만 했다. 그런데 유리는 내가 어떤 마음으로 자기를 마주하고 있는지 따위는 조금도 관심이 없어 보였다. 나는 내 진심을 전혀 아는 체하지 않는 유리를 환기시키기 위해, 더러 헛기침을 해보기도 했지만 유리 는 끝내 아무런 반응도 보이지 않았다. 숨소리만 듣고도 나를 짐작하 던 유리였다. 그 순간 내가 필요로 하는 것이 무엇인지, 또 불편해하 는 이유가 무엇 때문인지 소름이 돋을 정도로 기가 막히게 꿰뚫곤 하 던 유리였다. 그렇던 그녀가 완전히 딴사람이 되어 있었다. 특히, 나 와 함께 점심 식사를 할 때 유리의 모습은 약간 충격적이었다.

Y서점 앞에서 만난 우리 두 사람은 서점 바로 옆에 있는 중국음식 점에서 식사하게 되었다. 근사한 음식점까지는 못 되더라도 그런대로 분위기 있는 곳에서 식사할 생각이었는데, 유리가 대뜸 중국음식점 간판을 손으로 가리키며 그곳으로 들어가자고 말했던 것이다. 음식에 관한 한 까다로운 편이라 중국집 음식은 그다지 좋아하지 않던 그녀 였다. 그런데 무슨 일인지 유리는 간판에서 풍기는 분위기만 보아도 위생 상태가 좋지 않아 보이는 그곳으로 망설임 없이 들어갔다. 중국 집 안 상황은 짐작했던 대로였다. 점심 식사 손님으로 붐벼야 할 시간 대인데도 불구하고 그곳에서 식사하는 사람은 아무도 없었다. 배달을 위주로 하는 곳임이 분명했다. 여느 때 같았으면 분명히 내 팔을 슬그 머니 잡아당기며 그곳에서 나가자는 표시를 했을 유리가 조금도 개의

치 않고 테이블 하나를 차지해 앉았다. 벽면 한쪽에 설치되어 있는 텔레비전을 시청하고 있던 주인 남자는 계속해서 텔레비전에 시선을 고정한 채 플라스틱 물통과 물잔 두 개를 우리가 앉아 있는 테이블 위에 내팽개치듯 올려놓았다. 올려놓다가, 불현듯 움찔하며 유리를 쳐다보았다. 아니, 유리의 머리를 쳐다보았다. 머리카락이 하나도 없는 여자가 좀 당황스럽게 여겨졌던 모양이었다. 그러나 주인 남자는 유리에 대한 관심을 이내 거두고 다시 텔레비전을 보기 시작했다.

—나는 자장면.

유리가 말했다. 약속 장소인 Y서점 앞에 나보다 먼저 도착해 있었던 유리가 뒤늦게 나타난 나를 보자마자, 점심 안 먹었지? 하고 물은 다음 처음으로 내뱉은 말이었다. 말을 하는 유리의 시선은 중국집 주인 남자가 보고 있는 텔레비전 쪽으로 향했다. 텔레비전에서는 아시안게임과 관련된 뉴스가 방영되고 있었다.

—자장면 두 그릇 주세요.

나는 여전히 텔레비전 시청에 몰두하고 있는 주인 남자에게 말했다.

자장면이 나오기 전까지 무슨 이야기든 해보려고 했지만 유리는 대각선 방향으로 고개를 돌린 채 텔레비전에 몰두해 있었다. 손님이 없어서 그런지 자장면이 나오기까지는 오 분도 채 걸리지 않았다. 그런데 자장면을 먹는 유리의 태도가 어딘지 이상했다. 자장면이 담긴 그릇 가까이 바짝 입을 갖다댄 채 허겁지겁 먹는 모습이 흡사 몇 끼 굶은 사람 같아 보였다. 게걸스러워 보인다는 생각이 들 정도였다. 입가에 자장면의 자장이 잔뜩 묻은 것도 아랑곳하지 않았다. 평소에 지나치게 깔끔하게 굴던 유리와는 정반대의 모습이었다. 먹는 속도도 어찌나 빠른지 놀랄 정도였다. 나는 아직 반도 먹지 않은 상태였는데 유리의 자장면 그릇은 어느새 비어 있었다. 그뿐만 아니었다. 유리는 자장면을 다 먹어치운 다음 곧바로 트림을 했는데, 그 소리가 성정이 탁한 남자들이 거침없이 내는 트림 소리와 비슷했다. 마치 연극배우라도 된 것처럼 행동하고 있는 유리를 나는 놀란 심정으로 쳐다보지 않을 수 없었다. 하지만 유리는 멀쩡했다. 삭발한 여자가 게걸스럽게 음식을 먹는 모습은 아무래도 이상한 그림이었지만 그렇다고 유리가 미친 것처럼 보이지는 않았다. 왜냐하면, 미쳤다고 말하기에는 유리의 눈빛이 너무 초롱초롱했기 때문이었다.

　　—만두라도 더 시켜 먹을래?

어쩌면 실제로 몇 끼를 굶었을지도 모른다는 생각에 내가 물어보자 유리는 잘라 말했다.

　　—됐어.

그래서 나는, 이미 식사를 끝낸 유리를 앞에 앉혀놓고 남은 자장면을 마저 먹었다. 내가 자장면을 먹는 동안 다시 고개를 돌려 텔레비전을 보던 유리가 갑자기 흑, 소리를 내며 흐느꼈다. 나는 무슨 일인가 의아해하며 유리의 얼굴과 텔레비전을 번갈아 쳐다보았다. 텔레비전에서는 여전히 아시안게임과 관련된 뉴스가 방영되고 있었는데, 한국 여자 선수 중 한 명이 울면서 인터뷰를 하고 있었다. 인터뷰 내용에 의하면, 자신이 금메달을 따서 병상에 누워 있는 할머니 목에 걸어드리려고 했는데 그만 할머니가 돌아가시고 말았다는 거였다. 여자 선수와 할머니의 애틋한 사연이 나에게도 가슴 뭉클하게 다가왔다. 그러나 소리를 내어 흐느낄 정도는 아니었다. 그런데 유리는 텔레비전 속 여자 선수와 똑같은 심정이 되어, 아니 그것보다 더 격하게 슬픔을 느끼는 것 같았다. 평소에는 약간 드라이하게 감정 표현을 하던 유리였다. 그렇던 사람이 어떻게 저토록 변한 것인지 도무지 영문을 알 수 없었다. 뭐랄까, 유리는 본능 그 자체로 변해 있었는데, 집을 비운 일주일여 동안에 유리에게 무슨 일인가가 있었던 게 분명했다.

중국집에서 나와 카페로 자리를 옮긴 다음 나는 하고 싶은 이야기를 시작하기 전에 유리의 얼굴을, 그리고 눈을 잠시 동안 응시했다. 유리 역시 내 시선을 피하지 않고 똑바로 나를 미디보있다. 시음에는 대수롭지 않게 서로 쳐다보다가 나는 이내 어색함을 느꼈다. 그런 식으로 서로를 정면으로 직시하면서 마주 본 적이 별로 없었다. 그러나 유리는 어색해하는 기색이 전혀 없었다. 그럴수록 당황스러움을 감출 수가 없었던 나는 홍차가 담겨 있는 잔 쪽으로 서둘러 시선을 옮겼다.

　─어쩌다가 우리가…….

홍차를 마시기 위해 잔을 들면서 어렵게 말을 꺼내던 나는 더 이상 말을 잇지 못했다. 9월임에도 아직 여름 같은 날씨에 뜨거운 홍차를 주문한 것을 후회하며 나는 조심스레 잔을 입술에 갖다 댔다.

　─우리 그만 끝내자.

말의 내용도 충격적이었지만 그런 내용의 말을 씹던 껌을 뱉듯이 내던지는 유리가 놀라웠다.

'우리 같이 살자!'

그녀가 나를 좋아하는 것보다 내가 그녀를 더 좋아했음에도 불구하고 동거 이야기를 먼저 꺼낸 사람은 내가 아닌 그녀였다. 그뿐만이 아니라 그녀는, 그 말을 할 때도 조금도 망설이지 않고 단번에 거침없이 말했었다. 내 얼굴을 똑바로 쳐다보면서.

— 뭐라고?

칼로 자르듯 말하는 유리의 말투를 좋아했던 적이 있었다. 그러나 그만 끝내자고 하는 유리의 말은 내 심장을 찌르다 못해 도려내는 것과 같은 폭력에 다름 아니었다.

— 오래된 생각이고, 엄밀히 말하면 최시철 씨와는 상관없는 결정이야.

유리는 전화로 그랬던 것처럼 시철 씨가 아니라 최시철 씨라는 호칭으로 나를 부르면서 나와의 거리를 유지하려고 했다. 그리고, 나와 끝내려고 하는 것이 정작 나와는 상관없는 일이라고 말함으로써 그 모든 것이 내 탓이라고 말하는 것보다 더한 절망감과 모욕감을 나에게 안겨주었다. 그렇게까지 나오는 유리에게 나는 미친 듯이 화를 내어야 마땅할 터인데도 불구하고 무슨 일인지 맥이 빠지면서 화가 나지 않았다. 화가 나는 대신, 유리와의 관계를 이런 식으로 끝내서는 안 된다는 생각만 계속해서 머릿속을 맴돌 뿐이었다.

— 그 모든 결정이 나와는 상관없는 결정이다 이거지. 그렇지만 나는 절대 그럴 수 없어. 당신이 어떤 마음으로 그런 결정을 내렸는지 모르겠지만 난 아니야! 그런데 도대체 뭐가 불만인 거야?

말은 격하게 내뱉으면서도 마음 한쪽이 허허로운 것은 어쩔 수가 없었다. 그 모든 상황은 유리가 집을 나갈 때 이미 예고된 일이었을지도 몰랐다. 그러나, 그렇다 하더라도 나는 그 상황을 받아들일 수가 없었다.

　—두 사람 중 누구라도 끝내고 싶은 마음이 생기면 그 즉시 헤어지기로 한 동거의 조건, 기억 안 나?

　물론 나는 기억하고 있었다. 유리가 말한 그것은 우리가 처음 동거를 시작하면서 작성했던 동거의 조건 중 제일 첫 번째 항목이었다. 그렇기 때문에 새삼스레 따지고 말고 할 것도 없는 문제였다.

　—그렇다 하더라도 이유는 알아야 할 것 아냐.

　나는 급격히 의기소침해진 목소리로 말했다.

　—동거의 조건들이 이제는 다 기억하기도 어려울 정도로 계속해서 늘어난다는 사실이 우스워서 말이야.

　—무슨 말이야?

　—동거의 조건들이 점점 늘어난다는 것은 곧 우리 두 사람이 함께 살면서 불편한 것들이 그만큼 많아진다는 이야기 아니겠어?

　또박또박 말을 하는 유리는 조금 전 게걸스럽게 자장면을 먹어대던 유리와는 완전 딴판이었다.

　—처음부터 완벽하게 잘 맞는 관계는 없어. 서로 맞춰가려고 노력하는 건 자연스러운 과정이라고 봐.

　—내가 우리의 관계를 끝내야만 하겠다고 생각하게 된 것은, 최시철 씨와 함께 살아가기 힘든 이유가 너무 많은 것에 비해 반드시 함께

살아야 힐 이유는 하나도 없다는 사실, 바로 그것 때문이야.

　우리가 함께 살아야 할 이유를 하나도 발견하지 못했다는 유리의 말은 충격적이었다. 나로 말하자면, 나는 그 모든 문제에도 불구하고 단 한 가지 이유 때문에 유리와 함께 살고 싶었다. 내가 유리를 사랑한다는 것. 내가 생각하는 사랑을 어떤 식으로 정의를 내려야 하는지 혹은 어떤 말로 표현해야 하는지는 나도 알 수 없었다. 그러나 나는 유리를 사랑했다. 그렇기에 우리를, 아니 나를 불편하게 만들고 구속하는 동거의 조건들이 아무리 많이 늘어난다고 하더라도 나는 그것을 흔쾌히 감수할 수 있었다. 그런데 유리는 그렇지 못한 모양이었다.

　—최시철 씨로서는 느닷없는 상황으로 여겨질 수도 있겠지만 난 아니야. 나로서는 오래 견딘 거거든. 언제부턴가 최시철 씨는 나와는 상관없는 현실이었어. 하지만 나는 바로 포기하지 않았지. 내가 추구하는 자유도 최시철 씨라는 현실, 그 속에서 어떻게든 실현해보려고 노력했어. 어차피 세상이 나로서는 어찌해볼 수 없는 모순투성이라면 그런 모순투성이의 현실을 거부하기보다는 받아들이는 것이 최선이다. 그렇다면 내가 나에게 행사할 수 있는 유일한 자유는, 그 모순투성이의 현실을 어떻게 하면 좀 더 현명하고 지혜롭게 꾸려나갈 것인가를 모색하는 것, 바로 그것뿐이다, 라고 생각하면서 말이야. 그런데 이번에 깨달았어. 최시철 씨라는 현실은 결국은 내가 박차고 나갈 수밖에 없는, 그러니까 이미 내 속에서 폐기 처분된 지 오래된 현실이라는 사실을 말이야.

　유리가 하는 말의 진정한 의미가 무엇인지 따위는 알고 싶지도 않았다. 단지 나는 유리를 포기하고 싶지 않을 따름이었다.

— 내가 뭘 어떻게 하면 되는데? 내가 뭘 잘못했기에 이런 일이 생기게 된 건지 그 이유라도 알아야 할 것 아냐. 당신이 집을 나가고 없는 내내 그 이유에 대해 생각해봤어. 그런데 아무리 생각해봐도 모르겠어. 하지만 어쨌든 이렇게 되었고, 이렇게 된 이상 내가 노력해서 상황이 바뀔 수만 있다면 뭐든 해봐야겠지.

— 왜 노력하려고 하는데?

유리는 남의 일을 묻듯 무덤덤한 목소리였다.

— 그걸 몰라서 물어?

— 모르겠어.

진짜 모르겠다는 표정이었다.

— 왜긴 왜야. 당신과 헤어지고 싶지 않으니까 그런 거지.

— 왜 헤어지고 싶지 않은 건데?

또 그런 식이었다. 유리는 그늘에 가려져 있는 진실을 기어코 밝은 곳으로 끌어내 보여야 직성이 풀리는 성격이었다. 하지만 내가 생각하는 진실은 그런 것이 아니었다. 진실이란 그늘 속에 숨어 있을 때라야 진실일 수 있었다. 햇빛 아래 드러나버리고 나면 진실은 더 이상 진실이 아니게 될 것이다. 그런 점에서 나와 유리 생각은 너무 달랐다.

두 사람이 함께하는 한 우리는 서로에 대해 완전히 투명해야 한다. 특히 감정적으로. 서로에 대해 조금이라도 흔쾌하지 못한 구석이 생기면 밤을 새워 토론하는 한이 있더라도 감정적인 찌꺼기나 앙금을 말끔히 제거해야 한다는 것 또한 유리가 제시한 동거의 조건 중 하나었다. 그러나 그 조건은 아무래도 비현실적이었다. 서로 다른 유리와 내가 삐걱거리며 어긋나는 상황은 끊임없이 발생했고, 그럴 때마다 일일이 그것을 바로잡거나 해명하기란 불가능했다. 그런데 유리는, 나는 물론이고 자신 역시 완전히 발가벗어야만 하는 지경까지 사태를 몰아가기 일쑤였다. 바로 그것이 유리가 진실을 밝히는 방식이었다. 지금도 유리는 내 마음 깊숙이 들어 있는 진실을 기어코 꺼내서 보여 달라고 말하고 있는 것이다.

— 굳이 말을 하진 않았어도 내가 당신을 얼마나 좋아하는지는 당신이 더 잘 알 거 아니야.

사랑한다고 말했어야 했나, 생각하며 자책하고 있는 사이 유리의 또 다른 말이 나를 찔렀다.

— 최시철 씨의 감정은 가짜야.

결국 그거였다. 유리는 백 퍼센트 완전한 것이 아닌 것에 대해서는 전혀 인정하지 않았다. 그러므로 유리가 나에게 기대하는 것은 언제나 인간의 영역을 넘어서는 것이었다. 유리식대로 하자면, 그녀와 함께하는 매 순간 내 가슴은 그녀를 처음 만났을 때 그랬던 것처럼 흥분과 설렘으로 쿵쾅거리며 뛰어야 했다. 하지만 초등학교 시절 어머니의 불륜을 직접 목격한 이후부터 나는 어떤 것에 대해서도 백 퍼센트가 될 수 없었다. 이제 나에게 백 퍼센트는 죽음에 다름 아니었다. 아버지가 출장 목회를 가고 없는 집에 낯선 남자를 끌어들여 그 짓을 하고 있다가 아들에게 들킨 어머니를 목격한 나는 그 순간에 이미 한 번 죽었다. 죽음의 방식 중에 스스로 목숨을 끊는 자살이라는 방식도 있다는 사실을 열 살이라는 나이에는 미처 알지 못했기에 지금까지 살아 있지만, 인간에게 있어서 가장 소중한 어떤 것(그것이 무엇인지는 알 수 없지만)은 그때 이미 말살되고 말았다. 그러나 내 감정이 백 퍼센트가 아니라고 해서 유리를 사랑하지 않는다고 말할 수는 없었다. 어쨌든 유리는 내가 이 세상에서 유일하게 사랑하는 여자였다.

— 무슨 말인지 알아. 그런데 그건 당신이 잘못 생각하는 거야. 당신이 원하는 것과는 다를 수도 있겠지만 나는 내 식대로 당신을 좋아해. 당신에게 당신의 방식이 있는 것처럼 나도 내 생긴 모양대로 당신을 좋아한다구. 그러니까 제발 내 진심까지 왜곡하지는 말아줘.

— 하지만 이젠 소용없어. 최시철 씨는 나에게 이미 과거이니까.

과거라니, 그건 또 무슨 뜻이야?

— 그러니까 최시철 씨는 이제 더 이상 나와의 관계 속에 있는 사람이 아니라는 이야기야.

유리의 표현은 의혹을 불러일으키기에 충분했다. 그러나 나는 유리의 말 뒤에 숨겨져 있을지도 모를 어떤 진실을 굳이 캐고 싶지 않았다.

— 비록 잠시 헤어져 있긴 했지만 아직 우리는 엄연한 동거인이야.

— 그럴 수도 있겠지. 그러나 이제 내가 최시철 씨랑 함께 도모할 수 있는 것은 아무것도 없어.

유리의 말에, 그동안 그녀와 내가 함께 도모했던 것들이 과연 무엇이었나, 생각해보았다. 함께 밥을 먹고 잠을 잤다. 그리고 간혹 산책하거나 장을 보러 다니기도 했다. 동거하기 전에는 둘이 자주 영화나 전시회를 보러 다녔고, 술집을 전전하기도 했었다. 그런 것들을 일컬어 함께 도모했던 일이라고 말할 수 있는 것일까?

　—그럼 지금은 누구랑 도모하려고 하는 건데?

　말을 내뱉는 순간 이건 아니다 싶었지만 이미 엎질러진 물이었다. 아니나 다를까 유리는 기막혀하는 표정을 지으며 나를 쳐다보았다. 유리의 그런 표정은 늘 나를 자극했다. 유리의 표정에 갑자기 돌변한 나는 될 대로 되라는 심정으로 화를 내면서 폭언을 쏟아냈다.

　—그래! 늘 당신이 말했듯이 나는 이런 수준이야. 하지만 내가 볼 때는 괜히 그럴듯하게 포장하면서 고상한 척하는 당신은 위선적으로밖에 보이지 않아. 그러니까 당신 말은, 이제 내가 싫어졌다는 얘기 아냐. 그래서 결국…….

　어떤 일이 있어도 상대에게 화를 내거나 언성을 높이지 말 것, 이라는 항목은 동거의 조건 중 두 번째 항목에 속하는 것이었다. 그러니까 동거의 조건 중 그만큼 중요하고 비중이 높은 항목이라는 뜻이었다. 알면서도 나는 참을 수가 없었다. 동거의 조건 따위는 이제 아랑곳하지 않는 내 태도를 싸늘한 시선으로 바라보던 유리가 말했다.

　—내가 최시철 씨 아닌 다른 남자를 사랑하게 되었다, 뭐 그런 의심을 하는 모양인데……. 하기야 그럴 수도 있겠네. 그런데 내가 최시철 씨와의 결별을 결심하게 된 것은 그런 현실적이고 구체적인 이유 때문이 아니야.

　—그럼 뭔데?

　—…….

　유리의 얼굴 위로 어두운 그림자가 드리워졌다. 나는 유리를 덮친 어둠의 정체를 전혀 짐작할 수 없었다. 유리와의 어쩔 수 없는 간극을 안타까워하면서 나는 다른 쪽으로 말머리를 돌렸다.

― 일주일씩이나 어딜 다녀온 거야?

― 히말라야.

― 누구랑 같이 간 거야?

― 혼자.

― 갑자기 히말라야는 왜?

― 오래전부터 가보고 싶었던 곳이었어.

― 혼자 하는 여행이 두렵지 않았어?

― 두려움보다는 외로움을 느꼈지.

― 외로움이라니?

― 혼자 여행을 하면서 제일 먼저 맞닥뜨린 것이 바로 외로움이었어. 외로움은 혼자 여행하는 내내 나를 따라다녔지. 나는 곳곳에서, 매 순간 외로웠어. 그런데 그 외로움은 관념이나 추상으로 존재하는 그런 외로움이 아니었어. 그러니까 나는 생생한 외로움의 실체와 맞닥뜨렸던 거야. 예컨대, 낯선 여행지에서 석양을 바라보다가 혹은 도무지 입에 맞지 않는 딱딱한 빵을 입에 넣어 우물거리다가도 느껴지는 한없이 쓸쓸한 느낌. 그건 분명 외로움이었어. 때로 외로움은 참기 어려울 정도로 나를 고통스럽게 만들기도 했어. 누군가와 함께 있는 것이 아니라 오로지 나 혼자 있다는 사실은 외로움을 넘어 공포를 불러일으킬 정도였어. 그럴 때 내 머릿속에 떠오른 사람은 다른 누구도 아닌 최시철 씨었어. 견디기 힘들 정도로 간절하게 최시철 씨가 그리

웠어. 보고 싶다거나 사랑한다거나 하는 그런 감정과는 비교도 안 될 정도로 절실한 감정이었어. 그 순간 내 곁에 다른 누구도 아닌 최시철 씨가 있어주었으면, 하고 바랐어. 그것은 최시철 씨와 함께 살면서는 한 번도 느껴보지 못했던 강렬한 감정이었어. 그런데 이상한 것은 말이야. 여행을 떠나기 전까지만 해도 나는 최시철 씨를 떠나 혼자 살아야겠다는 생각을 한 건 아니었거든. 그냥 내가 좀 달라졌고, 어디론가 떠나고 싶다는 막연한 느낌이 들었을 뿐이었지. 그런데 여행 내내 나를 따라다니며 힘들게 했던 그 외로움을 처절하게 겪고 난 지금, 나는 최시철 씨 없이 혼자 살아야겠다는 생각을 분명히 하게 된 거야. 의식할 필요조차 없이 당연하던 어떤 것이 의식되는 순간 당연하지 않은 것이 되고 마는 그런 식으로 말이야. 여행을 떠나기 전까지만 해도 최시철 씨는 내 어머니처럼 나에게 당연한 존재였어. 비록 우리가 동거라는 임시적인 관계로 살고 있었다 하더라도 말이야. 그런데 여행을 다녀온 이후, 그러니까 그 외로움 속에서 최시철 씨를 절실하게 원했던 그 순간을 경험한 이후, 최시철 씨는 더 이상 나에게 당연한 존재가 아닌 것으로 되어버린 거야. 그건 그렇고, 아무튼 외로움이 주는 고통은 상상하지 못할 정도로 끔찍했음에도 불구하고 그렇다고 해서 뭐가 잘못되거나 달라지는 건 없었어. 그냥 그럴 뿐이었지. 곳곳에 널린 외로움에도 불구하고 지금 나는 멀쩡히 살아 있고, 앞으로도 그렇게 살아가겠지. 그뿐만이 아니라, 정작 외로움의 순간은 진정한 나 자신과 가장 가까워지는 그런 순간이기도 했어. 외로움은 생각으로서가 아니라 온몸으로 체험되는 그런 것이었으니까. 그리고 외로움을 느끼는 그 순간만큼은 순수한 외로움 외에 다른 아무것도 내게 없었으니까. 외로움이 왜 순간순간 나를 덮치는가 하는 의문은 여전히 풀리지 않은 채 남아 있지만 어쨌든 지금은 외로움은 그냥 외로움일 뿐이라는 생각이 들어. 어쩌면 지금 이 순간에도 나는 외로움을 느끼고 있을지도 몰라. 아무튼 그런 극단적인 외로움을 체험하고 나니까 외로움이라는 것이 누구와 함께 있다고 해서 해결되는 것이 아니라는 사실을 분명히 알겠다는 거야.

나와 함께 한집에 살면서도 그녀가 외로움을 느꼈던 것인지 궁금했다. 그러나, 그럴 리 없다고 나는 생각하고 싶었다. 함께 살면서 상대를 외롭게 만드는 행동은 될 수 있으면 하지 말자는 것은 동거의 조건 중 세 번째 항목에 속하는 것이었다. 그러니 나는 그것이 세 번째 항목으로 제기될 만큼 중요한 동거의 조건이라서 그것을 지켜야겠다고 생각한 건 결코 아니었다. 그녀를 사랑하게 되면서부터는 누가 시키지 않아도 스스로 내 마음이 언제나 그녀 곁에 있었으므로 일부러 그것을 지키고 말고 할 것도 없었다. 때문에 지금, 그녀가 집을 나가 있는 지금도 내 마음만은 늘 그녀 곁에 있다고 나는 자부할 수 있었다. 내가, 그녀가 없는 집을, 그리고 그녀가 없는 일상을 견딜 수 있었던 것도 내 마음속에 여전히 그녀가 자리 잡고 있었기 때문이었다. 그러므로 나는 그녀를 사랑하기 시작한 이후부터는 더 이상 외롭지 않았다. 특히 그녀와 동거를 시작하면서부터는 그녀와 내가 두 사람이 아닌 한 사람이라고 생각하며 살았다. 그것은 생각 이전의 마음이었다.

— 나와 함께 살면서도 외로움을 느꼈어?

나는 신심으로 궁금했다.

—글쎄…… 지금 같은 이런 순간에 특히 그랬겠지. 내 말을 최시철 씨는 이해할 수 없고, 나 역시 최시철 씨를 이해하기 어려운 이런 순간에 말이야.

—서로 사랑하는 마음만 있다면 설사 서로를 다 이해하지 못하더라도 문제 될 게 없는 거 아냐?

—최시철 씨가 생각하는 사랑은 어떤 건데?

—그냥 함께 있고 싶고, 함께 있는 것만으로도 행복하고 뭐 그런 것 아니겠어?

—그럴 수도 있겠네.

—당신은 사랑이 뭐라고 생각해?

—사랑에 대한 내 생각은 시기마다 조금씩 달랐던 것 같아. 십 대 때는 감상적인 어떤 감정을 사랑이라고 느꼈던 것 같아. 좀 더 깊이 들어가 보면 성적인 문제도 물론 포함되어 있었겠지만 말이야.

—그러면 십 대 때 이미 그런 감정을 느끼게 한 남자가 있었다는 얘기야?

질문이 유치하다 생각하면서도 나는 물었다.

—있었지.

내가 유리를 처음 본 것은 유리가 스무 살이 훨씬 넘었을 때였다. 그러므로 십 대 때의 유리가 사랑의 감정을 느꼈던 대상과 나를 비교할 수는 없는 상황이었다. 그런데도 나는 약간의 질투심을 느끼지 않을 수 없었다.

―두세 명쯤. 물론 가벼운 에피소드였지. 그러나 정작 그 당시에는 매번 내 마음을 온통 다 빼앗길 정도로 상대 남학생들에게 몰두했던 것 같아, 우습게도 말이야.

　유리가 한 말은 충격적이었다. 물론 그럴 수 있는 일이었다. 나도 십대 때, 교회에서 만난 여자애들 중 몇몇에게 마음을 뺏긴 적이 있었다. 그러나 나는 그런 이야기를 유리처럼 아무렇지도 않게 할 수 있는 사람이 아니었다. 그것은, 거짓말을 하자는 것이 아니라 유리를 사랑하기 때문이었다. 사랑하는 사람의 마음을 상하게 할 만한 이야기는 가능하면 하지 않는 것이 옳다고 나는 생각하는 것이다. 그뿐만이 아니라, 때로는 상대의 마음을 보호해주기 위해 어쩔 수 없는 거짓말도 필요하다고 나는 생각하는 사람이나. 또, 곧이 쓸데없는 이야기를 해서 유리에게 내 이미지를 나쁘게 심어줄 필요도 없었다. 그런 점에서 보면 유리는 실수하고 있는 것이었다. 유리의 충격적인 고백은 내가 그동안 유리에게 품고 있었던 좋은 마음을 오로지 손상시켰을 따름이었다. 내가 생각하는 유리는 도도하고 아무 남자나 거들떠보지 않는 그런 여자였다. 그런데 유리의 고백을 듣고 나니 실망스러웠다. 그리고 무엇보다도 유리의 그런 고백은 우리 관계를 치명적으로 훼손시켰다.

　내가 그랬듯이 유리도 나 외에 이런저런 사랑을 경험해보았을 것이다. 그렇지만 우리는 서로에 대해 착각할 필요가 있었다. 오로지 우리의 사랑만이 순결한 사랑이라고. 그래서 나는 유리의 다른 사랑들에 대해서는 아예 상상도 하지 않았다. 그런데 유리는 그런 의도적인 나의 착각마저도 용납하지 않겠다는 듯이 자신의 남성 편력을 거침없이 드러내 보인 것이다.

　— 우리 교회에 처음 왔을 때는 어땠어?

　이런 이야기가 우리의 관계 회복에 별 도움이 되지 않을 것이라는 판단에도 불구하고 나는 궁금증을 누를 수가 없었다.

　— 십 대 때, 사랑이라고 막연하게 생각했던 감정에 정신적인 것이 좀 더 가미되었다고 할까. 이십 대 때는 정신적으로 깊이 교감할 수 있는 상대를 더 원했던 것 같아. 지적 동반자 같은 것? 물론 그 이면에도 당연히 성적인 욕망이 내포되어 있었겠지만 말이야.

　이십 대의 유리가 진정으로 원했던 사랑의 대상이 내가 아니었다는 것은 굳이 확인하지 않아도 알 것 같았다. 나는 유리를 정신적으로 완전히 만족시켜줄 수 있는 상대가 결코 아니었다. 그렇다면 그 시절, 나는 그녀에게 무엇을 충족시켜줄 수 있는 상대였단 말인가?

　— 나는 당신의 지적 동반자는 결코 아니었던 것 같은데?

　나는 위험을 무릅쓰고 물었다.

　— 그렇게 생각해? 그렇지만 최시철 씨는 따뜻한 사람이었어. 그리고 내 말을 잘 들어주는 사람이었지. 그 무렵 내 마음속에는 많은 말들이 들끓고 있었거든. 그런데 이상하게도 말이야, 최시철 씨를 만나면 내 속에 있던 수많은 말들을 거르지도 않은 채 마구 하게 되는 거야. 그것은 좀 색다른 경험이었어. 훨씬 더 많은 이야기를 나눌 수 있는 상대들이 그때 내 주변에 많았는데도 이상하게 최시철 씨에게처럼 그렇게 있는 그대로의 나를, 그리고 내 말을 할 수 있었던 사람은 없었던 것 같아. 그건 지금도 마찬가지야. 나는 세상 어떤 사람에게보다

최시철 씨에게 가장 많은 이야기를 하게 되는 것 같아. 나를 받아주는 느낌 때문이겠지. 아무튼 최시철 씨는 이성적으로가 아니라 감성적으로 나를 받아들이는 것 같았어. 최시철 씨에게는 그런 모습이 있어. 모든 사람에게 다 그러는 건 아니겠지만 경우에 따라서는 사람을 깊이 받아들이기도 하는 진정한 어떤 측면이 말이야.

— 그런데 어째서 집을 나간 거야?

나는 묻지 않을 수 없었다.

— 이제는 그런 것이 더 이상 내 삶의 중요한 문제가 아니기 때문이겠지.

— 무슨 뜻이야?

남자와 여자 혹은 남자와 여자의 관계, 이런 것들이 이제는 나에게 아무런 의미가 되지 못한다는 이야기야. 그러니까 나는 이제 최시철 씨의 여자로서 살 마음이 전혀 없다는 거지. 물론 최시철 씨가 나에게 남자로서의 의미만으로 존재했던 것은 아니야. 따뜻한 동반자이기도 했지. 그런데 말이야. 최시철 씨와 함께 살면서 나눌 수 있는 진정한 부분은 지나치게 적은 데 반해, 최시철 씨와 함께하기 위해 치러야만 하는 대가는 너무 크다는 점이 문제인 거야.

— 나와 함께 살면서 당신이 치러야만 했던 대가라는 것이 도대체 어떤 것들이었어?

— 시간. 최시철 씨와 함께 조화를 이루며 살아내기 위해 내가 감수하고 낭비해야만 했던 것 중 가장 소중한 것은 나의 시간이었어. 동거인이라는 관계가 치명적인 것은, 두 사람이 싫어도 함께 해야 할 일

들이 너무 많다는 점이야. 나는 결코 원하지 않는 상황임에도 불구하고 최시철 씨와 함께 살아야 하기 때문에 어쩔 수 없이 해야만 하는 것들은 내가 일일이 열거하지 않아도 될 만큼 무수히 많아. 물론 최시철 씨도 마찬가지겠지. 최시철 씨가 자발적으로 원해서가 아니라 나를 위해서 혹은 나 때문에 최시철 씨의 시간을 소비해야 했던 경우가 한두 번이 아니었을 거야. 그리고 어떤 사안에 부닥칠 때마다 반드시 서로 합의를 보아야만 한다는 점도 나로서는 힘든 부분이었어. 예컨대 집안에 필요한 물건 하나를 사는 데 있어서도 최시철 씨와 나의 취향이 서로 다를 경우에는 어떻게든 합의를 보아야만 하는 거잖아. 그렇다고 한 개면 족할 물건을 각자의 취향대로 두 개씩이나 집에 갖다 놓을 필요는 없는 거니까 말이야. 아무튼 어떤 사안에 대해 두 사람이 합의를 보기 위해서는 어느 정도의 시간을 서로 낭비하지 않을 수 없는 거잖아. 특히 두 사람 사이에 어떤 마찰이나 갈등이 생겼을 경우, 가장 최악의 시간 낭비를 하지 않을 수 없게 되는 그런 상황도 견디기 힘들었어. 그럴 때는 시간 소모는 물론이고 육체적으로 그리고 정신적으로도 많이 피폐해지기 일쑤잖아. 그렇다고 두 번 다시 그런 마찰이나 갈등이 일어나지 않을 거라는 보장도 없는 것이고 말이야. 어쨌든 동거는 아주 작은 행복을 얻기 위해 너무 많은 것을 투자해야만 하는 비효율적인 관계라는 생각이 들어. 그것도 치명적으로 비효율적인 관계인 것 같아. 그리고 최시철 씨와 함께 살기 위해서 해야만 하는 거짓말들로부터도 나는 해방되고 싶어. 최시철 씨에게, 또 최시철 씨와 관계된 사람들에게 내가 할 수 있는, 아니 해야만 하는 말은 모두가 다 진실이 아닌 거짓에 불과해. 예의에 어긋나지 않는 그럴듯한 말을, 혹은 상대가 듣기를 원하는 말만을 하기 위해서는 거짓말을 하지 않을 수 없었거든. 최시철 씨와 함께 살면서 최시철 씨와 관련된 사람들에게 만약 내가 거짓이 아닌 진실만을 말했더라면 아마도 최시철 씨는 진즉에 나를 견디지 못했을 거야. 그래서 최시철 씨가 먼저 결별하자고 나에게 말했을지도 모르지.

— 그럴 수도 있겠지. 하지만 그런 일은 일어나지 않았고, 그래서 나는 당신에 대해 별다른 불만이 없어. 그리고, 당신이 그럴 마음이 있건 없건 간에 당신은 엄연한 여자이고 나는 아무리 부정하고 싶어도 남자일 수밖에 없어. 이런 문제는 자연처럼 자연스러운 거야. 또한, 그 모든 어려움에도 불구하고 남자와 여자는 서로 함께할 때 더 안정감 있게 살아갈 수 있다고 난 생각해. 그러니까 생존의 측면에서 보아도, 남자 혼자 혹은 여자 혼자 사는 것보다는 서로 기대면서 살아가는 것이 두 사람 모두에게 훨씬 유리하지 않겠어? 그런데 이런 현실을 부정하고 도대체 당신이 살고자 하는 삶은 어떤 건데?

— 누구의 동거인으로서 혹은 누구의 딸로서 또는 누구의 무엇으로서가 아니라 오로지 나 자신으로 살고 싶어.

— 거듭 묻는 거지만 당신이 원하는 그 삶이란 것이 반드시 집을 나가서 혼자 살아야만 가능한 거야? 그런 거야?

— 내가 원하는 삶이 반드시 집을 나가야만 가능한 그런 것이라서가 아니라 이제 나는 나 아닌 타인과 함께 살아가는 그런 틀을 더 이상 수용하기 어려운 존재로 바뀌어버렸기 때문이야.

— 이런 질문, 정말 자존심 상하는 질문인데…… 그럼 이제 당신은 나를 조금도 사랑하지 않는다는 뜻이야?

　　— 최시철 씨가 생각하는 의미의 그런 사랑 혹은 그런 사랑의 감정은 이제 나에게 없어. 나도 그 문제에 대해 오래 고민해봤어. 나에게 남자란 어떤 의미일까 하는 문제에 대해서 말이야. 나도 처음에는, 내가 남자에게 이끌리는 그러니까 소위 사랑이라고 말하는 그런 종류의 감정이 절대적이고 필연적인 어떤 감정인 줄 알았어. 그런데 그게 아니었어. 생각하면 할수록, 아니 아무런 편견 없이 자연 상태 그대로의 나를 느껴본 바에 의하면 그건 명백히 실체가 없는 어떤 감정이었어. 학습된 내가 아닌 본능 그대로의 나에게, 남자는 반드시 이끌려야만 하는 그런 대상이 아니었던 거야. 그냥 너이고 혹은 그 사람일 따름이었지. 돌이켜보면 내가 남자들에게 가장 기대했던 것은 어처구니없게도 진정한 교감이었어. 그런데 말이야 최시철 씨. 내가 진정한 교감을 나누고 싶어 찾아야만 하는 대상이 반드시 남자일 필요는 없는 거잖아. 그것은 상대가 여자든 남자든 아무런 상관이 없는데도 불구하고 나는 막연히 남자를 갈망했던 거야. 그런데 참 아이러니한 것은, 사실상 남자는 진정한 교감을 나누기에는 전혀 적절한 상대가 아니라는 점이야. 여자와 남자가 서로에게 끌리는 첫 번째 이유가, 상대가 얼마나 매력적인 이성인가 하는 것에 포인트가 맞춰져 있는 한 두 사람은 영원히 여자와 남자로 만날 수밖에 없는 거더라고. 나 역시 마음에 드는 남자를 발견했을 때 상대 남자에게 무엇보다도 매력적인 여성으로 보이기 위해 애를 쓰곤 했으니까 말이야. 그런데 그렇게 시작된 관계

는 상대에게서 이성으로서의 매력을 더 이상 느끼지 못하게 되면 끝나고 마는 거잖아. 이 세상의 많은 부부가 결코 행복하지 못한 결혼생활을 영위하고 있는 것도 결국은 그런 맥락 때문일 거야. 서로 남자와 여자로 만나 사랑 어쩌고 하며 결혼까지 했는데, 그런 사랑의 감정 혹은 호감이라는 것의 유효기간이 끝나고 나면 그때부터 두 사람의 결혼생활은 억지스러워지는 거지. 아이 때문에 혹은 도리나 책임 때문에 혹은 혼자 살아갈 자신이 없어서 이미 타락해버린 결혼생활을 억지로 유지해나가는 부부들이 수도 없이 많잖아. 최시철 씨 또한 나에 대한 이성으로서의 감정적인 순결은 없어진 지 오래잖아?

— 그건 또 무슨 말이야?

— 기억 안 나? 언젠가 젊은 부부 동반 교수 모임에 우리도 참석한 적 있었잖아. 그때 최시철 씨는 오모 교수의 부인을 처음 본 순간부터 내내 그녀에게 정신이 팔려 있었어. 그녀는 여자인 내가 봐도 반할 만큼 눈에 띄는 미모였지. 그날을 기점으로 최시철 씨의 나에 대한 사랑은 훼손되고 말았지. 그날 이후 나는 최시철 씨를, 아니 최시철의 사랑을 더 이상 믿을 수가 없었어. 어쩌면 우리의 동거 관계는 그때 이미 끝난 것인지도 모르지. 금이 간 사랑을 바탕으로 하는 남녀 관계는 모래 위에 지어져 있는 집과 같은 것이니까.

나도 기억이 났다. 오 교수의 아내를 처음 보았을 때의 내 느낌, 그리고 바로 그 순간 유리와 내 눈이 마주치면서 유리가 지어 보였던 이상한 미소까지. 그뿐만이 아니었다. 내 마음 한가운데를 슥 베어놓을 정도로 야릇하기 짝이 없는 웃음을 흘린 나음 유리가 나에게 보여주었던 일련의 도발적인 행동들. 유리는 그날, 내가 한 번도 본 적이 없는 가면 하나를 나에게 보여주었던 것이다. 아니, 어쩌면 그것은 가면이 아니라 유리의 실제 모습 중 하나였을지도 몰랐다.

그때 나는, 눈이 번쩍 뜨일 정도로 미인이었던 오 교수의 부인을 발견하자마자 나도 모르게 마음을 온통 빼앗기고 말았다. 유리를 처음 보았을 때 느꼈던 감정과는 비교도 안 될 정도로 강렬한 감정이었다. 하지만 그것은 딱히 먹은 마음이 없는 순수한 감정 그 자체였기 때문에 유리에 대해 미안한 마음을 가지고 말고 할 것도 없었다. 그런데 바로 그 순간 유리와 내 눈이 마주쳤고, 유리는 해석하기 어려운 눈빛으로 나를 쳐다보며 묘하게 미소 지었다. 유리의 석연치 않은 눈빛과 미소가 마음에 걸렸음에도 불구하고 그날 내 마음과 시선은 자꾸만 오 교수의 아내에게로 향했다. 그렇다고 그녀와 뭘 어떻게 해볼 생각이 있었던 것은 결코 아니었다. 나도 모르게 자꾸만 그녀에게 이끌렸던 것이다. 그래서 오 교수 부인 곁을 계속 맴돌면서 관심을 보이고 있는데, 낯익은 여자의 웃음소리가 나를 일깨웠다. 유리였다. 유리의 웃음소리는 상당히 낯익은 그것이었음에도 불구하고 몹시 과장되게 여겨졌다. 그때 유리는 동료 교수 중 한 명인 하 교수와 이야기를 나누고 있었는데, 대화를 하는 두 사람의 모습은 무척 친근해 보였다. 하 교수는 나와 비슷한 또래임에도 결혼하지 않은 채 혼자 사는 독신남이었다. 외모도 준수한 편인 데다가 실력도 제대로 갖추었으며 인격적으로도 별반 하자가 없는 사람이었으므로 남자인 나도 매력을 느낄 만한 남자였다. 유리와 내가 함께 사는 우리 집에도 두어 번 들른 적이 있었으니까 유리가 하 교수와 단둘이 이야기를 나누고 있는 것을 이상하게 여길 만한 상황은 아니었다. 그런데도 나는 자꾸만 신경이 쓰였다. 그래서 그랬는지 오 교수 부인에게 이끌리던 내 감정은 약간 산만해진 상태였다. 나는 오 교수 부인 곁에 여전히 머물러 있으면서 한편으로는 유리와 하 교수 쪽으로 신경을 곤두세우고 있었다. 그러다가 어느 순간 돌아보니 하 교수와 유리가 보이지 않았다. 두 사람이 사라진 사실을 알아차린 그때부터 나는 오 교수 부인은 안중에도 없고 유리를 찾아야만 한다는 생각에 온통 사로잡히고 말았다. 그러나 유리와 하 교수는 모임 장소 어디에서도 발견할 수 없었다. 두 사람이 함께 그곳을 빠져나간 게 틀림없나. 유리의 핸드폰으로 건화를 헤보았지만 신호음이 수십 번도 넘게 울렸음에도 유리는 전화를 받지 않았다. 그렇다고 하 교수의 핸드폰으로 전화를 걸어 유리와 함께 있는 것이냐고 물어볼 수는 없는 노릇이었다. 그때부터 내 마음은 지옥의 구렁텅이에 빠진 사람처럼 허우적대기 시작했다. 그렇지만 모임이 끝나지도 않았는데 느닷없이 집으로 돌아갈 수도 없고 해서 나는 오로지 모임이 끝나기만을 기다리며 와인 서너 잔을 연거푸 마셨다.

타들어가는 심정을 애써 억누르고 있다가 드디어 모임이 끝나고 집으로 돌아갈 수 있게 된 나는 집으로 돌아가는 길 내내 유리의 핸드폰으로 여러 차례 전화를 걸었다. 하지만 유리는 끝내 전화를 받지 않았다. 어떻게 집으로 가게 되었는지도 모르게 정신없이 집으로 돌아간 나는 불이 꺼진 채 잠겨 있는 집 안으로 들어서면서 절망감을 느끼지 않을 수 없었다. 혹시나 했는데 역시 유리는 모임 장소에서 빠져나가 집으로 온 게 아니었다. 그렇다면 도대체 어디로? 그럴 리 없다고 생각하면서도 불안한 마음을 떨칠 수 없었다. 그 시각까지 하 교수와 함께 있을 리 없다, 생각하면 할수록 자꾸만 더 의혹이 커지는 것도 어쩔 도리가 없었다.

집 안으로 들어선 나는 옷도 갈아입지 않은 채 우두커니 소파에 앉아 있었다. 그러다가, 불안한 마음이 참을 수 없을 정도로 다시 고개를 치켜들어 앉아 있던 소파에서 벌떡 일어나 거실을 서성이며 계속해서 유리에게 전화를 걸었다. 유리가 집 안으로 들어선 것은 내가 집으로 들어온 지 십여 분이 지나서였다. 자정을 오 분 정도 앞둔 시각이었다.

— 도대체 어디 갔다가 이제 온 거야?

현관에서 막 신발을 벗으려고 하는 유리에게 내가 버럭 소리를 질렀다. 그러나 유리는 전혀 개의치 않는 것 같았다. 평소보다 훨씬 차분한 모습으로 신발을 벗은 다음 거실로 들어선 유리는 여전히 거실 한가운데에 서 있는 나를 향해 천천히 다가왔다. 내 코앞에까지 다가온 유리에게서 술 냄새가 훅 풍겼다. 유리는 술을 즐길 줄 알지만 과하게 마시는 여자는 아니었다. 그런데 그날은 여느 때보다 좀 많이 마신 것 같았다. 그렇다고 해서 행동이 흐트러지거나 하지는 않았다.

— 시철 씨도 제법 마셨나 보네. 나도 오늘 좀 마셨어.

내 얼굴 가까이 자기 얼굴을 들이대며 말하는 유리의 눈빛이 복잡했다. 그러나 유리의 눈빛이 의미하는 바를 정확하게 읽기는 어려웠다. 하 교수와 여태까지 함께 있으면서 술을 마신 것이냐고 묻고 싶었지만 나는 묻지 않았다. 도발적인 유리가 자칫 내가 알고 싶어 하는 진실 이상의 진실까지 말해버릴지도 모른다는 두려움에서였다. 만약 그렇게 된다면 나는 유리와 헤어져야만 할 것인데, 그것은 내가 원하는 바가 결코 아니었다. 그런데도 나는 하 교수와 유리가 함께 나누었을 시간과 감정 혹은 또 다른 그 무엇에 대한 질투심을 억누르기는 어려웠다.

— 왜 그렇게 술을 많이 마신 거야?

나는 하 교수와 어쩌고 하는 말은 입 밖에도 내지 않고 넌지시 물었다. 내가 그렇게 물었을 때 유리는 비웃는 듯한 표정을 지으며 말했다.

— 내가 술 마시고 들어온 이유를 진짜 몰라서 그렇게 묻는 거야?

유리의 말에 나는 아까 모임 장소에서 유리가 나에게 보여주었던 그 눈빛과 미소를 떠올렸다. 유리는 오 교수 부인에 대해 질투를 느꼈던 게 분명했다. 유리가 술을 마신 이유를 나는 알아차렸지만 모른 척하고 싶었다. 아니, 모른 척하고 싶었다기보다는 즐기고 싶었다. 유리가 나 때문에 다른 여자에게 질투심을 느꼈다는 사실이 나쁘지 않았기 때문이었다. 유리가 질투심을 느낀다는 것은 곧 그만큼 나를 사랑한다는 의미라고 나는 생각했다. 그래서 나는 유리가 기분 나빠하는 이유를 전혀 모르겠다는 표정을 지으며 계속해서 왜 그러는 것이냐고 물었다. 그러자 유리가 냉담하기 짝이 없는 차가운 미소를 지어 보이며 내뱉었다.

— 우리 그만 끝내자.

순간 나는 얼음물을 뒤집어쓴 사람처럼 정신이 번쩍 들었다.

— 갑자기 왜 그러는 건데?

— 진짜 몰라서 묻는 거야?

나는 망설이지 않을 수 없었다. 내가 눈치챈 사실들에 대해 아는 체를 해야 하는 것인지 아니면 계속 모른 척하며 밀고 나가야 나에게 유리한 쪽으로 상황이 전개될 것인지 얼른 판단이 서지 않았다. 그래서 대답하지 못하고 우물쭈물하고 있는 사이 유리가 다시 말했다.

— 시철 씨가 나를 곁에 두고도 다른 여자에게 관심을 가지는 모습, 솔직히 기분 좋지 않았어. 좀 더 정확하게 말하면 충격적이었어. 안 믿을지 모르겠지만 시철 씨와의 동거를 결심하면서부터 나에게 남자는 오로지 시철 씨 한 사람밖에 없다, 생각하고 살았거든. 바로 그것이 우리가 동거생활을 시작하게 된 가장 근본적인 이유라고 나는 생각했던 거지. 우리가 함께 사는 한은 다른 이성에게 한눈을 판다거나 딴마음을 품지 말아야 한다는 항목을 동거의 조건에 굳이 포함시키지 않은 것도 바로 그 때문이었어. 그것은 동거의 조건 어쩌고 할 필요조차 없는 조건이었으니까 말이야. 그런데 시철 씨가 그 불문율을 깨뜨린 거야. 그것도 내가 엄연히 지켜보고 있는 상황에서 말이야. 아무튼, 그런 시철 씨의 모습을 목격한 나는 너무 놀랐고 동시에 시철 씨에 대한 내 마음은 산산조각이 나고 말았지. 그뿐만이 아니라 시철 씨는 그렇게 상처 난 내 마음을 뻔히 짐작하면서도 안쓰러워하거나 미안해하기는커녕 오히려 즐기고 있는 것 같아. 나의 질투심을 자극하고 구경하면서 시철 씨에 대한 나의 사랑을 확인하려고 했던 것

이라면 그건 계산 착오야. 시철 씨의 그런 심리와 행동으로 인해 얻게 되는 것은 아무것도 없을 테니까. 아니, 시철 씨는 바로 그런 것들 때문에 정말 소중한 것들을 잃게 될지도 몰라.

— 말도 안 되는 소리 하지 마!

나는 속으로 뜨끔하면서도 우기듯이 말했다.

— 시철 씨의 이런 행동, 정말 실망스러워. 적어도 자기를 속이지는 말아야 하는 것 아니야?

유리는 자기가 분석한 모든 정황에 대해 확신하는 듯한 표정을 지으며 말했다.

— 그래, 당신 말이 다 맞았다고 해. 그렇다고 해서 그게 우리 관계를 끝내자고 할 만큼 내가 잘못한 건 아니잖아? 그리고 말이 나왔으니까 하는 얘기인데, 나라고 당신에게 실망한 점이 없는 줄 알아? 그렇지만 나는, 둘이 사랑하는 사이라면 상대방의 흠이나 단점까지도 감싸 안을 수 있어야 한다고 생각하기 때문에 더러 거슬리는 모습이 당신에게서 발견되더라도 일일이 따지지 않고 그냥 넘어가곤 했어. 그런데 당신은 어느 한 가지도 그냥 넘어가는 법이 없잖아.

— 잊었어? 서로를 속이거나 거짓말을 하지 말자는 것도 동거의 조건이라는 거?

솔직히 나는 유리와 내가 함께 작성한 동거의 조건들을 거의 기억하지 않은 채 살았다. 애초에 동거의 조건 운운했던 것도 유리였고, 동거의 조건으로 작성된 항목들도 태반이 유리가 나에게 제안한 것들이었다. 그러므로 그것들 대부분은 내 마음에 들지 않았다. 하기야 그

항목 중 나에게 유리한 것도 더러 있기는 있었다. 경제적으로 내가 유리를 책임질 필요가 전혀 없다든가 하는 것들은 전혀 나쁘지 않은 동거의 조건이었다. 동거의 조건 중 현실적인 것들은 우리가 같은 집에 살면서 서로를 불편하게 만들지 않도록 하기 위한 것들이라 무척 구체적인 데 반해, 심리적이고 감정적인 부분의 항목들은 모호하고 애매했다. 예컨대 서로에게 거짓말을 해서는 안 된다는 동거의 조건만 해도 그랬다. 내가 혹은 유리가 상대에게 거짓을 말하고 있는 것인지 아닌지를 누가 정확하게 판가름할 수 있단 말인가? 자신이 하는 말이 거짓인지 아닌지를 때로는 본인조차 모를 수도 있다. 특히 감정적인 문제에 관한 한은 나도 내 감정의 진실을 명확하게 알아차리기가 힘든 것이다. 그러므로 그것은 전혀 실효성이 없는 동거의 조건이라고 말해도 과언이 아니었다. 그런데 유리는 현실적인 동거의 조건들보다 심리적이고 감정적인 동거의 조건들에 더 집착하는 것 같았다. 때문에 그런 문제로 대립이 될 때 불리한 쪽은 언제나 유리였다. 그래서 그런지 유리는 그런 문제로 서로 마찰이 생겼을 때, 처음에는 이성적으로 나오다가 마지막에 가서는 우리의 관계를 끝내려고 하는 극단적인 쪽으로 흐르기 일쑤였다. 유리가 그 말을 꺼내기 전까지는 나에게 유리한 상황으로 갈등이 전개되다가 유리가 끝내자고 말하면 전세가 곧바로 역전된다는 사실을 유리는 잘 알고 있는 것 같았다. 유리가 나를 사랑하는 것보다 내가 유리를 더 사랑한다는 사실은 유리와의 관계에서 가장 취약한 나의 약점이었다. 그리고 보면 유리는 싸움의 논리를 나보다 더 잘 알고 있는 게 분명했다. 유리와의 관계에 있어서 가장 치명적인 나의 약점을 유리는 누구보다도 잘 알고 있었기 때문에 결국 나는 유리에게 질 수밖에 없었다.

　— 당신을 속이려고 한 건 결코 아니었는데 그렇게 느껴졌다면 미안해. 하지만 나도 나름대로는 많이 노력하고 있다는 거 당신이 잘 알잖아. 어쨌든 이런 정도의 문제로 우리 관계를 끝낸다는 건 있을 수 없는 일이야. 아무튼 우리 서로 좀 더 노력해보자.

　그렇게 말하면서 나는 술 냄새를 강하게 풍기는 유리를 와락 끌어안았다. 그날 유리와 내가 겪었던 질투의 감정들, 그리고 유리와 나 사이에 오고 간 유쾌하지 못한 심리 따위를 그렇게 유리를 거칠게 껴안음으로써 덮어버리고 싶었다. 그런데 그렇게 유리를 내 품에 안는 순간 낯선 욕정이 내 속에서 꿈틀거렸다. 유리에게 그런 식의 욕정을 느껴보기는 처음이었다. 평소와는 다르게 자신을 다루는 나를 눈치챘을 것임에도 불구하고 유리는 내가 하는 대로 잠자코 따라주었다. 뿐만이 아니라 유리 역시 전에 없이 거친 숨을 내뿜었다. 유리가 내뿜는 숨결에서 깊고 강렬한 욕망이 느껴졌다. 유리와 나의 육체는 어느새 하나가 되어 있었고 하나가 된 육체 사이에 끼어들 수 있는 것은 아무것도 없었다. 하 교수와 오 교수의 부인은 물론이고 유리와 나의 영혼까지도 한 덩어리가 된 우리의 육체 앞에서는 모두 무릎을 꿇고 말았다. 그것은 정말이지 완전한 결합이었다. 유리와 함께 살면서 수도 없이 몸을 섞었지만 그렇게 둘이 함께 완전한 쾌락을 맛본 것은 그것이 처음이었다. 사랑의 감정과는 상관없는 육체 그 자체의 쾌락이 나로서는 낯선 경험이 아니었다. 그런데 유리는 나와 성행위를 하면서도 항상 눈을 뜨고 있는 것 같았다. 실제로 그녀가 눈을 뜨고 섹스를 하는 것인지 아닌지 확인한 적은 없었지만, 나는 유리가 제대로 몰입하지 못하고 있다는 것을 온몸으로 알아차릴 수 있었다. 그러나 유리가 끝까지 눈을 뜬 채 놓지 못하는, 아니 결코 놓을 생각이 없었던 그 무엇의 정체가 무엇인지는 알 수 없었다. 그런데 그날 유리는 자신이 그토록 지키고 싶어 했던 그것을 내팽개치고 오로지 육체 그 자체가 되어 있었다. 그뿐만이 아니었다. 그날 유리는, 사랑을 나누기 전에는 반드시 두 사람 모두 몸을 깨끗이 씻어야만 한다는 동거의 조건도 잠시 망각한 것 같았다. 어쩌다가 내가 욕정이 앞서 샤워도 하지 않은 상태에서 접근이라도 하는 날이면 어김없이 찬물을 끼얹었으며 기어코 동거의 조건에 씌어진 대로 하게 만들던 유리였다. 그렇던 그녀가 그날은 무엇에 홀린 사람처럼 많은 것을 잊고 있었다. 그러나 유리의 이성은 금세 원래대로 되돌아와 그녀를 그녀 자신이게 만들었다.

— 순결을 잃고 말았어.

만족스러운 섹스 이후에 오는 나른함으로 이완된 채 침대에 누워 있는 나에게 유리가 말했다. 무방비 상태로 휴식을 취하고 있던 나는 가시에 찔린 사람처럼 깜짝 놀라지 않을 수 없었다. 내가 결코 알기를 원치 않았던 진실을 감히 발설해버린 유리를 도저히 용서하기 어려웠다. 이완되어 있던 몸이 순식간에 뻣뻣해지면서 분노가 머리끝까지 치밀어 올라 침대에서 벌떡 일어나는데 유리가 다시 말했다.

— 사랑의 감정이 결여된 섹스는 불륜이나 마찬가지야. 나는 오늘 시철 씨와 그런 섹스를 했어. 사랑의 감정과는 전혀 상관없이 오로지

욕정으로서만 말이야. 이건 아무래도 잘못된 것 같아.

유리의 말에 맥이 빠지면서 한편으로는 안도감을 느꼈다. 그러나 하 교수와 유리가 함께 보낸 시간들에 대한 의혹은 말끔하게 가시지 않았다. 유리는 투명한 것 같으면서도 한편으로는 종잡을 수 없는 여자였다. 그런 유리가 하 교수와 자정까지 뭘 하면서 어떻게 시간을 보낸 것인지 나로서는 잘 상상이 되지 않았다.

— 사랑하는 감정 없이 육체적인 욕구만으로 이루어지는 섹스는 우리 사이에 없었으면 좋겠어. 그러니까 이것도 동거의 조건에 포함시키는 것이 어때?

늘 그랬듯이 그날도 유리는 내가 생각지도 못한 동거의 조건 하나를 더 추가시켰다. 물론 내가 동거의 조건으로 제안한 것도 더러 있긴 있었다. 예컨대, 낭비를 무척 싫어하는 나는 집 안의 전등이라는 전등은 다 켜놓고도 전혀 불편해하지 않는 유리를 보다 못해 빈방의 불은 반드시 끄자는 조건을 제안하기도 했다. 수돗물을 틀어놓고 그냥 흘려보내며 딴짓하는 유리의 잘못된 습관도 고쳐달라고 말했다. 그런 식으로 내가 제시한 동거의 조건을 지키기 위해 유리도 나름대로 노력하는 것 같지만 내가 만족할 만한 수준은 아니었다. 나 또한 유리가 제안한 동거의 조건들을 다 이행하기는커녕 기억조차 하지 못하는 경우가 허다했다. 그런데도 유리는 새로운 동거의 조건들을 끊임없이 제시하곤 했다.

아무튼 그날 유리가 새로 추가시킨 동거의 조건에도 불구하고 그것은 잘 지켜지지 않았다. 그날 이후 우리의 섹스는 유리의 우려처럼 사랑의 감정과는 상관없이 이루어지기 일쑤였다. 육체가 주는 쾌락에 눈을 뜨게 된 유리는 자신이 제안한 동거의 조건을 스스로 어겼다. 누구도 확인하거나 증명할 길 없는 애매한 조건이긴 했지만 나는 알 수 있었다. 질투로부터 유발되었던 우리의 비틀린 섹스가 오히려 우리를, 아니 유리를 영혼의 구속으로부터 해방시켜주었다는 것을. 그때 이후 우리는 전보다 훨씬 더 자주 잠자리를 가졌고, 특히 유리는 번번이 절정의 순간을 만끽하는 것 같았다. 그러니까 그때 유리가 새롭게 작성한 동거의 조건은 작성하는 순간, 아니 그전에 이미 지킬 수 없는 조건이 되어버리고 만 무의미한 동거의 조건에 불과했던 것이다.

오 교수 부인에게 한눈을 판 것으로 인해 빚어졌던 해프닝은 그렇게 일단락 지어진 걸로 알고 있었는데, 유리의 마음속에는 여전히 앙금으로 남아 있었던 모양이었다. 사실 나는 그날 이후 오 교수 부인에 대해 거의 생각해본 적이 없었다. 그런데 유리는 오랜 시간이 흘렀음에도 불구하고 그 일을 마음에 두고 있었고, 그런 유리에게 나의 결백을 확인시켜주기 위해 내가 말했다.

— 그날 이후 오 교수 부인을 다시 떠올리거나 한 적은 한 번도 없었어. 그때 그 마음은 그냥 잠시 스쳐 지나가는 바람 같은 것에 불과했던 거야. 나도 남자고 사람이니까 충분히 그럴 수 있는 거잖아. 그 정도도 이해해주지 못하겠다는 거야? 그리고 이건 좀 다른 이야기일 수도 있는데, 당신과 함께 살면서 당신에게 비난받을 짓 같은 건 한 번도 한 적이 없어. 그것만은 당신이 믿어줘야 할 것 같아서 말이야.

그러나 곰곰이 생각해보면, 만약 그때 나에게 오 교수 부인과 가까워질 수 있는 어떤 기회가 자연스럽게 주어졌더라면 나는 결코 그 유혹을 뿌리치지 않았을지도 모른다는 생각이 들었다. 그리고 그날 이후, 아니 그전부터도 나는 대학에서 강의를 하면서 만나게 되는 여학생들에게도 더러 반하곤 했다. 그것은 요즘도 마찬가지였다. 대학 캠퍼스에서 혹은 강의실에서 더러 눈에 띄는 여학생을 볼 때마다 나는 한순간 그녀에게 이끌려 한눈을 팔기 일쑤였다. 물론 그런 여학생들과 일부러 스캔들을 만들 생각은 없었다. 그러나 그녀들이 나에게 적극적으로 접근해 온다면 과연 내가 그녀들의 유혹을 뿌리칠 수 있을지 어떨지는 나로서도 알 수 없었다. 그런 내 속내를 꿰뚫어보기라도 했는지 유리가 말했나.

— 나 아닌 다른 여자와 잠자리는 하지 않았다는 이야기를 하고 싶은 거야?

그렇게까지 직설적으로 말할 필요는 없을 텐데도 불구하고 유리는 상식적인 대화에 반드시 필요한 어떤 제어장치 따위를 모두 걷어내버린 채 말하고 있었다.

— 당신은 어떻게 생각하는지 몰라도 그런 선을 지킨다는 것은 중요한 거라고 난 생각해.

— 마음으로는 수도 없이 딴생각을 하면서 그 짓만 안 하면 된다?

말을 하는 유리의 표정이 쓴 약을 삼킨 사람처럼 일그러졌다.

— 그건 그렇고, 삭발은 왜 한 거야?

— 남자에게 잘 보이고 싶은 여자로서의 삶이 이제 나에게 아무런

의미도 되지 못하게 되어버리니까 제일 먼저 머리카락부터 잘라내고 싶더라구. 머리카락은 나에게 늘 골칫덩어리였거든. 어떤 머리 모양을 해도 자연스럽지가 않아 불편했는데, 삭발을 하고 보니 그렇게 마음이 편할 수가 없는 거야. 머리 감기도 수월하고 말이야. 그리고 삭발은, 좀체 털어내어지지 않는 나의 온갖 탐욕과 허영심을 기어코 잘라내겠다는 단호한 의지의 표현이기도 해.

— 당신이 부질없다고 생각하는 탐욕과 허영이 인간을 살게 하는 원동력이라는 생각은 안 해봤어? 그런 욕망을 다 제거해버리고 나면 인간에게 남는 것은 과연 뭔데? 그리고 남자는 남자로, 여자는 여자로 사는 것이 가장 자연스럽고 아름다운 모습 아니야? 그렇게 자연스러운 상황을 왜 당신은 억지로 밀어내려고 하는지 나로서는 도저히 이해하기 어려워.

— 내가 거역하고자 하는 것은 자연스러운 인간의 본성이 아니야. 잘못된 관습에 대한, 그리고 온갖 편견과 오해로 왜곡될 대로 왜곡되어 있는 현실에 대한 나름대로의 저항이며 모색일 따름이지.

아직 서른다섯 살밖에 안 된 젊은 나이임에도 불구하고 이제는 더이상 여자로서 살지 않겠다고 선언하는 유리를 나는 어떻게 받아들여야 할지 난감했다. 삭발한 유리의 등 너머로 보이는 그녀의 미래는 아무래도 잿빛이었다. 그리고 그 잿빛 세계 속에 나는 이미 포함되어 있지 않았다.

우리에게 필요한 것은
날개가 아니다

우리에게 필요한 것은 날개가 아니다

그날, 장형수와 내가 느닷없이 헤어지게 된 것은 어쩌면 날씨 때문인지도 모른다. 그날 하늘은 대낮부터 캄캄했고, 스산하기 짝이 없는 겨울비가 종일 내리고 있었다.

장형수가 긴 여행에서 돌아온 것은 전날 저녁이었다. 여행에서 돌아온 장형수와 나는 이른 저녁부터 함께 술을 마시기 시작했다. 여느 때와 마찬가지로 그는 금세 취해버려, 우리는 저녁 열 시도 채 안 돼 술집에서 나와 내 방으로 왔다. 자주 여행을 떠나는 그는 길게는 한 달여 만에 돌아오기도 했는데, 이번 여행 역시 예상했던 대로 길었다. 여행을 떠나기 전날 본 그의 모습에서 이미 나는 이번 여행이 길어질 거라는 느낌을 받았다.

평소의 장형수는 좀 지나치다 싶을 정도로 침착한 편이다. 매 순간을 충분히 음미할 줄 아는 그는 대부분 사람들이 간과하고 마는 생의 기미를 낱낱이 포착했고, 그래서 어떤 일에도 당황하거나 서두르는 법이 없었다. 그런데 여행을 떠나야 할 시기만 나가오면 눈에 띄게 산만하고 불안정해졌다. 느릿한 팔자걸음을 걸으며 여유를 부리던 그가 갑자기 돌변해 마치 쫓기는 사람처럼 허둥거리는 모습을 내가 목격한 다음 날이면 어김없이 그는 여행을 떠났다. 그리고, 허둥거리며 불안해하는 정도가 심하면 심할수록 그의 여행은 길어졌다. 이번 여행을 떠나기 전에도 장형수는 몹시 불안해 보였으며, 눈빛 또한 전에 없이 야릇하게 희번덕였다. 광기와 불안으로 뒤죽박죽이 된 그의 눈빛은 몹시 위험해 보였고, 그 눈빛과 마주치는 순간 나는 이번 여행 또한 길어지리라는 사실을 직감했다. 아니, 어쩌면 그가 다시는 돌아오지 않을지도 모르겠다는 생각마저 들었다. 그런데 그는, 늘 그랬듯이, 한 달여 만에 돌아와 악산 시신 표정을 한 채 내 앞에 나타났다.

긴 여행에서 돌아온 그는 탈진한 사람처럼 멍한 상태였다. 그런 상태에서 과음을 해서 그런지, 그는 내 방에 들어서자마자 곧바로 곯아떨어지고 말았다. 익숙한 풍경이었지만, 그를 바라보는 내 마음은 편치 않았다. 그래서 나는 깊은 잠에 빠진 그를 오랫동안 바라보며 담배를 피우다가 옷도 갈아입지 않은 채 그의 곁에 누웠다. 여행을 떠나기 전에 입었던 옷 그대로인 그의 옷에서는 젖은 풀냄새가 났다.

그날 아침 내가 눈을 떴을 때, 그는 이불 위로 한쪽 발을 내놓은 채 가는 코를 골며 여전히 곯아떨어져 있었다. 잠든 그의 얼굴을 쳐다보면서 그를 위해 해장국이라도 끓여야 하지 않을까 생각하다가 나는 이내 포기했다. 내가 사는 원룸형 자취방에는 소위 말하는 주방 시설이 그럭저럭 갖춰져 있었지만, 라면을 끓여 먹거나 커피를 타서 마시는 외에는 거의 요리를 해본 적이 없어 도무지 엄두가 나지 않았다.

음악 전문 채널 라디오를 낮게 켜놓고 담배에 불을 붙인 나는 창문 쪽으로 다가가 담배 연기가 빠져나갈 수 있을 만큼만 창문을 열었다. 열린 창문 사이로 인색하게 모습을 드러낸 하늘은 흐리다 못해 캄캄할 정도였다. 비를 잔뜩 머금은 무거운 하늘을 보고 문득 마음이 어두워진 나는 담배를 입에 문 채 다시 장형수 곁에 엎드려 누웠다. 라디오에서는 리처드 막스의 노래가 흘러나오고 있었다. 리처드 막스의 곡들은 단조로운 선율과 지나치게 감상적인 색채 때문에 썩 좋아하지는 않지만 마음이 심란할 때 듣는 둥 마는 둥 들을 수 있는 음악으로는 그런대로 괜찮은 편이었다.

절반쯤 피운 담배를 재떨이에 눌러 끄면서 장형수가 일어날 때까지 뭘 할까 생각하는데, 반듯이 누운 채 잠들어 있던 장형수가 몸을 뒤척이며 내 쪽으로 돌아누웠다. 내 얼굴 가까이 커다랗게 다가온 그의 얼굴은 가까이서 보니 더 낯설었다. 지난 삼 년간 그를 만나면서 늘 느끼던 낯섦과는 또 다른 낯섦이었다. 그가 여행을 떠나고 없을 때 간혹 그의 얼굴을 떠올리려고 할 때마다 도무지 그의 얼굴이 떠올려지지 않던 이유를 비로소 알 것 같았다. 그의 눈썹은 짙었지만 산만하게 퍼져 있었고, 그의 코도 의외로 뭉툭하고 낮았다. 내 머릿속에 막연하게나마 자리 잡고 그의 코의 이미지는 날카롭고 끝이 뾰족한 그런 것이었다. 그뿐만이 아니었다. 그의 입술 또한 내가 생각했던 것과는 달리 선이 뚜렷하지 못하고, 입술의 붉은색도 입술 선 바깥으로 약간 번져 있어 마치 음식을 먹고 입 주위를 닦지 않은 것처럼 지지분해 보였다. 그리고 광대뼈 부근에 쓸데없이 붙어 있는 근육은 왠지 욕심 스러워 보여 보기 흉했다.

　인간과 인간의 관계에 대해, 특히 남자와 여자의 사랑에 대해 나는 냉소적인 편이다. 아니 냉소적이고 싶어 한다. 내 나이 스무 살이었을 때 그 치명적인 첫사랑을 경험한 후부터.

　십 년 가까운 세월이 흘러버린 지금, 그때 그 남자는 내 이름조차 기억하지 못하겠지만 나는 그 남자로 인해 인간의 사랑이란 도무지 신뢰할 수 없는 얄팍하고 시큰둥한 것이라는 교훈을 얻었다.

　처음 만났을 때, 그리고 두 번째 만났을 때. 그렇다. 적어도 두 번째 만날 때까지만 해도 그의 전 존재는 오로지 나를 향하고 있었다. 나를 바라보는 그의 눈빛은 강렬하다 못해 활활 타올랐던 것이다. 그런데 세 번째, 네 번째⋯⋯ 만남의 횟수가 늘어날수록 나를 바라보는 그의 눈빛은 조금씩 그 광채를 잃어갔다. 서서히 광채를 잃어가는 그의 눈빛을 지켜보면서 나는 가슴이 서늘해졌다. 그러다가 뜨거운 태양이 내리쬐던 어느 여름날, 함께 걷던 그가 갑자기 얼굴을 찌푸리며 무더운 날씨를 짜증스러워 했다. 그 모습을 보는 순간 나는 하늘이 캄캄해지는 현기증을 느꼈다. 그와 만난 지 정확하게 일곱 번째 되던 날이었고, 그날 그와 헤어진 이후 나는 사흘 낮 사흘 밤을 심하게 앓았다. 사흘을 앓고 난 다음 나는 결심했다. 다시는 이따위 사랑에 빠지지 않겠다고. 그것은 머리가 아닌 온몸으로 한 결심이었다.

장형수라는 남자는 나의 그런 결심에 걸맞은 남자였다. 바람처럼 문득 내 앞에 나타났다가 시도 때도 없이 사라지는 그에 대해 나는 조금도 절실함을 느끼지 않았다. 나에게 있어서 그는 내 눈앞에 있는 그 순간에만 존재할 따름이었다. 따라서 매번 그에게 느끼는 낯섦은 지극히 자연스럽고 당연한 것인지도 몰랐다.

장형수가 잠에서 깨어난 것은 리처드 막스의 노래가 끝나고 나서였다.

그는 잠에서 깨어나자마자 습관처럼 내 몸을 자기 쪽으로 끌어당겼다. 나는 별다른 저항 없이 그의 몸에 내 몸을 밀착시켰다. 육체적인 관계를 원하는 그의 몸은 내가 유일하게 낯설어하지 않는 부분이었다. 그의 관념과 영혼은 종종 나를 어리둥절하고 당황스럽게 만들어 그를 만나기 시작한 지 삼 년이 지나도록 우리 사이의 간격은 조금도 좁혀지지 않았다. 그런데 그와의 섹스는 처음부터 전혀 낯설지 않았다. 오히려 편안했다. 그의 몸을 처음 느꼈을 때, 나는 거의 완벽에 가까운 일치감에 전율했다. 숱한 어긋남과 낯섦에도 불구하고 우리의 관계가 유지될 수 있었던 이유도 어쩌면 그 때문인지도 몰랐다. 그와의 육체적인 접촉에서 맛보았던 완전한 일치감은 오로지 그것만이 사람과 사람 사이에 가로놓인 단절과 절망을 희망으로 바꿀 수 있는 단하나의 가능성이라 여겨질 정도였다.

아무것도 먹지 않은 채 뒹굴던 우리는 오후가 돼서야 비로소 시장기를 느꼈다. 집 안에 먹을 것이라고는 라면밖에 없었으므로 나는 장형수에게는 물어보지도 않고 가스레인지에 라면 끓일 물을 올려놓았다. 물이 끓기를 기다리며 라면 봉지를 뜯고 있는데, 그가 머리맡에 놓여 있던 책 중 하나를 뒤적이기 시작했다. 내가 근무하는 잡지사에서 발간한 최근호였다.

그런 류의 잡지 따위는 아예 거들떠보지도 않는 그가 그 잡지를 들춰보는 것은 특별한 관심이 있어서가 아니라 단지 그것이 거기 있었기 때문이라는 사실을 알면서도 은근히 신경이 쓰였다. 그가 그런 말을 입 밖에 낸 적은 없지만, 내가 여성지 기자로 일하는 것을 그가 썩 좋아하지 않을 것이라 짐작하고 있었기 때문이었다.

라면과 시어빠진 김치 몇 조각이 전부인 상을 다 차릴 때까지 잡지를 들여다보던 그는 내가 젓가락을 내밀자 문득 내 얼굴을 빤히 쳐다보며 물었다.

— 이 기사 네가 쓴 거 맞아? 연극배우 P에 관한 기사 말이야.

그것은 이번 호 잡지에 내가 썼던 기사 중 분량이 제일 많은 것으로 한 국장이 나에게 특별히 떠맡긴 일이었다. P는 요즘 들어 상당히 인정받는 유명 배우였다. 그러나 그녀가 출연한 연극을 거의 본 적이 없는 나로서는 한 국장이 그 기사를 쓰라고 했을 때 부담스럽지 않을 수 없었다. 그런데 정작 그녀를 만나고 보니 슬며시 의욕이 생기면서 생각이 달라졌다. 세간의 인기 따위를 은근히 하찮게 여기는 나였지만, 그녀는 과연 그 인기에 걸맞게 대단한 구석이 있는 여자였다. 연극배우로서, 그리고 한 인간으로서 우뚝 선 그녀에게 뜻밖의 호감이 생긴 나는 짧게 인터뷰 기사 정도로 처리하려던 처음의 계획을 수정해 좀 더 심도 있게 그녀의 삶을 다루고 싶다고 한 국장에게 제안했다. 그래서 몇 장의 사진과 함께 분량이 꽤 되는 기사를 쓰게 되었다.

삼 년 넘게 만나면서도 나의 일에는 전혀 관심을 보이지 않던 그가 불쑥 내가 쓴 글에 대해 구체적인 관심을 보이는 것이 싫지 않았다. 나는 그가 어떤 생각으로 내 글에 관심을 표하는지는 따져보지도 않고 대뜸 반색하며 물었다.

— 읽어봤어? 어때?

라면이 불어나게 되면 맛이 없어질 텐데 생각하면서도 내 글에 대한 그의 평가가 궁금해진 나는 아예 젓가락을 내려놓고 그의 입을 쳐다보았다. 하지만 그는 더 이상 할 말이 없는 사람처럼 입을 굳게 다문 채 예의 그 낯선 눈빛으로 물끄러미 나를 바라보았다. 순간 나는 뭔가 잘못돼가고 있다는 사실을 직감적으로 알아차렸다. 마치 처음 만난 사람을 바라보듯 낯설고 생소한 눈빛으로 나를 쳐다보는 그의 눈빛은 새삼스러울 것도 없었다. 그러나 그 순간의 눈빛은 여느 때와는 좀 달랐다. 거의 눈에 띄지 않을 정도였으나, 아래쪽으로 약간 일그러뜨려진 듯한 그의 입술이 마치 나를 비웃고 있는 것처럼 여겨졌다. 아무튼 뭔가 석연치 않았다. 갑자기 기분이 엉망이 된 나는 퉁명스럽게 내뱉었다.

— 뭐가 잘못되기라도 한 거야?

말을 내뱉는 순간 나도 모르게 얼굴이 화끈거리며 붉어졌다. 모멸감 때문이었다.

그는 종종 내가 예상치도 못했던 상황에서 이런 식으로 나를 기습

했다. 그로서는 기습의 의도가 전혀 없었다 하더라도 내가 받아들이기에는 그랬다.

언젠가 그와 함께 영화를 보러 갔을 때도 마찬가지였다. 영화제목은 기억나지 않는데, 사랑하는 남녀가 교통사고로 함께 죽는 마지막 장면을 보면서 내가 눈물을 흘렸던 적이 있었다. 영화가 끝나고 극장 안이 밝아지자 그는 이상한 동물이라도 대하듯 야릇한 눈빛으로 나를 쳐다보며 이렇게 물었다.

—왜 우는 거지?

그때 그가 그런 눈빛으로 나를 쳐다보며 왜 우느냐고 물었던 이유가 내 눈물의 의미를 전혀 이해할 수 없었기 때문이었는지, 아니면 자기 기준으로 봤을 때는 그 순간의 내 눈물이 전혀 타당하지 않고 여겼기 때문인지는 알 수가 없다.

그는 사람을 바라보는 시선과 사물을 바라보는 시선이 거의 차이가 나지 않는, 아니 사물을 바라보는 시선이 오히려 따뜻하고 감정적인 그런 인간이었다. 나는 그런 그를 도저히 이해할 수 없었다. 아니다. 이해할 수 없다기보다는 대부분 사람들이 그렇지 않다고 말하는 것이 맞을 것이다. 사실, 나를 포함해 많은 사람들이 드러내는 감정과 제스처들은 따지고 보면 진정한 자기표현이라기보다는 교육되어진 것에 가깝다. 가까운 사람이 죽었을 때 눈물을 흘리는 것도 마찬가지다. 그것은, 그 순간 우리가 표현할 수 있는 감정의 형태가 진정 눈물이어서라기보다는 오래전부터 많은 사람들이 그래왔기 때문인 것이다. 따라서 그것은 자기와는 무방한 모방에 불과한 눈물일지도 모른다.

사랑이라는 감정도 마찬가지다. 우리는 그것을 우리의 이성과 의지로서 제어할 수 없는 절대적인 감정으로 치부하면서, 온갖 모순과 불합리를 사랑이라는 한마디 말로 합리화시켜버린다. 하지만 사랑이라는 것도 따지고 보면 사랑에 빠져버려서가 아니라 사랑에 빠지고 싶어서가 더 맞는 말이다. 그러므로 사랑은 어떻게 해볼 도리가 없는 절대적인 감정이 아니라 나의 의지로 얼마든지 조절할 수 있는 가변적인 감정일 따름인 것이다.

그런 관점에서 보면, 장형수의 표현 방식은 오히려 정확했다. 그러나 나는 그의 방식을 인정할 수는 있어도 그의 방식에 익숙해지기는 어려웠다. 때문에 그가 몹시 의아해하는 눈빛으로 나를 기습할 때마다 괜히 속이 뒤틀리기 일쑤였다. 그리고, 장형수가 그 모든 통념과 관습으로부터 얼마나 완벽하게 자유로울 수 있을까 내심 의심스럽기도 했다. 나와 마찬가지로 그도 역시, 어쩔 수 없이 이 시대를 살아가는 이 시대의 인간이다. 그래서 나는 아직도 그의 머릿속에서 제거되지 못한 채 웅크리고 있을 상식과 통념이 어느 순간 자기도 모르게 불쑥 튀어나오기만을 호시탐탐 기다렸다. 타인을 자기와 같은 수준으로 끌어내려야만 직성이 풀리는 치사하고 저급한 욕망이라 욕해도 상관없었다. 그리고 보면, 내가 장형수와 이렇듯 무덤덤한 관계를 지속하며 그에게 관심을 가지는 것도 사실은 그런 유치하고 저속한 욕망 때문인지도 모른다. 그와 같아질 수 없다는 사실을 너무 잘 알고 있는 나는 그도 어쩔 수 없는 평범한 인간임을 내 눈으로 똑똑히 확인함으로써, 그로 인해 자주 엉망이 되었던 내 자존심을 회복하고 싶었다.

그는 내가 사랑하는 사람이라기보다는 왠지 내 뒷덜미를 잡아채는 그런 존재였고, 따라서 나는 그로 인해 상처받기보다는 종종 자존심이 상할 뿐이었다. 그러므로 그와 결별하게 되는 시점도 어쩌면 그의 통속성을 확인하게 되는 바로 그 순간이 될 터였다.

지금 생각해보면 주제넘기 짝이 없는 일이지만 그를 처음 보았을 때 내가 그에게 관심을 가졌던 것은 연민 때문이었다. 대학을 졸업할 무렵, 같은 과 사람들 몇 명과 우연히 술을 마시게 되었는데, 바로 그 자리에 장형수가 있었다. 그는 대학의 과 선배였고, 나보다 나이가 두 살 많았다. 몇 년 동안 거의 모습을 드러내지 않다가 그날 우연히 학교에 찾아왔던 그는 유들유들하고 오지랖이 넓은 한 후배의 권유에 엉거주춤 술자리에까지 따라왔던 모양이었다. 그는 학교를 다닐 때도 거의 말이 없는 편이었고, 간혹 수업 시간에 지나치게 진지한 표정으로 엉뚱한 질문을 해 교수와 학생들의 시선을 끄는 외에는 거의 눈에 띄지 않던 사람이라고 했다. 신경이 쓰일 정도로 깡마른 그는 거의 한마디도 하지 않고 한쪽 구석에 앉아 술만 마셨다. 그런 그를 간간이 훔쳐보면서 나는 까닭 모를 연민과 친근감을 느꼈다. 그때의 연민과 친근감을 그와 알게 된 뒤에 이야기하자 그는 정말 어처구니없어 했다.

내가 쓴 기사를 보고 갸우뚱해 하는 눈초리로 나를 쳐다보는 그의 마음에 따로 비난의 의도가 담겨 있지 않다는 것을 알면서도 지레 불쾌해진 나는 제법 날이 선 목소리로 재차 물었다.

— 또 뭐가 문제야?

역시 그는 불쾌해하는 나의 감정에도 불구하고 전혀 아랑곳하지 않고 무심하게 되물었다.

— P라는 여자에 대해 이렇게 많이 알고 있다는 거야, 다섯 페이지나 쓸 만큼? 그게 과연 가능한 건가?

나는 그가 무엇을 궁금해하는지, 또 무슨 이야기가 하고 싶은 건지 더 듣지 않아도 알 수 있었다. P라는 인간을 객관적으로 묘사하기보다는 그녀의 삶을 내 식대로 해석해 무수한 형용사로 덧칠해놓은 나의 글을 그가 의아해하는 것은 당연한 일이었다. 쉽게, 함부로 글을 써서는 안 된다는 것쯤은 나도 알고 있지만 그의 지적이 그날따라 몹시 불쾌했다. 그래서 나는 억지를 부리듯 되받았다.

— 완벽한 객관은 존재하지 않아. 그런 식으로 따지려 든다면 글이라는 것은 전혀 불필요한 것 아니겠어?

정확하게 무엇을 말하고 싶은 건지, 무엇 때문에 화가 나는지도 알 수 없으면서 나는 거칠게 내뱉으며 그를 노려보았다.

— 왜 화를 내는 거지? 난 단지…….

아무런 무늬도 드러나지 않는 백지 같은 그의 얼굴에 더더욱 화가 난 나는 짓씹듯 내뱉었다.

— 너의 그 지독한 완벽주의. 정말 지긋지긋해!

내가 뱉어낸 말들이 미처 입안에서 다 튀어나가기도 전에, 나는 나의 무모한 발언을 후회했다. 그의 말과 나의 말이 그런 식으로 어긋난 적이 한두 번이 아니었지만, 그가 불순한 의도를 가지고 그렇게 말하는 것이 아니라는 사실을 알기 때문에 한 번도 그에게 폭언을 내뱉지는 않았다. 무자비하고 무식하게 그를 노려보며 화를 낸 것도 그때가 처음이었다. 매번 서로 어긋날 때마다 불쾌감을 느끼면서도 이성적으로 자제해왔던 것인데, 그날은 미처 말릴 새도 없이 감정이 폭발해버린 것이다.

파르르 진저리를 치며 뱉어낸 나의 독설에 그의 얼굴이 하얗게 질리고 있었다. 무거운 침묵이 흘렀고 모든 것이 정지한 느낌이었다. 질식할 것만 같은 침묵을 깨뜨린 것은 라이터 소리였다. 그가 담뱃불을 붙이기 위해 라이터를 켰던 것이다. 라이터 끝에서 반짝하고 불길이 이는 순간 나는 갑자기 위기감을 느꼈다. 라이터의 작은 불길이 포화 상태인 방 안을 단숨에 태워 날려버릴 것만 같았다. 하지만 라이터의 불길은 장형수, 그가 물고 있는 담배의 끝에만 살짝 옮겨붙었다.

길게 담배 연기를 내뿜는 그의 옆모습은 어느새 평온해 보였다. 그가 담배 한 모금을 또다시 음미하듯 빨아들이는 것을 보고 나는 바깥으로 나왔다.

아직 빗방울이 떨어지지는 않았지만 하늘은 비를 무겁게 이고 있었다. 한바탕 비가 퍼붓기 직전의 잔뜩 웅크린 하늘이 얼핏 쾌감을 불러일으켰다. 무슨 일인가 벌어지기 직전의 아슬아슬함은 일상의 권태로부터 나를 긴장하게 만들어준다는 점에서 나쁘지 않았다. 아무런 사건이 없다는 것은 극단적으로 말하면 죽음을 의미하는 것일 수도 있었다.

가게 주인 여자는 대낮부터 소주를 사러 오는 젊은 여자를 호기심과 의심이 뒤섞인 눈초리로 쳐다보았다. 굳이 인사를 트고 가깝게 지내고 싶지 않아 매번 처음 들르는 손님처럼 구는 나를 그녀도 아는 체하지 않았지만, 나에 대해 알 만큼은 알고 있다는 듯한 표정은 감추지 않았다. 가끔 장형수와 함께 밤늦은 시각에 들러 술 냄새를 풍기며 라면과 담배 따위를 사곤 했던 것이다.

주인 여자의 시선을 뒤통수에 느끼며 가게를 나오던 나는 조만간 이사해야겠다고 생각했다. 삼 년 전, 처음 이곳으로 이사 왔을 때 누릴 수 있었던 익명의 자유를 이제는 더 이상 누릴 수 없게 되었기 때문이었다. 귀소본능 따위에 전혀 솔깃해지지 않는 나는 아무도 나를 알아보지 못하는 곳으로 늘 달아나고 싶었다.

아무도 나를 알지 못하는 새로운 곳으로 이사할 생각을 하자 가슴 밑바닥에 억눌려 있던 깊은 한숨이 나도 모르게 '하' 하고 터져 나왔다. 나는 하늘을 올려다보며 한 번 더 '하' 하고 크게 숨을 내쉬었고, 그 바람에 때마침 곡예하듯 내 곁을 지나친 오토바이의 독한 매연이 통째로 입안으로 들어와버렸다.

방문을 열고 들어서는 내 기척에도 불구하고 장형수는 반듯이 누워 멍하니 천장만 바라보았다. 좀체 감정을 드러내지 않는 그의 표정이 왠지 슬프게 보였던 것은 착각이었을까. 소주잔을 챙기면서 나는 연신 그의 눈치를 살폈다. 아까 내가 그에게 퍼부어댄 말들이 그에게 충격을 주었을지도 모른다는 생각이 그제야 들었지만, 선뜻 미안하다는 말을 할 수가 없었다. 이미 엎질러진 물이었고, 그런 상황에서 미안하다는 말은 아무런 도움이 못 되는 것이었다.

우리가 느끼기에 사건은 언제나 돌발적으로 우리에게 닥치는 것 같지만 곰곰이 따져보면 모든 사건은 인과관계가 분명한 필연이었다. 따라서 그날 그런 일이 벌어진 것도 결코 우연이 아니었다. 그날 그런 일이 벌어질 수밖에 없었던 분명한 원인들이 있을 터였다. 그러나 나는 그와 나의 지나간 시간을 다시 반추하며 분석해보고 싶은 마음이 추호도 없었다. 그냥 술을 마시고 취하고 싶을 따름이었다. 평소에는 복잡하게 돌아가던 머리가 정작 심각하고 중대한 사안 앞에서는 오히려 단순해져버리는 것이 나의 장점이자 단점이었다. 오래 생각하고 무겁게 내리는 결론보다 단순하고 가볍게 내린 결론이 때에 따라서는 오히려 산뜻할 수도 있는 법이었다.

그와의 관계를 원래대로 돌려놓기는 어렵다는 판단과 함께 더 이상 노력할 필요도 없다는 생각도 한편으로는 들었다. 나는 될 대로 되라는 심정으로 제법 움푹한 커피잔 가득 소주를 따라 단숨에 마셔버렸다. 언제나 느끼는 것이지만, 알코올은 신기하게도 빨리 몸속에서 퍼져 순식간에 취기가 올랐다. 몸이 붕붕 뜨는 것 같았고 무슨 일이라도 받아들일 수 있을 것 같았다. 아니, 무슨 일이라도 저지를 수 있을 것 같았다.

멍하니 천장을 바라보며 죽은 듯이 누워 있는 장형수의 몸 위에 폭력적으로 내 몸을 올려놓은 것은 소주 한 병을 혼자서 다 마신 다음이었다. 그때까지도 그는 반듯이 누운 채 꼼짝도 하지 않았다. 어쩌면 나는 취기를 핑계 삼아 그외의 이색한 분위기를 덮어버리고 싶었는지도 몰랐다. 그러나 그는, 내가 뜨거운 입김을 내뿜으며 자기 몸을 탐하고 있음에도 불구하고 여전히 꿈쩍도 하지 않았다.

사랑의 감정 따위와는 상관없이 물리적인 자극만으로도 얼마든지 성행위가 가능한 것이 바로 남자들이라던 세상의 속설은 그와는 도무지 상관없는 말이었다. 취기 덕분에 더욱 대담해진 나의 유혹에도 불구하고 그는 끝끝내 반응이 없었다. 마치 시체처럼 냉담한 그는 나의 도발적인 오기를 도리어 부추겼고, 그래서 나는 그의 몸을 함부로 다루며 왜곡된 욕망을 일방적으로 배설했다. 그러다가 제풀에 지쳐 떨어진 나는 수치심과 허탈감을 동시에 느끼며 그의 몸 위에 축 늘어졌다. 그때 그가 음울한 목소리로 중얼거렸다.

─이건 강간이야.

강간이라는 단어가 예리한 칼날이 되어 내 심장을 찔렀다. 갑자기 온몸이 싸늘해지면서 모든 게 끝났다는 생각이 들었다. 동시에 그와 함께했던 지난 시간의 기억들이 토막 난 필름처럼 불연속적으로 떠올랐다. 그다지 선명하지 못한 기억들 사이로 슬그머니 이상한 감정이 끼어들었다. 비애라고까지 말하기는 무엇하지만 아무튼 나는 그 비슷한 감정을 느꼈고, 그런 감정을 느끼기 시작하자 싸늘하게 식었던 몸이 다시 뜨거워지면서 눈물이 나왔다. 나는 흐르는 눈물을 그냥 내버려두었다. 그러자 순식간에 콧물까지 함께 흐르며 입술마저 비죽대기 시작했다. 비죽대는 입술 사이로 급기야 흐느끼는 소리가 새어 나왔다. 흑흑거리는 내 목소리는 내가 듣기에도 낯설고 어색하기 짝이 없었다. 술 때문이었다. 종종 알코올은 우리의 감정을 제멋대로 주무르며 우리를 농락하기 일쑤였다.

그의 가슴에 얼굴을 묻고 한참 동안 울고 나서 몸을 일으켰을 때, 정작 물기로 번들거린 것은 내 얼굴이 아니라 그의 가슴이었다. 움푹한 그의 가슴은 내 눈물과 콧물로 작은 웅덩이를 이룰 정도였다. 그때, 담배 연기가 빠져나갈 만큼 열어두었던 창문을 통해 굵은 빗방울이 후두둑 튀어들어 그의 이마 위에 떨어졌다. 차가운 빗방울을 맞고 놀란 듯 몸을 움찔하던 그가 갑자기 벌떡 일어났다. 옷을 주섬주섬 챙겨 입고 밖으로 나갈 준비를 하는 그의 눈빛이 야릇한 빛을 발하며 흔들렸다.

비가 내리고 있었지만 장형수는 비가 내린다는 사실을 아예 모르는 사람처럼 추적추적 비를 맞으며 앞서 걸었다. 그에게 우산을 받쳐줘야겠다 생각하면서도 나는 계속해서 몇 발짝 거리를 둔 채 그의 뒤를 좇았다. 비에 젖은 그의 등은 을씨년스러워 보일 정도로 캄캄하고 무거워 보였다.

앞서가던 그가 발걸음을 멈추고 들어선 곳은 그날의 하늘색만큼이나 우중충하고 칙칙한 지하 카페였다. 입구에서부터 퀴퀴한 냄새를 풍기던 카페 안의 붉은 조명은 타락적인 분위기를 조장하다 못해 지저분할 정도였다. 하늘카페라는 이름과는 도무지 걸맞지 않은 그곳에 들어서자 허스키한 목소리의 여가수가 부르는 우울한 노랫소리가 라디오에서 흘러나왔다.

맥주와 마른안주가 놓인 탁자를 가운데 두고 앉아 있는 우리의 모습은 누가 봐도 마지막을 예감할 수 있는 불행한 연인의 전형이었다. 맥주 한 컵을 단숨에 비운 장형수의 잔에 다시 맥주를 따라주는데, 그가 혼잣말을 하듯 중얼거렸다.

　─너를 만나기 전 삼 년 동안 나는 아무도 만나지 않고 혼자 지냈어. 너를 만나게 된 그 무렵, 지독한 외로움을 도저히 견딜 수가 없어서 뛰쳐나갔다가 너를 만나게 되었던 거야. 외로움의 끝은 한마디로 무시무시한 공포였거든. 내 존재를 형체조차 알아볼 수 없을 정도로 짓뭉개버리는 공포 말이야. 그렇게 절박한 상황에서 뛰쳐나갔다가 만나게 된 사람이 바로 너야. 그런데 정작 너를 만나면서 깨달은 것은 내가 더 이상 다른 사람들과 정상적인 소통을 할 수 없게 되었다는 사실이었어. 삼 년 동안 혼자 지내면서 사람들과는 점점 멀어지고 오히려 사물과의 관계에 더 익숙해지고 친밀해졌거든. 네가 이해할 수 있을지 모르겠지만, 나는 네가 하는 말과 행동들이 자주 낯설었고 또 얼른 납득할 수도 없었어. 그리고 너를 당황하게 했던 순간마다 목격했던 너와 나 사이에 가로놓인 그 캄캄한 암흑, 그 암흑은 네가 느꼈던 당혹감 못지않게 나를 고통스럽고 암담하게 만들었어. 특히, 사람들이 자주 드러내는 대부분의 감정들에 대해서는 거의 아무런 느낌도 가질 수가 없었지. 잘 믿기지 않겠지만, 그래도 어쩔 수가 없어. 아무튼 이건 어떻게 해볼 도리가 없는 내 진실이니까.

　짧은 순간이었지만 그때 그가 중얼거리듯 한 말은 그와 내가 만나는 동안 그가 했던 말 중에서 가장 긴 말이었다. 가슴 밑바닥에 단단히 눌어붙어 이제는 딱지가 되어버린 그의 말들이 저절로 떨어지듯 그렇게 쏟아져 나온 모양이었다. 나는 그의 말이 좀 더 이어지기를 기다리며 조심스럽게 그를 지켜보았다. 그러나 그는 다시 말문을 닫고 계속해서 술만 마셨다.

손톱에 칠한 매니큐어 색깔과 입술의 립스틱 색깔이 모두 지나치게 붉어 빨갛다는 느낌이 압도적인 여종업원이 빈 맥주병을 걷어가며 그에게 물었다.

— 맥주 더 드릴까요?

오른쪽으로 고개를 약간 숙인 채 비현실적인 모습으로 담배를 피우는 그의 얼굴을 바라보던 나는 빨간색 여종업원을 향해 그를 대신해 고개를 끄덕였다. 새로 가져온 맥수는 세 병이있다. 세 병 중 한 병을 다 비울 때까지 말이 없던 그가 두 번째 병뚜껑을 따려는 순간 비로소 다시 입을 열었다.

— 혼자 지내면서, 그러니까 사람들과 떨어져 거리를 두고 그들을 지켜보면서 내가 처음 느꼈던 것은 우리가 일상에서 사용하는 대부분의 말들이 얼마나 불합리하고 모순투성인가 하는 문제였어. 내가 그런 말들을 버리는 작업을 시도한 것은 아마 그때부터였을 거야. 삼십 년 가까이 거의 무의식적으로 사용해왔던 말들을 버리는 작업은 결코 쉬운 일이 아니었지. 내가 이 세상에 존재하는 한은 불가능한 일일지도 모른다는 생각이 들었어. 하지만 그렇게 몇 년을 보낸 후 사람들을 다시 만났을 때 나는 그들이 하는 말들을 제대로 알아들을 수가 없었어. 그건 단지 언어의 문제만은 아닐 거야. 이미 나는 사고와 감정의

체계까지도 완전히 달라져 있었거든. 언어 사용의 변화로 인한 사고 체계의 변화인지 사고 체계의 변화에 따른 언어의 변화인지는 아직도 잘 모르겠지만 아무튼 그랬어. 지금은 뭐랄까, 모든 게 뒤죽박죽된 몹시 혼란스러운 느낌인데…… 문득문득 구역질이 치밀기도 해. 불쾌감을 넘어서 내 존재 자체를 위협할 정도의 구역질이지. 특히 사람들과 오래 이야기를 나누다 보면 더 그래.

구역질이라는 단어를 내뱉으면서 금방 구역질이라도 할 것처럼 낯빛이 변하면서 얼굴을 찡그리던 그는 담배를 입에 물었다. 담배를 입에 문 채 라이터 불을 켜던 그가 문득 생각난 듯 말했다.

— 아무래도 다시 돌아가야 할 것 같아.

어디로 돌아갈 거냐고 묻고 싶었지만, 나는 아무 말도 하지 않았다. 부질없다는 생각이 들었고, 굳이 물어보지 않아도 짐작할 수 있을 것 같았다. 거품이 가라앉은 맥주 컵을 물끄러미 바라보던 그는 슬그머니 맥주잔을 들어 한 번도 입을 떼지 않은 채 천천히 맥주잔을 비웠다. 우리는 맥주를 두어 병 더 마시고 담배 한 갑을 다 피운 다음 바깥으로 나왔다.

그동안 한바탕 비가 쏟아졌는지 거리는 온통 빗물로 젖어 있었고 그때까지도 가랑비가 부슬부슬 내렸다. 빗물이 흥건하게 고인 차도 위를 자동차들이 촤악촤악 소리를 내며 질주했다. 술과 담배, 그리고 이상한 분위기를 자아내는 붉은 조명등 아래서 들었던 독백 같은 그의 이야기들로 혼미해져 있던 내 머릿속이 차가운 비가 볼에 와 닿자 문득 맑아졌다. 때로는 진저리치던 현실이긴 하지만 비로소 안전한 현실로 되돌아온 것 같은 느낌이었다.

비 때문인지 제법 깨끗해진 공기를 크게 한 번 들이마시며 이제 어디로 갈 것인가 생각하는데, 그가 당연한 듯 우리 집 쪽을 향해 발걸음을 옮겼다. 그가 다시 내 방으로 갈 것이라고는 전혀 생각지 않았던 나는 의아해하며 그의 뒷모습을 쳐다보았다. 술 탓인지 아니면 혼란스러운 머릿속 때문인지 그는 몹시 비틀거렸다. 나는 비틀거리며 걷는 그를 약간 아슬아슬한 심정으로 바라보았다.

내 방이 있는 쪽으로 방향을 잡고 걷던 그가 돌연 몸을 돌려 차도를 향해 뛰기 시작한 것은 내가 골목길을 막 접어들려고 할 무렵이었다. 한 마리 작은 표범처럼 날쌔고 민첩하게 몸을 돌려 띠어기는 그는 아까와는 달리 전혀 비틀거리지 않았다. 내가 뭘 잘못 본 것일까 생각하며 눈을 깜박거려보았지만, 분명 그였다. 갑자기 귀청을 찢어놓을 듯한 경적과 함께 끼익하며 급브레이크 밟는 소리가 들렸다. 동시에 날카로운 고함이 터져 나왔고, 택시 운전사의 격분한 목소리는 눅눅하고 차가운 밤공기를 가르며 하늘을 찔렀다.

— 젊은 놈이 죽으려고 환장했어? 술을 처먹었으면 얌전히 집에 가 자빠져 잘 일이지, 누구 신세 망칠 일 있어!

그러고도 분이 안 풀리는지 택시 기사는 엎어진 채 웅크리고 있는 그를 향해 침까지 퉤 뱉은 다음 부연 연기를 꽁무니에 매단 채 사라졌다.

나는 택시가 사라지고 나서 한참이 지나도록 충격에서 깨어나지 못했다. 그의 몸 어딘가에, 아니 그의 영혼 어딘가에 숨어 있던 날렵하고 가뿐한 비상의 에너지를 문득 훔쳐본 나는 오로지 얼떨떨할 뿐이었다. 하지만 자유로운 표범처럼 가볍게 몸을 날리던 그는 불과 몇미터도 못 가고 넘어져 참담한 모습으로 차도 위에 웅크린 채 비에 젖고 있었다. 헤드라이트를 번쩍이며 또 다른 차 한 대가 경적을 울리며 그를 비켜갔다. 그제야 정신이 든 나는 비로소 그를 향해 뛰었다. 몇 년 동안 거의 뛰어본 적이 없는 두 다리는 고장 난 기계처럼 뻑뻑해 도무지 달려지지 않았다.

달려오는 차들에게 연신 미안해하는 표정을 지으며 그를 차도 밖으로 잡아끌었다. 그런데 그는 축 늘어진 채 도무지 움직이려 하지 않았다. 몇 초에 불과한 짧은 비상이었지만, 아마도 그는 그 비상의 순간에 자신의 모든 에너지를 다 소진해버린 모양이었다. 그래서 나는 어처구니없게도 그를 질질 끌어낼 수밖에 없었다. 언제나 낯선 존재로서 내 주변을 맴돌기만 하던 그가 그 순간에는 나에게 자신을 완전히 내맡기고 있었다.

시체처럼 축 늘어진 채 끌려오던 그가 갑자기 울음을 터뜨린 것은 내가 그의 나머지 한쪽 다리를 차도에서 인도 쪽으로 막 옮겨놓으려고 할 때였다. 왼쪽 다리는 차도에, 그리고 오른쪽 다리는 인도에 걸친 채 기우뚱한 자세로 땅바닥에 털버덕 주저앉은 그가 느닷없이 서러운 울음을 토해냈다. 한 손으로는 비에 젖은 땅바닥을 짚고, 나머지 한 손으로는 땅바닥을 쳐대며 — 실제로 그는 철썩철썩 소리를 내며 한쪽 손바닥으로 땅바닥을 내려쳤다 ─ 엉엉 통곡하는 모습은 슬퍼 보이기보다는 오히려 희극적으로 보였다.

엉엉 소리치며 통곡하던 그가 급기야 지친 듯 기묘하게 꺽꺽거리기 시작했을 때, 그로부터 도망치고 싶다는 생각이 문득 들었다. 언제나 겉돌기만 했던 그와의 시간들로부터, 그리고 추적거리며 비가 내리는 겨울 밤거리에서 스산하게 울고 있는 그로부터 달아나 따뜻한 내 방으로 돌아가고 싶었다. 그 순간 내 눈에 비친 장형수라는 남자는 절망의 늪에 다름아니었다. 조금만 더 가까이 다가가면 내 전부를 흔적도 없이 삼켜버리고 말 것 같은 무시무시한 절망의 늪이었다. 오싹한 한기를 느끼지 않을 수 없었고, 그래서 나는 그를 달랠 생각은커녕 멀찌감치 떨어져 울고 있는 그늘 시켜보기민 했다.

그의 울음은 상당히 오래 계속되었다. 꺽꺽거리며 잠시 쉬다가 다시 땅바닥을 내리치며 통곡하기를 몇 번씩이나 거듭했다. 그리고 통곡의 중간중간에 그는 ‘내가 아버지를 죽였어’라고 말했고, 그때마다 그는 더더욱 비통하게 울었다. 나는 캄캄한 밤하늘과 칠흑 같은 허공을 올려다보며 오로지 그의 울음이 그치기만을 기다렸다. 그러던 중 불현듯 주위가 조용해지며 아무 소리도 들리지 않았다. 그가 울음을 그친 것이다. 길게 이어지던 그의 통곡은 서서히 가늘게 잦아든 것이 아니라 어느 순간 느닷없이 뚝 끊어졌다. 뚝 하고 울음 그치는 소리가 분명하게 난 것 같기도 했다. 순간, 그가 울음을 그친 것이 아니라 숨쉬기를 멈추어버렸을지도 모른다는 생각이 들었다. 나는 다급해진 마음으로 그에게로 다가갔다.

내기 기꺼이 다가가사 엉뚱하게도 그는 그때까지 한 번도 본 적이 없는 야릇한 눈빛으로 나를 올려다보았다. 나를 올려다보는 그의 눈빛은 뭐랄까, 어떤 간절함 같은 것이 묻어 있었다. 내가 손이라도 뻗어 그를 붙들어주기를 원하는 것만 같았다. 하지만 나는 그의 간절한 눈빛을 외면했다. 내가 그토록 확인하고 싶어 하던 그의 인간적인 면모, 즉 대부분의 사람들이 드러내기 일쑤인 사랑받고 싶어 하는 감정을 그에게서 확인하는 순간 나도 모르게 온몸이 뻣뻣해지며 달아나고 싶었던 것이다. 그 실체가 뭔지는 모르겠으나 거미줄처럼 복잡하게 얽혀 있는 그의 삶이 당장이라도 내 목을 칭칭 감으며 옭아맬 것 같아 나는 가능한 한 멀리 달아나고 싶었다. 그런데 정작 내 다리는 땅바닥에 얼어붙은 듯 꼼짝도 하지 않았다.

자신으로부터 고개를 돌린 채 서 있는 나를 꽤 오랫동안 올려다보던 그가 이윽고 땅바닥에서 일어섰을 때, 내 입에서는 전혀 생각지도 않았던 말이 튀어나왔다.

— 이제 그만 집으로 들어가자.

그를 또다시 내 방으로 불러들이고 싶은 생각은 추호도 없었다. 그런데 나도 모르게 그런 말이 튀어나왔다. 그런 내 속마음을 이미 눈치챘는지 그는 내 말을 전혀 듣지 못한 사람처럼 어둠 속에 우두커니 선채 꼼짝도 하지 않았다. 저만치 떨어져 서 있는 그의 얼굴에 눈물인지 빗물인지 분간이 안 가는 물기가 번들거렸다. 그에게 무슨 말인가를 더 해줘야 한다는 생각이 들었지만, 깜깜해져버린 머릿속에서는 아무런 단어도 떠오르지 않았다. 그때 어둠 저쪽에서 그의 건조한 목소리가 들려왔다.

　― 아무래도 다시 돌아가야겠어.

　독백하듯 낮게 중얼거린 그의 말을 나는 분명히 알아들었다. 하지만 나는 조금 큰소리로 되물었다.

　― 뭐라고?

　그는 대답 대신 나를 물끄러미 쳐다보았다. 그리고 곧이어 그는 내가 서 있는 쪽의 반대 방향으로 몸을 돌려 천천히 어둠을 향해 걷기 시작했다.

　어둠 속으로 천천히 걸어가는 그의 발걸음이 아까와는 달리 단정해 보였다. 그를 불러 세우거나 뒤를 좇아가야 하는 게 아닐까 하는 생각이 얼핏 늘었다. 그런데 나는 멀어져가는 그의 뒷모습을 망연히 바라보며 꼼짝도 하지 않았다.

　잠시 후 나는 그가 어둠 저 너머로 완전히 사라지기도 전에 돌아섰다. 비는 그때까지 그치지 않았다. 오른손에 들고 있던 우산을 왼쪽 손으로 바꿔 드는데, 그에게 우산을 건네주지 않은 것이 문득 마음에 걸렸다.

시인 이상

시인 이상

커피를 맡는다. 익숙하면서도 낯선 MJB커피향은 동경(憧憬)이다. 커피 냄새는 냉혹하기만 한 현실과는 다르게 강한 쓴 내음에도 불구하고 고소하며 매혹적이다. 아니 매혹, 그 이상이다. 손톱이 일곱 개밖에 없는 아버지와 생일도 이름도 모른 채 평생을 산 어머니를 보면서 이상은 세상이 얼마나 음험한 곳인지 진작 알았다. 근원을 알 수 없는 불안과 초조가 일찍이 습관이 되어 납작할 대로 납작해진 이상에게 다른 세상에 대한 동경 따위는 없었다. 그런데 커피가 다른 세상의 냄새를 풍겼다.

커피를 마시는 것보다 맡기를 더 즐기는 그는 커피가 담긴 통에 아예 코를 들이박고 냄새 맡는다. 그러다가 간혹 커피 가루를 입에 넣어 보기도 하는데 번번이 실망한다. 입안에서 텁텁하게 겉돌기만 하는 커피 가루는 본모습을 감추며 상대를 현혹하다가 정체를 들킨 커피의 실체다. 배신감보다는 아프다. 겨우 찾아내 의지하는 그것의 정체를 굳이 알려고 할 필요도 없었을 텐데 기어코 맛까지 본 대가는 냉정하다. 커피를 맡으면서 잠시 살아났던 생기가, 입안에 들러붙어 떨어지지 않는 커피 가루로 인해 완전히 사그라져 하루를 시작할 엄두가 나지 않는다. 매일매일 꼬박꼬박 찾아와 독촉하는 하루는 일수를 받으러 온 사채업자다. 어제처럼 오늘도 어김없이 찾아와 버티고 있는 하루에게 이상은 내놓을 수 있는 게 없다. 그렇다면 권태라도? 그러나 다방 창을 통해 쏟아져 들어오는 햇빛이 권태조차 하얗게 말려버린다. 권태보다 더 극단적인 햇빛을 돋보기로 들여다본다. 아무것도 보이는 것이 없는데 거기에서 불이 일어난다. 새로 쓰기 시작한 「봉별기」 원고 한 장이 연기를 내며 재로 변해간다.

금홍이 풍기는 분내는 위험하다. 짙어서 위험하다. 금홍이 화장하는 모습을 보면서 한때 이상은 권태를 잊기도 했다. 위험이 불러일으킨 흥분은 무기력한 권태를 밀어내기에 충분했다. 이 년여 전 처음 보았을 때도 금홍은 화장이 짙었다. 열여섯가량 돼 보이는 어린 여자애가 하얀 분칠을 한 모습이 가부키 인형처럼 기이했다. 산과 들판 그리고 사람들뿐만 아니라 눈에 담기는 모든 것이 비슷비슷해 권태롭기 이를 데 없는 조선 한구석에서 발견한 금홍은 단연코 눈에 띄었다. 돌출된 외모를 하고 등장한 금홍 앞에서 이상은 잠시 권태를 잊었다. 열일곱이 아니라 스무 살이 넘은 데다가 이미 딸을 출산한 적도 있는 금홍의 과거는 금홍의 얼굴을 하얗게 뒤덮고 있는 분가루에 비하면 차라리 평범했다. 서른도 되지 않은 이상을 마흔 살이 넘은 중늙은이로 여기딘 금홍에게 살 보이기 위해 콧수염까지 밀어버리고 다시 금홍을 찾아갔을 때부터 시작된 두 사람의 사랑은 앓고 있던 병도 잊게 할 정도로 뜨거웠다. 그러나 금홍이 매일 아침 들여다보는 화장 거울에 비친 금홍과 뒤에서 그녀를 보는 자기 모습을 바라보는 일이 일상이 되면서부터 이상의 권태는 더 지독해졌다. 그리고 이상의 병도 다시 깊어졌다. 거울 속보다 더 고요한 방에서 매일 똑같은 모습으로 화장하는 금홍이 지겨워질 즈음 금홍은 외출하기 시작했다. 제비다방 마담 외 다른 직업은 있을 리 없는 금홍이 매일 외출하는 사유를 이상은 묻지 않았다. 외출을 마치고 돌아온 금홍에게서는 늘 낯선 냄새가 났다. 분내보다 더 짙은.

축음기에서 들려오는 미샤 엘만의 바이올린 소리를 듣는다. 사라사테의 연주에 비하면 확실히 싱겁다. 그러나 랄로의 협주곡에는 기교가 화려하고 현란한 사라사테보다 미샤 엘만의 바이올린 연주가 더 어울릴지도 모른다. 랄로는 자신의 협주곡에서 바이올린 독주를 배제했는데 바이올린의 차갑고 날카로운 소리를 좋아하는 이상은 여러 악기 가운데 바이올린 소리에 특히 귀를 기울인다.

음악은 처음 귀에 꽂히는 순간이 제일 강렬하다. 주변을 통째로 삼키는 속성에도 불구하고 음악이 이상을 완전히 정복하기는 어렵다. 한순간 자신을 잠시 내어주었다가 이내 시들해지기 일쑤인 이상은 그래서 음악을 수시로 바꾼다. 곡의 중간쯤에 싫증을 느낀 그는 랄로협주곡이 다 끝나지 않았는데도 내리고 베토벤의 템페스트를 새로 축음기에 올린다. 역시 베토벤은 베토벤이다. 예고와 동시에 폭발하며 질주하는 베토벤을 고스란히 따라가지 않을 수 없다. 검고 깊은 어둠 한가운데에서도 격렬할 수 있는 베토벤의 미친 열정을 이상은 사랑한다. 그리고 잠시 끼어드는 완전한 고요. 그러나 그 고요는 폭풍을 내포한 고요이기에 팽팽하다. 특히 휘몰아치는 강풍 속에서도 도도하게 흐르는 아름다운 선율은 권태로 말라 있는 이상을 끝내 적신다. 이런 순간 덕분에 늘 허공을 맴도는 이상의 인생이 허탕으로만 끝나지 않게 된다. 짧지만 완전한 몰입. 비록 찰나일지라도 자신을 살게 하는 진짜 이유가 바로 거기 있다는 것을 이상은 안다. 하지만 이 곡을 자주 들을 수는 없다. 안정된 마음으로 집중해서 들어야 하는 곡이라 마음이 평화로운 날만 듣는다. 특히 오욕이 펼쳐지는 3악장은 산란한 마음으로 듣다가는 자칫 정신이 잘못될 수도 있다. 권태로 인해 주로 맥없이 있다가 어쩌다 생기가 돌면 빛보다 빠르게 번득이며 마음이 산란해지기가 십상인 이상에게 평화로운 순간은 드물다. 때문에 제비다방에서 가장 많이 들을 수 있는 음악은 모차르트다. 가볍고, 가벼운척하며, 기어이 가볍기를 자처하는 모차르트는 이상이 어떤 순간에도 들을 수 있는 음악이다.

마담이 자리를 비우고 없는 제비다방에 손님이 끊긴 지는 오래되었다. 금홍이 아침부터 외출하기 시작하면서부터 줄어들더니 이제는 아예 손님이 없다. 다방에 손님이 꽤 드나들고 할 때는 방에 틀어박혀 잘 나오지 않던 이상이 금홍이 자리를 비우는 요즘엔 주로 다방에서 시간을 보낸다. 한쪽 벽에 나란히 걸려 있는 그림 속의 남자 둘과 함께 이상이 지키고 있는 빈 다방 안은 한여름인데도 냉하다. 이상이 직접 그린 자화상과 구본웅이 그려준 초상화는 같은 사람을 그린 것인데도 닮은 구석이 전혀 없다. 파이프 담배를 피우지 않는 이상에게 파이프를 입에 물게 해놓고 구본웅이 그려준 초상화는 아무리 봐도 이상이 아니다. 늘 파이프 담배를 입에 물고 사는 구본웅은 모델인 이상을 앞에 앉혀놓고 정작 그린 것은 이상이 아니라 자기 자신이었다. 아무도 없는 다방을 지키면서 같이 있는 세 남자는 같은 듯 다르다. 그림 속 남자들을 쳐다보고 있는 그림 밖의 남자는 시시각각으로 변하는 자기가 누구인지 자기도 모르는 것 같다. 파이프를 입에 물고 있는 그림 속 남자는 꽤 비딱해 보이는데 그렇다고 무슨 일을 저지를 것 같지는 않다. 또 한 남자. 이상이 직접 그린 그림 속의 또 한 남자가 흥미롭다. 무표정한 얼굴에 동굴처럼 깊은 눈은 너무 무뚝뚝해서 아무것도 말해주지 않는다. 이 남자를 알 수 있는 사람은 오직 이 남자뿐이다. 스스로 미궁에 빠진 자의 모습이다.

어슬렁거리며 다방 안을 둘러보던 이상은 다시 창가 자리에 가서 앉는다. 아까 타다 남은 원고지 한 장이 탁자 아래에 떨어져 있다. 그러나 줍지 않는다. 탁자 위에도 원고지가 어지럽게 널려 있다. 그것 역시 이상은 정리할 생각이 없다. 순서 없이 뒤죽박죽되어도 상관없을 글이다. 배천온천에서 금홍을 만난 이후 있었던 일을 쓴 이 원고는 눈을 감고도 쓸 수 있는 글이다. 은유도 없고 비밀도 없는 나른한 나

열은 딱히 앞뒤가 필요 없다. 그냥 떠오르는 대로 쓰기만 하면 된다. 기억이 순서대로 떠오르는 것이 아니듯이. 오늘 아침 금홍이 외출한 데까지 쓴 「봉별기」의 다음 원고는 금홍이 집으로 돌아오고 나서 다시 쓸 것이다. 그런데 갑자기 한 문장이 떠오른다.

　　　속아도 꿈결 속여도 꿈결 굽이굽이 뜨내기 세상 그늘진 심정에 불 질러버려라.

　금홍이 종종 부르던 노래 가사다. 밖에서 누가 던져 넣기라도 한 듯 이상의 마음에 들어온 이 노랫말을 서둘러 빈 원고지 칸에 적어넣는다. 다른 건 몰라도 이 노랫말의 분상빈은 꾀껼힌 기키를 찾아 배치할 것이다.

　이 노래를 부를 때의 금홍은 이십 대의 풋풋한 여인이 아니라 족히 사십은 되어 보이는 농익은 여성의 모습이었다. 스물한 살인데도 열여섯으로밖에 보이지 않는 금홍의 외모와 현실을 살아가는 태도에 있어서는 사십 대 여인 뺨칠 정도로 노련하기 짝이 없는 금홍의 이중성을 비판적으로 말하는 친구도 있지만 이상은 개의치 않는다. 한 인간에게 매료당하는 데는 이유가 없다. 이상은 금홍이 거짓말하는 것을 뻔히 알면서도 속아줄 뿐만 아니라 노여워하며 화를 내지도 않는다. 다 알면서도 속아준다는 것 또한 아는 금홍이라는 여자의 능청과 뻔뻔함을 미워할 수 없는 자신을 이상은 이해할 수가 없다.

　몰락한 양반이긴 하지만 양반의 체면과 자존심이 무엇보다 중요했던 백부는 양자로 들인 이상을 엄격하게 가르쳤다. 그런 성장 배경으로 인해 이상의 내면 깊숙한 곳에는 보수적인 가치관이 뿌리 깊게 자리 잡고 있다. 하지만 이상 자신과 주변 지인들의 삶의 방식은 지극히 현대적이다. 그래서 이상은 늘 19세기와 20세기의 틈바구니에 끼여 고뇌한다. 머리로는 19세기를 봉쇄해버려야만 한다고 생각하는데 현실에서는 그렇지 못하다. 금홍에 대한 이상의 태도 또한 같은 맥락이다. 금홍의 거짓말과 간음이 별일 아니라는 듯이 모른 척하면서 속으로 괴로워하는 것이다.

김기림과 정지용의 추천으로 『조선중앙일보』의 학예부장이었던 이태준에게 발탁되어 시작된 「오감도」 연재는 시작부터 말썽이었다. 「오감도」라는 말은 사전에도 없으니 오자가 아니냐는 것이다. 그뿐만 아니었다. 시 제목에서부터 시작된 물의는 꼬리에 꼬리를 물고 일어났다. "무슨 개수작이냐", "무슨 미친놈의 잠꼬대냐" 같은 독자 투서는 끊이지 않았고 이상을 죽여야 한다는 극단적인 비난을 서슴지 않는 독자도 있었다. 그러나 이상은 독자들의 이런 저항에도 불구하고 '작자의 말'을 썼다. 그러나 그 글은 발표되지 못했다.

왜 미쳤다고들 그러는지 대체 우리는 남보다 수십 년씩 떨어지고도 마음 놓고 지낼 작정이냐. 모르는 것은 내 재주도 모자랐겠지만 게을러 빠지게 놀고만 지냈던 일도 좀 뉘우쳐 봐야 아니 하느냐. 여남은 개쯤 써 보고서 시 만들 줄 안다고 잔뜩 믿고 굴러다니는 패들과는 물건이 다르다. 2천 점에서 30점을 고르는데 땀을 흘렸다. 31년, 32년 일에서 용대가리를 딱 꺼내어 놓고 하도들 야단에 배암 꼬랑지커녕 쥐꼬랑지도 못 달고 그냥 두니 서운하다…….

아무튼 독자들의 엄청난 분노를 사면서까지 20세기 모더니즘을 지향하는 이상이지만 금홍과의 관계에서만은 모더니즘적으로 처신할 수가 없는 것이다.

외간 남자와 정을 통하고도 말간 얼굴을 하고 집으로 돌아오는 금홍을 보면서 고통스럽지 않을 수 없다. 그러나 그 아픔은 금홍의 외도 때문이라기보다는 금홍을 마음으로 받아들인 사실 자체로 인한 아픔이라고 애써 합리화해보기도 한다. 마음을 순 내싱은 그깃이 비틀 사람이 아닌 사물이라 할지라도 통증을 수반한다. 그것이 무엇이든 우리는 결국 그것과 이별해야만 한다. 특히 금홍은 만나는 순간부터 이별을 염려하게 만드는 여인이었다. 금홍과의 이별을 상상하면 금홍이 무슨 짓을 하든 미워할 수가 없다. 하지만 다행인 것은 자기조차 사랑할 줄 모르는 이상은 타인도 온전히 사랑할 줄 모른다는 것이다. 금홍을 좋아하면서도 종종 싫증을 내는 것이 그 증거다. 아침마다 창을 통해 들어오는 햇빛만큼 이상이 사랑한 것은 이 세상에 없다. 그러니까 금홍 때문에 괴로워하는 자신의 마음에 대해서도 너무 걱정할 게 없다는 것이 이상의 생각이다.

제비다방의 통유리창은 이상의 야심작이다. 다방 안에서도 사람을 볼 수 있고 다방 밖에서도 사람을 볼 수 있도록 하려고 통유리창을 제안했을 때 아무도 찬성하지 않았다. 경성 어디에서도 그런 걸 본 적 없다는 것이 반대하는 사람들의 한결같은 이유였다. 하지만 바로 그 이유 때문에 이상은 자기 생각이 옳다고 확신했다. 늘 보던 것 말고 한 번도 본 적이 없는 것, 주로 하던 방식이 아닌 다른 방식, 그런 것을 찾아내고 시도하는 것이 이상의 존재 이유이다.

통유리창으로 되어 있는 창가 자리에 앉아 이상이 제일 많은 시간을 보내면서 하는 일은 바깥 구경이다. 오가는 사람들이 많은 종로 거리 풍경을 창 안에서 바라보는 일은 종일이라도 할 수 있다. 가로 세로로 교차하며 지나다니는 전차와 버스들, 등에 업힌 아이가 젖이 고파 칭얼대는데도 옆에 있는 아낙네와 수다 떨기에 바쁜 아이 엄마, 중절모와 양복으로 잔뜩 멋을 낸 신사가 빨갛게 입술을 칠한 젊은 여인을 연신 힐긋거리다가 발을 접질리는 장면, 흰색 무명 한복을 입은 여인네가 소매를 걷어붙이고 뒷짐을 진 채 한쪽 팔을 들어 어딘가를 가리키는 모습, 사람이 사람을 태우고 다닐 수 없다는 말이 유행처럼 번지면서 급격하게 줄어들기 시작한 인력거와 새로 눈에 띄기 시작한 자전거. 프랑스 유학을 마치고 돌아와 동아일보 미술기자가 된 이마동이 신문에 연재하며 그린 삽화처럼 이상의 눈에도 종로 거리의 풍경이 수십 장의 삽화가 되어 담긴다. 제비다방을 등진 채 서 있는 무명 한복을 입은 여인 곁으로 비슷한 차림새의 한 여인이 다가오는데 자세히 보니 옥희다. 오랜만에 보는 여동생이 반가우면서도 거북하다. 옥희는 십중팔구 돈 이야기를 꺼낼 것이다.

"오라버니, 잘 있었수?"

다방 문을 열고 들어서는 옥희 표정이 무겁다.

"응, 그래."

"언니는 외출 나간 모양이오."

"그렇다."

"식사는 하셨수?"

"아니다."

"차려주우?"

"그럴 것 없다."

옥희가 다방에 온 용무를 짐작하면서도 이상은 얼른 아는 체하지 않는다.

"그게 말이우, 오라버니……."

자기 탓도 아닌데 늘 염치없어 하는 옥희가 안쓰럽다.

"내가 미리 챙겨주었어야 했는데 늦었구나."

부모님 생활비를 받으러 오는 옥희는 번번이 대신 죄인이 된다.

"오라버니도 어려울 텐데……."

"괜찮다."

"몸은 좀 어떻수?"

이 년 전 각혈을 하는 통에 놀란 식구들은 이상의 건강이 항상 걱정이다.

"그만그만하다."

옥희 입에서 딱히 딴소리가 안 나오는 걸 보면 부모님은 별일 없이 지내는 듯하다. 그래서 굳이 안부를 묻지 않는다.

"……."

여동생과 오라버니가 나눌 수 있는 대화는 그걸로 끝이다.

들어온 지 10분도 되지 않아 나갈 채비를 하는 옥희에게 이상은 지난달보다 더 적은 돈을 내민다.

"요새 다방이 좀 어렵다."

"미안해요, 오라버니."

문을 열어주는 오라버니를 쳐다보지도 않고 서둘러 다방을 나선 옥희는 일부러 집과는 반대 방향으로 나 있는 길모퉁이를 돌아 이내 모습을 감춘다.

가족은 허공에 매달려 있는 이상을 땅으로 끌어 내리는 중력이다. 가족이 없었더라면……. 아니다. 이상을 땅으로 끌어당기는 가장 강력한 중력은 이상 자신이다. 이상을 결박하는 것은 가족이 아니라 뿌리 깊은 권태이며 초조다. 어디서부터 시작되었는지 알 수 없는.

구본웅과 함께 점심 식사하기로 약속한 조선호텔로 향한다. 동아일보 건물 옆에 진을 치고 앉아 있는 점쟁이와 관상쟁이는 지루하고 긴 여름 한낮에 지칠 대로 지친 표정을 한 채 자기들끼리 수군거리고 있다. 거리에서 걸식하며 지내는 어린아이들은 웬일인지 보이지 않는다. 초여름부터 핀 빨간 장미 꽃잎들이 도로에 떨어져 행인들 발에 무참히 밟히고 있다. 장미 꽃잎은 밟히면 밟힐수록 더 붉어진다. 그리고 그 자리에 피 같은 붉은 액체가 고인다. 가던 길을 일부러 멈추지는 않았으나 붉은 액체의 선명한 핏빛은 이미 이상의 뇌리에 강하게 각인되었다. 카스텔라 색의 각혈, 장밋빛 나비 등의 언어가 맥락 없이 머릿속을 굴러다닌다. 이 언어들과 이 순간의 느낌을 기억해 떠올리게 되면 원고지에 글을 쓰게 될 것이다. 그러나 떠올리지 못하면 이 순간은 영원히 사라지고 마는 것이다.

조선호텔 앞에 도착한 이상은 건물 앞에서 잠시 걸음을 멈춘다. 호텔 외양보다는 건물을 지을 때 사용되었을 철근 철골, 시멘트, 모래 등에 더 관심을 가지며 호텔을 쳐다본다. 건축을 전공한 이상의 습관이다. 경성에 들어선 현대식 건축물을 볼 때마다 이상은 건물의 외양보다는 그런 것들을 먼저 떠올린다. 유럽에서는 이미 한물간 건축양식을 일본은 본국뿐만 아니라 그들의 식민지인 조선에까지 도입해 경성에서 볼 수 있는 건축물 대부분이 르네상스풍이다. 그런 건축물에 강한 거부감을 느끼는 이상은 자신이 추구하는 건축양식을 제비다방에 모두 투영시켰다. 대로변에 있는 붉은 벽돌 건물 1층에 통유리창을 낸 것하며, 다방 안 벽은 모두 흰색으로 칠하고 장식 또한 최소화했다. 얼핏 을씨년스러워 보이기도 했지만 새로운 건축의 본고장인 유럽 건축물에 대한 동경이 있었던 이상은 자신이 운영하는 제비다방이라도 자기가 원하는 대로 꾸미고 싶었던 거였다. 하지만 정작 제비다방은 이상과 어울리는 예술가들 외 다른 사람들에게는 관심을 끌지 못했다.

원구단이 있는 후원으로 들어가니 구본웅이 먼저 와 있다. 등을 돌린 채 앉아 있는 구본웅의 뒷모습을 보면서 슬쩍 염증이 인다. 사람을 싫어하는 버릇이 또 작동한다. 구본웅은 이상에게 고마운 존재다. 그림 그리기를 좋아하면서도 형편이 어려워 그리기를 주저하는 이상에게 값비싼 화구를 선물한 사람도 구본웅이다. 그리고 간간이 조선호텔로 불러내 이상으로서는 엄두도 내기 어려운 호텔 식당의 코스요리를 즐길 수 있게 하는 것도 구본웅이다. 그런데도 이상은 수시로 구본웅에게 싫증을 느낀다. 구본웅이 금홍을 흠모하는 것은 일찍부터 아는 사실이라 새삼스러울 게 없다. 그러니까 질투심 때문에 구본웅을 싫어하는 게 아니라는 말이다. 굳이 이유를 들자면 모자다. 무엇 때문인지 구본웅은 어떤 장소에서도 모자를 잘 벗지 않는다. 그래서 구본웅을 떠올리면 모자와 파이프 담배가 제일 먼저 떠오른다. 이상이 보기에는 귀족 취향의 허영 같다. 그러나 정작 이상 자신도 구본웅이 추구하는 것과 같은 허영에다 허세까지 더해 자신을 포장하는 자기를 안다. 그러므로 이상이 사람들에게 습관적으로 느끼는 싫증은 궁극적으로는 자기 자신에 대한 것일지도 모른다. 어쨌든 구본웅과 대면하기 전에 이상은 구본웅에게 느끼는 싫은 감정을 빨리 마음에서 지워야 한다. 몸이 불편한 사람일수록 상대의 감정에 예민하다. 구본웅도 그렇다. 게다가 구본웅은 이상의 감정에 대해서는 특히 더 민감하게 군다. 그래서 이상은 초인적인 노력으로 불편한 감정을 없애려고 노력한다.

몸이 불편한 구본웅이 후원 테이블에 앉아 있다가 호텔 후원으로 들어서는 이상의 인기척을 느끼고 엉거주춤 일어서 돌아섰을 때 아직 자기감정을 해결하지 못한 이상은 잔뜩 일그러진 표정으로 구본웅과 맞닥뜨린다.

"날이 많이 덥구먼."

굳이 할 필요도 없는 쓸데없는 말을 내뱉는 이상의 표정이 더 일그러진다. 안면 근육이 오그라드는 것이 가뜩이나 마른 몸의 살이 더 빠질 것 같다.

젠장. 꼭 이래야만 하나. 있는 그대로 자신의 감정을 표출하고 싶은 욕구가 화산처럼 솟구친다. 미운 건 밉다고 말하고, 싫은 놈은 두들겨 패주고, 꼴 보기 싫은 인간은 관계에서 도려내버릴 수만 있다면 이상의 지병도 싹 나을 것 같다.

평소에는 하지 않던 인사법으로 말을 건네는 이상을 구본웅이 묘하게 쳐다본다.

저렇게 알듯 말듯한 표정도 마음에 안 들어. 속으로 생각하며 다가간 이상이 구본웅에게 손을 내민다. 내민 이상의 손을 잡는 대신 왼쪽 어깨를 툭 치며 인사를 대신하는 구본웅에게 은근히 화가 치민다. 네 살이 위이지만 몸이 아파 학교를 다니다 말다 하는 바람에 소학교를 이상과 함께 졸업하게 되면서 구본웅은 이상과 친구처럼 지내게 되었다. 그런데 구본웅은 이상이 잊을 만하면 제스처나 말 등으로 자신이 손위라는 것을 이상에게 환기시키는 것이다. 악수 대신 이상의 어깨에 손을 갖다 대는 것도 그런 맥락이다.

경제적으로는 어려움이 없으나 몸이 불편한 구본웅은 떨칠 수 없는 그늘이 있다. 그래서 딱히 노력하지 않아도 퇴폐적으로 보이는 구석이 있다. 내용도 잘 모르면서 신 유행을 좇는 젊은 사람들이 성정과

.

는 어울리지 않게 퇴폐적인 척하는 꼴을 못마땅하게 여기는 이상은 구본웅의 퇴폐는 그나마 인정한다. 말이 점잖고 온화한 데 비해 어둡고 거칠며 탁한 그의 그림도 구본웅의 퇴폐적인 분위기를 정당화시켜준다.

호텔 직원의 안내를 받아 두 사람은 식당 안으로 들어간다. 자리에 앉아 냅킨을 무릎에 올려놓자마자 준비되어 있던 음식이 나온다. 콩소메와 레터스샐러드다. 본국에서는 가난한 농민들이 먹는 음식이라 여기며 천시하던 콩소메가 어쩌다 조선에서는 가장 고급 요리로 대접받게 된 것인지 알 수가 없다. 그러하거나 말거나 이상은 콩소메가 맛있다. 커피만큼은 아니나 콩소메도 이상이 동경하는 세상의 맛이다. 상추와 거의 비슷한 레터스는 맛보다는 이름이 더 마음에 든다.

"금홍이 말일세."

콩소메를 한입 먹기 위해 스푼을 드는데 구본웅이 금홍이를 입에 올린다. 이상은 대꾸 대신 눈으로 구본웅을 쳐다본다.

"오는 길에서 봤다네."

갑자기 입맛이 사라진 이상은 들고 있던 스푼을 탁자 위에 내려놓는다.

"요즘 새로 그리고 있는 자네 그림 이야기나 해보게."

금홍이 이야기를 더 하고 싶지 않아 대화를 다른 방향으로 돌리려고 하는데도 구본웅은 기어이 금홍이 이야기를 계속한다.

"모르는 남자와 함께 덕수궁 쪽으로 가더군."

상대방과의 관계에서 공격적인 성향을 전혀 내비치지 않는 구본웅인데 금홍이 일에 대해서만은 종종 과격하고 대담해진다.

"뒤따라가보지 그랬나?"

기어코 심사가 뒤틀린 이상이 이죽거리며 말한다.

"금홍이와 어울리는 남자가 누군지 궁금하지도 않나, 자네는?"

말을 하는 구본웅의 얼굴이 붉어진다. 금홍과 함께 사는 이상 자신보다 더 질투를 느끼는 것 같은 구본웅을 어이없다는 표정을 지으며 바라보자 구본웅이 얼른 눈치채고 변명한다.

"그러니까 내 말은……."

"식사나 하시게."

이미 식어버린 콩소메를 나시 피 입에 넣으며 이상이 막한다.

전채요리로 나온 레터스샐러드는 아직 손도 대지 않았는데 직원이 메인요리를 가져온다.

서둘러 나온 오리 간 구이와 로스트비프를 썰기 위해 나이프를 챙기는데 구본웅이 묻는다.

"요새 그림은 좀 그리나?"

"글 쓰는 사람에게 그림은 왜 묻나?"

"나는 자네 글보다 그림에 관심이 더 많거든."

"왜지?"

"자네가 그린 그림을 보면 꺼져가던 내 열정에 다시 불이 지펴지니까."

구본웅의 말에 이상은 최근에 구본웅이 스케치해놓은 그림 하나를 떠올린다. 탁자 위에 놓인 작은 화분과 영어가 쓰여 있는 종이 몇 장 위에 벗은 여성의 몸을 그려 넣은 것이었다. 기존의 화풍에서 벗어나고 싶어 하던 구본웅이 새로운 시도를 하는 것 같은 스케치였다.

"닭을 그려보는 건 어떤가?"

"뜬금없이 웬 닭인가?"

"닭이란 놈들이 말일세. 자세히 들여다보면 재미있는 구석이 많더라고. 그놈들도 사람처럼 마음에 드는 암탉이 나타나면 대번에 알아보고 기를 쓰며 암탉을 차지하려고 하는 거야. 담장을 넘어 암탉이 있는 곳으로 가려다가 다리가 부러지든 말든, 목구멍이 철조망에 걸려 죽든지 말든지 아랑곳하지 않고 암탉이 있는 곳으로 향하는 수탉들의 집념을 관찰하다 보면 꺼져가던 자네의 열정도 저절로 되살아나게 될 걸세. 우리 인간들과는 다르게 그 녀석들은 포기라는 것을 전혀 모르는 것 같더라니까. 일단 목표가 생기면 죽음을 불사하고 달려들더란 말이지. 마지막 남은 힘까지 다 끌어올려 목표물을 향해 돌진하기 직전, 모가지 털을 벌컥 일으켜 세운 채 숨을 헐떡거리며 꽥꽥거리는 수탉 놈을 보면 죽어가던 사람도 벌떡 일어날 것 같더라니까. 그런 순간의 닭 그림을 그릴 수만 있다면 나도 닭을 한번 그려보고 싶네."

이상의 말에 구본웅은 아무런 대꾸도 하지 않고 로스트비프를 나이프로 썰고만 있다. 시중을 드는 직원은 디저트를 내어와야 할 타이밍을 엿보며 두 사람의 식탁 주변을 계속 서성거리고 있다.

"닭이 사람보다 낫군."

로스트비프를 썰던 나이프를 든 채 구본웅이 말한다.

"무슨 말인가?"

"좋아하는 여인을 앞에 두고도 속 시원하게 표현도 못 하는 사내보다는 자네가 말하는 닭이 더 낫다는 말일세."

"그런 사람이 배천에서 내가 금홍을 권했을 때 왜 마다했나?"

"그거야…… 자네가 어떻게 해서든 금홍이 마음에 들어보려고 콧수염까지 대뜸 밀어버리는 걸 보고 내 마음은 포기해야겠다 생각한 거지. 금홍이도 이미 자네에게 마음을 준 것 같았고. 이미 다 지나간 일이니 그만하세. 그건 그렇고 지난 4월『카톨릭청년』2호에 발표한 시 정식(正式) 말일세."

> 너는 누구나 그러니 문밖에 가서 문을 두드리며 문을 열라고 외치니
>
> 나를 찾는 일심(一心)이 아니고 또 내가 너를 도무지 모른다고 한들 나는 차마 그대로
>
> 내어버려 둘 수는 없어서 문을 열어주려 하나 문은 안으로만 고리가 걸린 것이 아니라
>
> 밖으로도 너는 모르게 잠겨 있으니 안에서만 열어주면 무엇을 하느냐 너는 누구기에
>
> 구태여 닫힌 문 앞에 탄생하였느냐

"이 부분이 특히 마음에 와닿더군. 새삼스러울 건 없지만 자네도 나와 같은 고민을 하고 있다는 것을 다시 확인한 것 같아서 말이야."

기다리다 못해 자몽 소르베와 바닐라 아이스크림을 들고 온 호텔 직원이 묻는다.

"요리는 다 드신 것인지요?"

잠시 뜸을 들이던 구본웅이 호텔 직원에게 치워도 된다는 의미의 손짓을 한다.

달콤한 바닐라 아이스크림보다는 산뜻한 맛의 자몽 소르베를 더 좋아하는 이상이 자몽 소르베를 한 스푼 떠서 입에 넣는다. 정신이 번쩍 들 정도로 차갑고 시원하다. 안개가 낀 듯 맑지 않던 머릿속이 일시에 개운해진다. 오늘 먹었던 음식 중 이것이 최고이다.

구본웅과 헤어져 거리로 나서니 비가 내린다. 여름에 내리는 비 치고는 얌전하다. 보슬비처럼 내리는 비를 그대로 맞으며 걷다 보니 살짝 한기가 느껴진다. 늘 아슬아슬한 육체가 걱정되어 이상은 걸음을 빨리한다. 호텔에서 나설 때는 오랜만에 종로 거리를 산책이나 해야 하겠다고 생각했는데 생각을 바꿔 곧장 제비다방으로 향한다.

다방 문을 열자마자 기름 냄새가 코를 찌른다. 금홍이 비가 오는 날이면 종종 부치던 전 냄새다. 다방 한쪽 구석에 있는 부엌에서 금홍이 얼굴을 내민다.

"어디 다녀왔수?"

"구 형이 보자 해서⋯⋯."

"나도 아까 길에서 그 사람 봤는데⋯⋯."

금홍이 아무렇지도 않게 말한다.

"두 사람이 무슨 이야기를 나눈 게유?"

"왜?"

"그냥 궁금해서 물어보았수."

"당신 흉이라도 보았을까 봐?"

이상의 말에 샐쭉한 표정을 지으며 금홍이 다시 부엌으로 들어간다. 잠시 후 금홍은 막걸리와 전을 들고 이상이 앉아 있는 창가 자리로 온다.

"함께 한잔 하려우?"

금홍이 술상을 차린 건 오랜만이다.

"어쩐 일로 술상을 차렸누?"

"오늘 당신과 사생결단을 내려고."

"무슨 사생결단?"

되묻는 이상의 등골이 오싹해진다.

"이제 나도 지쳤수."

"뭐가?"

"몰라서 묻는 게유?"

"……."

"쌀독에 쌀 떨어진 지가 언젠데……."

갑자기 피로감을 느낀 이상이 비칠거리며 일어서 방 쪽으로 걸어가려고 하는데 금홍이 이상을 주저앉힌다.

"오늘은 하늘이 두 쪽이 나도 내 당신과 단판을 지을 것이오."

"그래서 외간 남자를 만나고 돌아다닌 게야?"

이상의 말이 끝나기도 전에 오른쪽 볼에서 불이 번쩍한다. 졸지에 당한 일이라 넋이 나가 있는 이상에게 금홍이 퍼붓는다.

"못난 사내 같으니라구. 식구 입에 풀칠도 못 시키는 주제에 그런 말이 어디서 나와."

독이 오를 대로 오른 금홍의 낯빛이 희다 못해 푸르다. 그러나 빨갛게 칠한 입술만큼은 여전히 요염하게 빛을 발하며 뜨거워 보인다.

경을 칠 년. 남의 남자와 놀아난 주제에. 음란하고 앙큼스러운 요물. 등의 말들이 입안을 맴돌았으나 이상은 한마디도 내뱉을 수가 없다. 금홍이 패악을 부리다가 갑자기 서럽게 우는 통에 하려던 말을 죄다 삼키지 않을 수 없다. 우는 금홍을 달래는 대신 이상은 술을 마신다. 금홍이 만들어온 안주는 입에 대지도 않고 연거푸 술잔만 들이키는데도 취하기는커녕 오히려 정신이 더 말짱해진다. 다 알면서도 서로 모른 척하며 쉬쉬하던 비밀을 다 발설해버린 두 사람은 더 이상 지탱할 것이 없다. 이제 어떻게 해야 하나? 만사가 끝난 것 같다.

다방 의자에 앉아 울고 있는 금홍을 혼자 두고 방으로 들어간 이상은 한여름인데도 이불을 둘러쓰고 누운 채 잠을 청한다. 그러나 아무리 오래 눈을 감고 있어도 잠이 들지 않는다. 평소에는 수면제를 먹은 사람처럼 온종일 잠에 취한 상태로 지내는 경우도 많았다. 그런데 정작 잠을 청하니 잠이 오지 않는다. 몸은 천근만근 무거운데 의식은 흥분이 지나쳐 잠시도 가만히 있지 못하고 미쳐 날뛴다. 움직일 힘이 조금이라도 몸에 남아 있다면 거리로 뛰쳐나가 광인처럼 무작정 거리를 질주하고 싶다. 그러나 누군가가 아방궁을 거저 주겠다고 해도 일어나 그것을 받아쥘 힘조차 없다. 얼마나 오래 잠을 이루지 못하고 뒤척였는지 한밤중에만 들을 수 있는 야경꾼의 딱딱이 소리가 귀를 때리듯 가까이서 들려온다. 딱딱이 소리는 잔뜩 예민해져 있는 이상의 신경을 더 심하게 긁는다. 야경꾼이 치는 딱딱이를 당장 빼앗아 땅바닥에 내동댕이쳐 박살을 내고 싶다. 다행히 딱딱이 소리는 오래 머물지 않고 멀어져 간다. 그즈음 설핏 잠이 들어 짧은 꿈을 꾼다. 개가 날뛰고 닭이 날뛰다가 나비가 되어 나는 꿈이 너무 생생해서 꿈인지 생시인지 분간이 안 간다. 악몽에 다시 잠이 깬 이상은 뜬눈으로 밤을 보낸다. 금홍과 둘이 누우면 꽉 찰 정도로 좁은 네나가 드니드는 문이라고는 하나밖에 없으며 창문 또한 쉽게 열리지 않아 도둑도 들어오려다가 도로 나가기가 십상인 방 안에서 이불을 둘둘 말은 채 온몸을 감싸고 있으면서도 이상은 공포를 느낀다. 누군가가 들이닥쳐 낮에 도로에서 본 장미 꽃잎처럼 자신을 밟아 뭉개버릴 것 같다. 공복 탓일 것이다. 구본웅과 함께한 점심에서도 별로 먹은 것이 없는 데다가 저녁도 걸러 텅 빈 뱃속이 잔뜩 오그라들어 급기야 헛것을 보는 것인가 보다, 생각하며 정신을 가다듬으려고 안간힘을 다하는데 다방 뒷마당에서 자고 있던 닭 한 마리가 새벽을 알리며 운다. 살았다.

닭 울음소리에 안심하며 심신이 조금 누그러진 이상은 그러나 선뜻 잠자리에서 일어나지 않는다. 또 시작된 오늘을 너무 일찍 마주하고 싶지 않다. 계속해서 자리에 누워 있으니 일어나 움직이거나 다를 것이 없겠지만 최대한 하루를 미뤄볼 심산이다. 그러나 어제 초저녁도 되기 전부터 누워 있어서 그런지 등이 아프다. 그래도 이상은 자리에서 일어나지 않고 오른쪽으로 몸을 조금 돌려 모로 눕는데 버선 한 짝이 눈에 들어온다. 때 묻은 버선 한 짝이 왜 이상의 얼굴 앞에 놓여 있는지 알 수가 없다. 그러고 보니 금홍이 곁에 없다. 그제야 금홍의 소재가 궁금해진 이상은 마지못해 몸을 일으켜 주위를 둘러본다. 둘러볼 것조차 없는 좁은 방 안에도, 부엌 바로 옆에 붙어 있는 변소에도 금홍이 없다. 부엌 너머 보이는 다방에도 금홍은 없다. 닭이 있는 뒷마당에도 금홍은 없고 이름 모를 붉은 꽃만 무성하다.

갑자기 울음이 터져 나온다. 크고 화려한데도 불구하고 잎들이 하나같이 흐느적거리며 축 늘어져 있는 화단의 붉은 꽃 때문이다. 화단에서 어쩌다 따로 떨어져 나온 꽃잎 하나가 덩그러니 놓여 있는 땅바닥에 철버덕 주저앉은 이상은 어린아이처럼 목놓아 운다. 어제 금홍이 자기 앞에서 울던 것보다 더 서럽게 운다. 울면서 생각한다. 지금 쓰고 있는 소설 「봉별기」에 자기가 울었다는 이야기를 써야 하나 말아야 하나? 금홍이 가출하고 없는 집에 혼자 남겨진 이상이 어린아이처럼 펑펑 우는 장면은 세상 사람들이 알고 있는 이상의 이미지와 걸맞지 않다. 세상 사람들이 알고 있는 이상은 금홍이 집을 나가도 눈 하나 까딱하지 않고 느긋하게 커피를 마시며 베토벤을 듣는 도도한 모습이다.

우는 동안 잠시 비어 있던 머릿속에 새로 싹을 틔운 단어와 문장들이 채워지기 시작한다. 그것들이 공중으로 흩어져버리기 전에 붙들어 앉혀야 한다. 너무 오래 비어 있어 배고픔도 느껴지지 않는 뱃속 일을 해결하는 것보다 책상 앞에 앉는 것이 먼저다. 하룻밤 사이에 상할 대로 상해버려 발아할 씨앗조차 남아 있을 것 같지 않은 정신의 부산물에서는 어쩌면 썩은 내가 진동할지도 모른다. 그래도 써야만 한다.

> 이 방에는 문패(門牌)가 없다 개는 이번에는 저쪽을 향하여 짖는다 조소(嘲笑)와 같이 안해의 벗어놓은 버선이 나 같은 공복(空腹)을 표정(表情)하면서 곧 걸어갈 것 같다 나는 이 방을 첩첩이 닫치고 출타(出他)한다 그제야 개는 이쪽을 향하여 마지막으로 슬프게 짖는다
>
> ―「지비(紙碑) 3」

시를 쓰는 동안 이상은 잠시 금홍을 까맣게 잊는다. 늘 그렇듯이 이상은 자기가 써놓은 시가 자신에게도 낯설다. 자기 마음이나 머리에서 생겨난 것이라기보다는 외부의 누군가가 그것을 쓰게 한 것 같다. 그렇다 하더라도 이상은 시를 쓰는 순간 유일하게 자신에게 충실해진다. 그래서 한 글자도 조작이나 거짓이 없다. 토해내듯 씌어진 시가 적힌 원고지 위에 뒷마당에서 본 붉은색 꽃잎 하나가 떨어져 있다. 그리고 이상의 입에도 또 다른 꽃잎 하나가 매달려 있다. 두 번째 각혈이 시작되고 있다.

이 평범하고도 특별한 우리 삶

박덕규

1. G도 아니요 K도 아니요

와인바에서 주 5일 저녁 6시부터 자정까지 서빙하는 나이 서른넷의 솔로 여성이 있다. 월 이백만 원이 되지 않는 수입이지만, 대단한 목표를 둔 게 아니라서 그럭저럭 먹고살 만하다. 낮 동안 책 읽기나 글쓰기 등 취미 생활을 하고, 출근해서 장사보다 LP 음반에 더 빠져 지내는 주인이 제공하는 음악에 젖는 일과다. "자주 오는 단골"이며 "매일 새로 맞이하는 다양한 손님"을 "술에 취하면 감정도 취해 함께 술자리를 하는 상대가 너무너무 좋다는 말만 반복해서 하는 유형, 괜히 깐죽거리고 시비를 걸며 온갖 요설을 늘어놓는 유형, 자는지 조는지 알 수 없는 유형 등"으로 분류하고 구경하는 것으로 소소한 재미마저 느끼고 있다. 그런 게 싫증 나면 "말을 할 때 사람마다 조금씩 다른 손놀림의 습관이라든가 옷을 입는 취향 혹은 맥주를 한 모금 마실 때마다 안주는 몇 번이나 집어먹는지 그리고 안주를 벅는 포크는 어떻게 다루는지" 등으로 어떤 '포인트'를 눈여겨보는 걸로 버티기도 한다.

이만하면 이 여성, 각박한 세상에 그런대로 여유 있게 사는 사람이라 할 만하다. 사실 와인바라는 데가 어쩌면 바로 이런 여유로움을 잠시나마 맛보려는 사람들이 드나드는 곳일 테니 이 여성이야말로 거기에 적합한 '서빙 레이디'가 아닐까 싶다. 자, 인류는 이성에 이끌려 서로 짝을 맺고 손을 퍼뜨리며 종족을 이어온바, 이 와인바에 오는 남성 손님이라면 이런 정도의 솔로 여성을 그냥 무심히 보고 있기 어려울 게다. 물론 미모나 가정형편까지 받쳐주는 여성이라면 더할 나위 없겠지만. 어떻든 이 여성 '나'에게 구애의 감정을 드러내며 다가갈 남성 손님이 없을 수가 없을 듯하다. 아니나 다를까 '나'가 이 와인바에서 근무하게 된 얼마 뒤부터 구애의 손길을 뻗친 남성들이 있다. 바로 오이와 바이올린, 즉 '오이를 유독 좋아하는 G'와 '바이올린 선율처럼 섬세하고 예민한 K'가 대표적인 두 인물이다.

"딱히 흠잡을 데라곤 없는 외모에다 키도 큰 편이었고 직장도 좋"은 데다 "대한민국 남자 특유의 허세까지 갖춘" G. G가 바에 "드나들기 시작한 지 석 달가량 되었을 때"부터 '나'에게 "단도직입적으로 데이트를 청"해 오니 그동안 "내 스타일"이 아니라며 멀찍이 해온 '나'로서도 흔들리지 않을 수 없는 상태다. "내일 저녁"이면 청혼 데이트를 받을 처지이므로 '나'는 지금 결단의 시간을 앞두고 있는 셈. K는 그런 '나'를 갈등하게 만드는 인물로, 문학과 음악의 감미로움으로 '나'를 자연스럽게 끌어당겨온 터다. '나'는 K와 더불어 스비아토슬라프 리히테르가 연주하는 베토벤, 작가 슈테판 츠바이크과 그 소설 등 고급문화를 곱씹기도 했다.

게다가 8개월 전 함께 영국 여행을 한 사이로 앞으로 장래를 함께한다 해서 어색할 게 없다.

　G는 '꼬인 것 없이 시원한데 왠지 밍밍한, 그러면서 쉽게 질리지 않는, 오이 맛 같은 남자', K는 '섬세하고 날카로워 다치기 쉬울 듯 다가가기 어려우면서도 결국은 예민한 감각으로 다가가게 하는 남자'. '나'는 G를 오이 맛 같다 해서 '오이', K를 섬세한 바이올린 선율 같다 해서 '바이올린'이라 이름 붙이고 그 둘을 저울질하는 과정으로 소설 「오이와 바이올린」의 서술 상황을 이끈다. 그리고 소설은 '나'의 그 저울질의 결과를 제시하는 것으로 귀결을 이룬다.

　　가수 전인권의 찢는 듯한 목소리가 갑자기 내 마음을 파고들었다. G와 만난 지 일 년째인 내일 G를 만날 것인지 발 섯신시 ㅗ믠게ㅡ고 긴장되어 있던 신경의 끈이 전인권의 거친 목소리에 갑자기 툭, 하고 잘려나가 끊어지면서 고독이라는 단어가 나를 덮쳤다. 동시에 G와 K가 멀어졌다. 아니 사라졌다. 조금 전까지만 해도 내 마음을 가득 채우고 있던 두 남자가 흔적도 없이 사라지고 있었다. 그리고 오래전부터 내 속에 웅크리고 있던 시시한 감정이 되살아났다. 익숙한 무력감과 함께 오랜만에 마음이 조용해졌다. 나른한 평화를 위해 아름다움을 포기해야만 할 때 느껴지는 차갑고 날카로운 통증만 아니면 문제가 되는 건 아무것도 없었다.

　　살면서 제일 포기하기 어려웠던 건 아름다움을 향한 동경이었다. 아름다움을 향한 동경이라는 것이 막연하고 추상적이긴 하지만 오직 그것만이 시시한 나를 시시하지 않게 해주는 유일한 단서였다. 때로는 그것이 감당하기 힘든 상처와 아픔을 동반하기도 했으나 생의 빛나는 순간은 언제나 그것과 연결되어 있었다. G외 K를 포기하는 것이 아름다움에의 동경을 포기하는 것과 어떻게 관련되는 것인지 모르겠지만 아무튼 그랬다. 그러나 아무런 일도 일어나지 않을 때의 고요한 편안함 또한 그 무엇과도 바꾸기 어려운 유혹이었다. 언젠가 또 다른 아름다움의 불씨가 나를 흔들어놓게 되겠지만 지금 나는 휴식이 필요하고 그래서 내일 G를 만나는 일 따위 없을 것이다. K 역시 더 이상 만나지 않을 예정이다.

G와 K를 두고 저울질하는 과정을 '나'의 사변(思辨)으로 서술해온 이 소설은 그 사변의 연장선에서 위와 같이 마무리된다. '나'는 '가수 전인권의 찢는 듯한 목소리'를 들으면서 '두 남자가 흔적도 없이 사라지는 상태'에 닿는다. 그러자 "익숙한 무력감과 함께 오랫만에 마음이 조용해졌다." '나'는 그제야 자신이 진정으로 바란 것이 그 무엇도 아닌 '나른한 평화'라는 사실을 깨닫는다. 물론 '오이'가 안겨줄 일상의 안정이나 '바이올린'이 감싸줄 감성적 위안이 '나'가 줄곧 버리지 않고 살아온 '아름다움을 향한 동경'을 "생의 빛나는 순간"으로 이어줄 다리가 될 수도 있다. 하지만 '나'를 끝내 붙든 것은, G도 K도 없던 세상에서 있어 온 '아무런 일도 일어나지 않을 때의 고요한 편안함'이다.

'결혼'이라는 가장 선명한 풍속의 한복판에 있던 '나'의 '고요한 편안함'에 대한 이러한 선택은 매우 뜻밖의 결과라 할 수 있다. 우선, G를 택할까, K를 택할까 저울질하던 '나'가 G도 아니고 K도 아닌 선택을 한 것이니 이는 스토리 전개상으로도 '계산된 반전'으로서의 효과를 얻는다. 그다음, 그것이 '오이'와 '바이올린'으로 상징되는 세속적 가치를 넘어선 것에 가닿는다는 점에서 더욱 남다른 주목을 요한다. 우리는 자본주의적 일상의 세태 습속을 드러내는 이른바 '세태소설'에 대해 이해하고 있거니와 「오이와 바이올린」 또한 혼기 앞둔 처녀의 '남자 저울질'이라는 세태적 소재를 잘 드러낸 소설로 이에 값한다 할 수 있다. 그중에서도 이 소설은 한 개인에 내재하는 '고요한 편안함'을 향한 본원적인 지향이 '아름다움을 향한 동경'으로 치장한 자본주의적 욕망을 압도한 예로써 남다른 지위를 확보한다.

2. '그 여자'에게 '나'가 전염되니

식구들이 모여든 추석, 오십 넘은 나이의 맏시숙이 네 번째 여자 '그 여자'를 집으로 들여왔다. 사십 넘어 맞은 10세 어린 신부와는 사별, 두 번째로 들어온 작부 출신과 세 번째로 들어온 애 둘 딸린 과부는 맏시숙의 폭력을 못 견뎌 줄행랑. 그러고 나서의 네 번째 '그 여자'니까 여러모로 특별할 수밖에 없으리라 짐작되는바, 그 첫날부터 맏시숙과 '그 여자'는 한밤중 민망한 방사(房事)로 밤을 소란스럽게 했다. 이후 '그 여자'의 행동은 보통의 집안 며느리와는 전혀 달랐다. 술을 마시고 집에 들어오지 않는 자신을 나무라는 시어머니 몸에 올라타고 무자비하게 폭행해 입원까지 하게 했다. 시어머니의 사망도 이 일과 관련이 없다고 할 수 없다. 그런데 '그 여자', 시어머니 장례 때 마주한 시누이 둘과 대판 싸움이 붙어 스스로 알몸이 되어 마당을 돌아다니며 고래고래 소리를 질러대다가 시댁 여자들한테 집단 린치를 당해 피투성이가 되어버린다.

"어린 나이에 고아원에 버려져 엄마 얼굴도 모른 채 살아"온 처지로

"시어머니에게 징말 잘하려" 애쓰는 등 '그 여자' 나름의 이유가 있었다 해도 어떻든 시대 식구들에 대한 '그 여자'의 행태는 참으로 파격적이다. 어느 마을에 몰래몰래 전해오는 설화랄까, 시대를 불문하고 가끔 풍문으로 들을 법한 엽기적인 가십이랄까. 소설「그 여자」속 '그 여자' 캐릭터는 바로 그런 얘기의 주인공쯤으로 보인다. 흥미로운 것은 그 인물이 마냥 '기상천외한 늙은 며느리'쯤으로만 보이지 않는다는 점이다. 어떤 해괴망측한 캐릭터이든 시점, 구성, 문제 등에 녹아들기만 하면 실재감(reality)으로 생생해지는 게 소설 작품일 터인즉, 이 소설의 '그 여자'가 바로 그러하다고 할 수 있다.

이 소설이 '그 여자'를 독자에게 '살아 있는 인물'로 각인시킨 데는 작중 '나'의 시점인물로서의 기능이 크게 작용한 것으로 이해된다. '나'는 이 집안의 둘째 며느리로서 새로 들어온 '그 여자'에게는 아랫동서가 되는 인물이다. '나'는 '그 여자'가 집에 들어온 첫날 맏시숙과 방사를 벌이며 질러대는 교성에 민망함을 느끼는 한편으로 도리어 '성적 판타지'에 빠지는 경험을 한다. '그 여자'에게 폭행을 당한 시어머니가 병원에 입원한 것에도 '나'는 '시어머니에 대해 염려하는 마음'보다 어떤 '통쾌함'마저 느낀다. 장례식장에서 기이한 해프닝 끝에 "기절한 듯 축 늘어져 있는 그 여자"에게 "처음부터 끝까지 구경꾼이기만 했던" 죄책감으로 다가간 이도 '나'다.

자신의 알몸을 무기로 내세우며 발광하는 그녀의 몸짓은 위험하면서도 처연해 보였다. 너무 갑작스럽고 충격적인 장면이었지만 무슨 일인지 나에게는 그다지 낯설어 보이지 않았다. 그리고 뭐랄까,

그녀가 하고 싶은 대로 실컷 하도록 내버려두었으면 하는 마음이 들기도 했다. 그녀의 벗은 몸, 그것이 약간 마음에 걸리긴 했으나 아무튼 그랬다. 그러나 내 마음속의 은밀한 바람은 불과 몇 초 사이에 끝장나고 말았다. 곧이어 부엌에서 달려 나온 시누이 두 사람과, 그들 편일 수밖에 없는 시집의 다른 여자들이 죄다 합세해 형의 여자를 개 끌듯이 어디론가 끌고 가버린 것이다.

(…)

그녀의 손에 이끌려 부엌으로 함께 간 나는 그녀가 소고깃국에 말아 내민 밥 한 그릇을 엉겁결에 받아 손에 들었다. 밥숟가락 들기가 무섭게 후루룩 쩝쩝 소리를 내며 밥을 먹는 그녀의 식욕은 왕성하고 탐욕스러웠다. 언젠가 그녀의 교성을 엿들으며 꿈결에 자위행위를 한 적이 있는 나는 그녀의 식욕에도 전염되었는지 오랜만에 밥이 달았다.

상식적으로나 도덕적으로 있을 수 없는 짓을 일삼은 '그 여자'를 '나'가 이해하고 동조하는 것에도 사실 그럴 법한 이유가 도사리고 있다. "시어머니에 대해서는 나 역시 감정이 좋지 않았"다. "꼬장꼬장한 데다가 때로는 막무가내이기까지 한 시어머니는 늘 나를 불편하게 만드는 존재"였다. "자신에게 조금이라도 서운하게 하면" 아들 "부부 사이를 갈라놓는 그런 심술"을 부리기도 했다. 그런데 "그런 시어머니에 대한 불만을 한 번도 노골적으로 표출해보지 못"한 '나'에 비해 '그 여자'는 자신의 불만을 곧바로 토로하고 그게 통하지 않으면 행동으로 맞선 것이다. 물론 그 행동은 몰상식과 부도덕을 넘어 '패륜'에 해당할 정도임은 부인할 수 없다. 그럼에도 불구하고 나는 '그 여자'에게 '전염'되고 만다.

이로써「그 여자」는 처음 시대에 든 추석날 밤 남편과 낮 뜨거운 열락의 소리를 집안에 송출하고, 집에서 봉양하던 시어머니를 올라타고 앉아 폭력을 휘두르고, 시어머니 장례식장에서 자신을 무시하는 시댁 누이들하고 한바탕 싸움이 붙었다가 수세에 몰리자 알몸이 되어 '발광'하는 '충격적인 며느리'가, 그것을 바라보며 "하고 싶은 대로 실컷 하도록 내버려두었으면" 하고 바라는 '나'의 '은밀한 내면'에 비쳐지면서 '가치 전복적 의미'를 획득한 과정으로 읽힌다. 이때 '그 여자'는 '나'로 대변될 이 땅의 모든 며느리의 내면에 자리한 '축적된 불만'을 일거에 해소하는 '카타르시스적 동경'의 결과물이자, '시댁─며느리'의 권력 관계를 해체하는 매우 특별한 행동주의자로 부각될 수 있게 된다.

3. 그렇고 그런 인간들의 겉과 속

소설에서 주인물을 따로 두고 다른 특정한 인물을 통해 주인물에 대해 알려주는 방식의 서술 방법을 흔히 '관찰자 시점'이나 '목격자 서술'이라는 용어로 설명한다.「오이와 바이올린」은 G와 K라는 인물에 대해,「그 여자」는 '그 여자'에 대해 각각 '나'가 관찰하고 대응하는 시점 양상을 취한 예다. 이런 양상과 관련해 이 소설집에서 눈여겨볼 소설로「그냥 전화했어」와「여씨」가 있다.

그냥 전화했어.
십 년 넘게 전화 통화를 할 때마다 그녀가 내뱉던 첫마디였다. 녹음해놓았던 말을 들려주기라도 하듯 그녀의 첫마디는 언제나 똑같았다. 내용뿐 아니라 어조도 그랬다. 중저음의 나른한 어투는 그녀에게 아무런 일도 일어나지 않고 있다는 것을 대신 말해주는 것 같아서 그냥 전화했다고 하는 그녀의 말을 조금도 의심하지 않았다. 그런데 작년 연말에는 좀 달랐다. 내가 제주를 떠나 서울로 오면서부터 일 년에 두세 차례 연락하던 하연이 작년 연말에는 하루에 한 번꼴로 전화했고, 그래서인지 그 무렵엔 그냥 전화했다고 하는 그녀의 말이 선뜻 믿어지지 않았다. 그런데도 혹시 무슨 일이 있는 건 아니냐고 물어보지 않았다. 어쩌면 긴 이야기가 될지도 모를 그녀의 사연을 들어주기에는 내가 너무 바빴다. 그 무렵 막 시작한 갤러리카페를 운영하는 일로 정신이 없었다. 심지어 나는 연이 전화인 걸 알면서 받지 않은 날도 있었다. 연이 매일 전화하기 시작한 지 두 달이 넘었을 즈음 연의 전화가 지겨워지기 시작한 것이다. (「그냥 전화했어」)

건물의 경비원으로 채용된 여씨는 경비로서의 일뿐만 아니라 회사의 온갖 잡일을 다 하는 사람이었다. 아버지가 돌아가시면서 아버지 사업을 물려받게 된 내가 이 회사에 근무하게 된 지는 오 년이 채되지 않는다. 그러니 여씨가 언제부터 우리 회사에서 일하기 시작한 것인지 나는 모른다. 회사의 다른 직원들도 자신이 이 회사에 입사했을 때부터 여씨가 있었다고 했다. 말이 없고 상대를 잘 쳐다보지 않으며 묵묵히 자기 일만 하는데도 불구하고 여씨는 묘한 존재감이 있었다. 근하당이라는 회사 이름과 함께 나에게 제일 먼저 떠오르는 사람은 돌아가신 아버지가 아닌 여씨였다. 아버지가 살아 계실 때, 자주는 아니었으나 가끔 회사를 방문할 때마다 제일 먼저 보게 되는 사람이 여씨였다. 어쩌다 여씨가 보이지 않으면 일부러 찾아서라도 여씨 얼굴을 슬쩍 보고 나야 마음이 놓였다. 왜 그런 것인지는 똑 부러지게 말할 수 없었다. 시은 지 백 년이 넘어 낡고 오래된 데다 주변의 다른 건축물들과도 전혀 어우러지지 않는 일본식 목조 건물인 우리 회사 이미지와 여씨는 희한하게 잘 맞았다. 회사에 들어서는 모든 사람이 제일 먼저 대면하게 되는 여씨가 없는 이 건물은 아무래도 상상하기 어려웠다. 그만큼 여씨는 근하당과는 한 몸이나 마찬가지인 존재였다. 그러나 여씨가 이 회사가 아닌 다른 공간에 있다고 가정했을 때 여씨는 평범하고 허름한 노인에 불과할 것이다. 근하당과 함께 태어나 근하당 귀신이 되어야 마땅할 것 같은 여씨가 그런데 지금 이곳에 없다. 잠시 아프다가 다시 회사로 돌아올 수도 있겠지만 왠지 그럴 일은 없을 것 같았다. 여씨에 대해 구체적으로 아는 바가 전혀 없었지만, 며칠 자리를 비웠다가 돌아올 정도였으면 이렇게 결근하지는 않을 사람이라는 생각이 들었다. (「여씨」)

「그냥 전화했어」의 시점인물은 서울 도심 한구석에서 갤러리카페를 운영하고 있는 30대 후반 여성 '나'다. "그냥 전화했어"는 친구인 화가 하연이 '나'에게 가끔 전화할 때 하던 말이다. 그런데, 같은 제주 지역에 살던 '나'가 서울로 옮기고 난 뒤 "일 년에 두세 차례 연락하는 하연이 작년 연말에는 하루에 한 번꼴로 전화"를 하면서 여전히 "그냥 전화했어"라는 이유를 대고 있다. 이후 소설은, 대학 시절 천부적인 재능을 보여서 '나'를 비롯한 친구들의 질투를 한몸에 받을 정도이던 하연에 대한 회상과 더불어 이해할 수 없는 하연의 최근 변화와 그 이유를 드러내는 과정으로 이어진다. 즉, 이 소설은 그 '그냥 전화했어'의 실제 이유를 밝히는 스토리, 즉 천부적인 화가 하연의 상태 변화를 추적하는 '나'의 시점인물로서의 기능을 발휘한 서사가 된다.

「여씨」의 시점인물은 여씨가 경비원으로 일하는 회사 '근하당'의 대표인 '나'다. 여씨는 '나'가 5년 전 아버지 회사를 물려받아 대표로 오기 이전부터 경비 일은 물론이고 "온갖 잡일을 다 하는" 인물로 이미 회사 내에서 "묘한 존재감"으로 자리한 상황이었다. "근하당 귀신이 되어야 마땅할 것 같은" 이런 여씨가 뜻밖에 결근한 이날은 동성애자인 '나'가 오래도록 연모해온 직원 H에게 고백을 하려던 차다. 이후 소설은 여씨의 사망이 알려져 '나'가 빈소를 찾아가는 과정으로 스토리의 현재를 이어간다. 즉, 이 소설은 여씨의 갑작스런 죽음을 계기로 여씨가 실제로 어떤 인물이었는지를 '나'의 처지에서 밝혀가는 과정으로 중심 서사를 펼쳐간다.

「그냥 전화했어」에서 '나'는 하연의 '그냥 전화했어'가 잦아진 원인을 친구들의 전언을 통해 알게 된다. 그 내용은 하연이 최근 알코올성 시내를 앓는 등 심각한 상태에 빠져 있다는 것, 그 까닭이 그림값에 연루되거나 전시장 전시에 갇혀버린 그런 그림에서 벗어나려는 하연의 몸부림과 관련돼 있다는 것 등으로 요약된다. '나'는 이로부터 친구로서 하연에 대한 연민을 드러냄과 아울러 시장논리에 굴복하지 않고 자기 세계를 구축하려는 하연의 좌절을 통해 갤러리카페의 예술 경영 논리에 접어든 자신을 성찰하는 단계로 나아간다. 「여씨」에서 여씨의 빈소를 찾아간 '나'는 여씨의 아들로 보이는 이로부터 여태까지 알던 여씨와는 다른 면모를 듣게 된다. 그 내용은 여씨가 회사에는 충성했을지 모르지만 가족은 평생 빈곤했다는 것, 여씨는 그것에 아예 무관심했으며 그로부터 그 아내가 고생만 하다가 일찍 죽었다는 것 등으로 요약된다. 그와 더불어, 태풍의 비를 맞으며 여씨의 빈소를 찾아온 H의 몰골을 본 '나'는 내가 그토록 연모해온 H가 실상은 진혀 그럴 만한 사람이 아님을 깨닫게 된다.

「그냥 전화했어」에서 '나'가 하연의 삶을 수용하는 서사를 통해 독자에게 들려주려는 것은 이런 게 아닐까 싶다. 예술의 가치를 자본의 척도로 규정하는 현실을 들추어 그 이면을 제대로 봐야 한다는 것. 한편 「여씨」에서 '나'가 여씨의 죽음을 통해 평소 모습과는 전혀 다른 삶의 태도를 이해하는 과정을 통해 알려주려는 것은 어떤가. 이는 조금 이색적으로 '나'가 여씨의 빈소에 온 H를 보고 난 뒤의 실망감과 관련한다. 「그냥 전화했어」가 예술이 지닌 절대적 순수에 대한 옹호라는 보다 교훈적인 가치를 드러냈다면 「여씨」는 이 세상에 모든 것에는 보이는 것과 그 이면에 자리한 것의 작지 않은 차이가 내재가 돼 있음을 드러낸 것이라 하겠다. 이쯤 되면 박숙희 소설이 왜 자주 주요 대상을 설정하고도 그걸 '나'라는 통로를 통해 이해하고 설명하는지 알 듯도 하다.

박숙희가 주요 대상으로 삼은 존재는 예술가 부류(「그냥 전화했어」의 하연, 「우리에게 필요한 것은 날개가 아니다」의 장형수, 「시인 이상」의 이상)도 있지만, 회사원(「여씨」의 여씨)이나 술집 손님(「오이와 바이올린」의 G와 K) 등 도시인(「동거의 조건」의 주요 인물들)도 있고, 그냥 평범하다 할 수 있는 서민들(「그 여자」의 '그 여자', 「아주 사소한 죽음」의 아버지)도 있다(「나는 2번이다」의 시점인물인 강아지까지!). 이들은 그 신분이나 사는 지역에 상관없이 모두 동시대를 살아왔거나 살아가고 있는 존재들로 작중인물로 채택돼 있다. 이 시대 어디에서건 흔히 볼 수 있는 '평범한 인물'이자 동시에 각자 그 나름의 방식으로 자신의 가치를 드러내는 '특별한 인물'이다.

박숙희 소설의 관찰과 사변은 이 '평범'과 '특별' 사이를 오가는 방법적 매개다. 독자는 이 매개의 남다른 독서 과정으로써 '읽는 묘미'와 더

불어 그것이 드러내는 '평범' 뒤에 숨은 '특별'을 이해한다. 그것은 동시에 그 '특별' 또한 우리의 흔한 '평범'이라는 것을 아는 과정이기도 하다. 우리의 삶이란 바로 이런 것이다. 평범하다고 그저 평범한 것이 아니며, 특별하다고 그저 특별한 것이 아니다. 그 둘은 서로 얽히고설키며 '삶'이라는 형태를 이룬다. 세상 사람들은 이 단순한 것을 모른다. 박숙희 소설은 때로 우스꽝스럽고 때로 진지하기 이를 데 없는 태도로 속인의 무식을 찌른다.

朴德奎 | 소설가, 문학평론가

푸른사상 소설선